거금 100만 달러

■ 일러두기

이 책의 번역 텍스트는 Farrar, Straus and Giroux의 페이퍼백 『A Cool Million and The Dream Life of Balso Snell』입니다

■ 이 도서의 국립중앙도서관 출판시도서목록(CIP)은
e-CIP 홈페이지(http://www.nl.go.kr/ecip)에서 이용하실 수 있습니다.
(CIP제어번호: CIP2010001002)

거금 100만 달러

너새네이얼 웨스트
장호연 옮김

마음산책

옮긴이 **장호연**

서울대학교 미학과를 졸업하고 같은 대학원 음악학과에서 석사학위를 받았다. 음악평론가, 방송작가로 활동했으며 현재 음악과 뇌과학, 문학 분야를 넘나드는 번역가로 활약하고 있다.
옮긴 책으로『다잉 인사이드』『말년의 양식에 관하여』『뇌의 왈츠』『낯선 땅 이방인』『아름다운 패자』『에릭 클랩튼』『클래식, 그 은밀한 삶과 치욕스런 죽음』등이 있다.

거금 100만 달러

1판 1쇄 인쇄 2010년 3월 25일
1판 1쇄 발행 2010년 3월 30일

지은이 | 너새네이얼 웨스트
옮긴이 | 장호연
펴낸이 | 정은숙
펴낸곳 | 마음산책

편집 | 심재경 · 권한라 · 강윤정   디자인 | 김정현 · 이단비
영업 | 권혁준   관리 | 박해령

등록 | 2000년 7월 28일(제13-653호)
주소 | 서울시 마포구 서교동 395-114 (우 121-840)
전화 | 대표 362-1452 편집 362-1451   팩스 | 362-1455
홈페이지 | http://www.maumsan.com
전자우편 | maum@maumsan.com

ISBN 978-89-6090-073-8 03840

* 책값은 뒤표지에 있습니다.

"말했잖아요. 저는 죄가 없다고요."
"그럴지도 모르지만 그걸 입증할 돈이 없지 않은가."

□ 차례 □

거금 **100**만 달러

9

발소 스넬의 몽상

195

옮긴이의 말 • 280

너새네이얼 웨스트 연보 • 285

A Cool Million

거금
100만
달러

혹은 레뮤얼 피트킨의 해체

S. J. 페렐먼에게

"존 D. 록펠러는 자네 같은 위장을 가질 수만 있다면
거금 100만 달러도 기꺼이 지불할 걸세."
―오래전에 했던 말

1

 남편을 잃고 몇 년째 혼자 살고 있는 세라 피트킨 부인의 집은 버몬트 주 오츠빌 근처 랫 강이 내려다보이는 언덕에 있었다. 오래되고 낡아서 허름하긴 했지만 부인과 유일한 자식 레뮤얼에게는 더없이 소중한 집이었다.

 한동안 집안 사정이 궁핍해서 칠을 새로 못했지만 나름의 매력은 여전했다. 골동품상이 우연히 그 집 앞을 지났다면 건축 양식에 관심을 보였을지도 모를 일이다. 스타크 장군 부대가 영국군에 맞서 싸우던 시기에 지어진 건물로, 당시 피트킨 가의 남자들도 그의 군대에서 함께 행진했는데, 그 군대만큼이나 일사불란하게 정돈된 라인을 자랑했다.

 어느 늦가을 저녁, 피트킨 부인이 거실에 조용히 앉아 쉬고 있는데 낡은 문을 두드리는 소리가 들렸다. 부인은 하인을 두지 않았기에 평소처럼 누가 왔는지 직접 확인했다.

 "슬렘프 씨!"

자신의 집을 방문한 사람이 마을의 부유한 변호사임을 알아보고 이렇게 말했다.

"네, 접니다, 피트킨 부인. 일이 있어서 잠깐 들렀습니다."

"들어오세요."

뜻밖의 방문이었지만 부인은 정중함을 잃지 않았다.

"그럼 잠깐 실례하겠습니다."

변호사가 덤덤한 말투로 말했다.

"어떻게 지내십니까?"

"그럭저럭요. 감사합니다."

부인은 그를 거실로 안내하며 말했다.

"여기 흔들의자에 앉으세요, 슬렘프 씨."

그러면서 소박한 거실에서 제일 좋은 의자를 가리켰다.

"고맙습니다."

변호사는 부인이 가리킨 의자에 조심스럽게 앉았다.

"레뮤얼은 어디 갔나요?"

"학교에 갔어요. 하지만 올 때가 되었는데. 수업이 끝나면 곧장 집으로 오거든요."

그녀의 음성에 자식에 대한 자부심이 은근히 배어 있었다.

"아직 학교에 다닌다고요?"

슬렘프의 목소리가 올라갔다.

"생계를 돕지 않고요?"

"네."

부인이 자랑스럽게 말했다.

"저는 배움을 중요시해요. 제 아들도 배우는 걸 좋아하고요. 그건 그렇고, 일이 있어 오셨다고요."

"아, 네, 부인. 갑작스럽게 일 얘기를 꺼내서 기분이 상하실지도 모르겠지만, 아시다시피 제 일이라는 게 누군가의 일을 대신 처리해주는 것이라서요."

"기분이 상하긴요!"

부인은 이해한다는 듯이 말했다.

"조슈아 버드 씨가 주택담보대출금 상환 문제로 부인 저택을 압류해달라고 부탁하셨습니다. 곧 집행에 들어갈 겁니다."

그가 서둘러 덧붙였다.

"채무 관계가 만기되는 석 달 안에 부인이 대출금을 다 갚지 않으면 말입니다."

"지금 이 상황에서는 곤란해요."

상심에 잠겨 부인이 말했다.

"버드 씨가 상환 기간을 연장해줄 줄 알았어요. 이자도 12퍼센트나 내잖아요."

"죄송합니다. 부인에겐 정말로 안된 일이지만 연장하지 않으시겠답니다. 돈을 갚지 않으면 압류하기를 원하세요."

변호사는 모자를 벗고 정중하게 인사한 뒤 자리를 떠났고, 혼자 남은 미망인은 눈물지었다.

(앞서 내가 추측했던 일이 실제로 일어났다는 것을 독자들이 안다면 흥미를 보일지도 모르겠다. 언젠가 한 인테리어 디자이너가 이 집 앞을 지나다가 독특한 외관에 큰 감명을 받았다. 그

는 버드 씨가 이 집 구매에 관련된 인물이라는 것을 알았고, 그의 권유로 버드가 피트킨 부인의 저택을 압류하기로 결정한 것이다. 이 비극의 진원지가 된 사람은 아사 골드스타인으로, 명함에는 '식민지 시대풍 건축 외장과 인테리어 담당'이라고 자신을 소개했다. 그는 저택을 해체해서 5번로에 있는 자신의 가게 진열창에 전시할 계획이었다.)

누추한 집을 나온 슬렘프 변호사는 입구에서 미망인의 아들 레뮤얼과 마주쳤다. 열린 문을 통해 눈물을 흘리고 있는 어머니를 언뜻 본 레뮤얼이 슬렘프에게 물었다.

"무슨 말을 했기에 어머니가 저렇게 울고 계신 거죠?"

"비켜라, 애야."

변호사가 힘 있게 밀고 지나가는 바람에 레뮤얼은 현관에서 넘어져 때마침 열려 있던 지하실 계단으로 떨어졌다. 렘이 겨우 몸을 추슬렀을 때에는 슬렘프가 이미 길 저편으로 걸어가고 있었다.

우리의 주인공은 열일곱 살에 불과했지만 강하고 혈기왕성한 젊은이라서, 어머니만 아니었다면 변호사 뒤를 따라갔을 것이다. 렘은 어머니의 목소리를 듣고는 움켜잡았던 도끼를 내려놓고 어머니를 위로하러 집 안으로 들어갔다.

가엾은 미망인은 아들에게 어찌 된 일인지 모두 말했고, 두 사람은 침울하게 앉아 있었다. 아무리 머리를 짜내도 그 집에 계속 머물러 살 수 있는 방법이 보이지 않았다.

절망에 빠진 렘은 결국 마을에서 가장 명망 있는 네이선 휘플을 만나보기로 했다. 휘플은 한때 미국 대통령을 지낸 명사로, 메인에서 캘리포니아에 이르기까지 '셰그포크'shagpoke* 휘플로 불리며 많은 사랑을 받았다. 4년의 임기를 성공적으로 마친 그는 실크해트를 내던지고 농기구를 들기로 결정, 재선을 포기하고 고향인 오츠빌로 돌아와 평범한 시민이 되었다. 그는 차고에 마련된 서재와 자신이 대표로 있는 '랫 리버 내셔널 은행'에서 모든 시간을 보냈다.

렘은 휘플이 가끔 자신에게 관심을 보인 것을 기억하고 그라면 어머니가 집을 빼앗기지 않도록 도와주리라 기대했다.

---

* shag는 '가마우지, 대식가, 욕심꾸러기'라는 뜻의 cormorant의 옛말이고, poke는 '작은 주머니, 가방'이라는 뜻이다. 따라서 shagpoke는 쓸데없는 것을 잔뜩 담아둔 자루라는 뜻으로, 스코틀랜드인들의 방언에서 건너온 말로 추정된다.

2

 셰그포크 휘플은 오츠빌 메인 스트리트에 자리한 2층 건물에 살았다. 마당에 자그마한 잔디밭이 있고 한때 양계장으로 쓰던 차고가 뒤에 딸린 목조 가옥이었다. 모두 견고하고 차분한 인상이었고, 실제로 이 구역에서는 누구도 소란을 피우지 못했다.
 건물은 사무와 주거를 겸했다. 1층이 은행 사무실이었고 2층은 전직 대통령의 자택으로 사용했다. 정문 옆의 현관을 보면 다음과 같은 문구가 새겨진 대형 청동판이 있었다.

랫 리버 내셔널 은행
대표 네이선 '셰그포크' 휘플

 주택의 일부를 은행으로 개조해서 사용한다며 언짢아하는 사람이 있을지도 모르겠다. 특히 휘플처럼 고관들을 낳이 알고 지내는 사람의 집이라면 더더욱 그럴 것이다. 하지만 셰그포크는 어깨에 힘을 주고 다니는 거만한 사람이 아니었다. 다섯 살 때 1페니를 받아 사탕을 사먹으려는 그릇된 유혹을 물리친 이래 미국 대통령에 당선될 때까지 그는 늘 근검절약했다. 그가 가장 좋아하는 격언은 "할머니에게 계란 빨아먹는 법을 가르치지 말라"라는 것이다. 그는 이 속담을, 몸의 쾌락이 할머니의 탐욕스러움과 같으니 일단 계란을 빨아먹기 시작하면 모든 계란(즉 지갑)이 말라붙을 때까지 절대 쉬는 법이 없다는 뜻으로 받아들였다.*

렘이 휘플의 저택을 향해 발걸음을 옮길 무렵 태양이 재빨리 수평선 밑으로 가라앉았다. 보통 이 시간이면 전직 대통령은 차고에 나부끼는 깃발을 내렸고, 그 의식을 보러 몰려온 마을 주민들을 상대로 연설을 했다. 그가 워싱턴에서 물러난 첫해에는 상당히 많은 군중이 모였지만, 우리의 주인공이 그의 집으로 가고 있던 당시에는 그 수가 꽤 줄어든 상태였다. 이날 의식을 지켜보는 이는 보이스카우트 대원 한 명뿐이었다. 게다가 애석하게도 이 젊은이 또한 자발적으로 온 것이 아니라 은행으로부터 대출을 받아야 하는 그의 아버지가 등을 떠밀어서 억지로 온 것이었다.

렘은 모자를 벗고 서서 휘플이 연설을 마치기를 경건한 마음으로 기다렸다.

* 원래 이 속담은 경험 많은 사람에게 건방지게 충고하지 말라는 뜻으로, 보통 "공자 앞에서 문자 쓰지 말라" 정도로 번역된다.

"영광의 성조기여, 환영하노라! 미국인의 마음속에 기쁨과 자부심으로 자리 잡기를. 너의 멋진 주름이 여름날 공기 속에 나부끼고, 너의 해진 천 조각이 전쟁의 구름을 뚫고 희미하게 비치는 이때! 영예와 희망과 이익으로, 더럽혀지지 않은 영광과 애국의 열정으로, 국회의사당 지붕에, 천막이 뒤덮인 평원에, 파도를 헤치고 달리는 돛대에, 이 차고의 지붕에 널리 굽이치기를!"

이 말과 함께 셰그포크는 그토록 많은 위인들이 피를 흘리고 죽어가면서까지 지키려 했던 깃발을 내려 부드럽게 팔에 안았다. 보이스카우트 대원이 급히 자리를 뜨는 바람에 렘이 앞으로 나가 연설자를 맞았다.

"몇 가지 드릴 말씀이 있어서 왔습니다."

우리의 주인공이 말했다.

"얼마든지."

휘플은 타고난 성품대로 친절했다.

"아무리 바빠도 젊은이의 고민은 들어줘야지. 젊은이는 이 나라의 유일한 희망이니까. 그래, 내 서재로 가세."

렘이 휘플을 따라간 서재는 차고 뒤편에 마련되어 있었다. 무척이나 간소했다. 상자 몇 개와 탄약 상자 한 통, 가래나 침을 뱉을 때 쓰는 타구唾具 둘에 난로 하나, 링컨의 초상화 한 점이 전부였다.

우리의 주인공이 상자 하나를 깔고 앉았고, 셰그포크는 탄약 상자에 걸터앉으며 난로 옆에 놓인 부츠를 신었다. 그는 가까이 있는 타구의 위치를 조정한 다음 젊은이에게 무슨 사연인지 말해보라고 했다.

렘이 처한 곤경에 대해서는 우리가 이미 알고 있으므로 그의 설명을 구구절절 소개할 필요가 없을 것 같다. 따라서 그가 말한 마지막 문장으로 건너뛰겠다.

"결국 제 어머니의 집을 지킬 수 있는 유일한 방법은 선생님의 은행이 버드 씨의 저당권을 매입하는 것입니다."

"자네한테 돈을 빌려준다 해도 도움이 될 것 같지 않네. 설령 그게 가능하더라도 말이야."

휘플의 대답은 뜻밖이었다.

"왜 그렇죠?"

렘은 실망감을 숨기지 않고 이렇게 되물었다.

"그게 실수라 생각하니까. 자네는 대출을 받기에는 너무 어려."

"그렇다면 제가 어떻게 해야 할까요?"

렘은 절망에 차서 이렇게 물었다.

"그들이 자네 집을 압류하기까지 아직 석 달이 남았네. 그러니 의기소침해 하지 말게. 여기는 기회의 땅이고 세상에 돈 벌 기회는 많으니까."

"하지만 (담보대출금의 액면가인) 1500달러를 그렇게 짧은 기간에 무슨 수로 벌죠?"

렘은 전직 대통령의 아리송한 발언에 당황했다.

"그야 자네가 찾아내야지. 하지만 자네가 굳이 오츠빌에 계속 남을 필요는 없어. 나는 자네 나이에 세상에 나갔어. 자네도 세상 밖으로 나가 자네 길을 찾아보게."

램은 휘플의 조언을 곰곰이 생각해보았다. 그가 다시 말을 꺼냈을 때는 용기와 결단을 내린 뒤였다.

"선생님 말씀이 맞아요. 제 운을 시험해봐야겠습니다."

이렇게 말하는 우리 주인공의 눈이 총기로 빛났다.

"좋아."

휘플은 정말로 흐뭇했다.

"내 앞서 말했듯이, 세상에는 돈 벌 기회가 많지만 누구든 그 기회를 채갈 수 있네. 맨손으로 일궈내는 게 가장 좋지만 돈이 있는 것도 나쁘진 않지. 자네 돈 있나?"

"1달러가 채 안 됩니다."

램이 애석하게 말했다.

"정말 얼마 안 되는군. 하지만 그 정도로도 충분할지 몰라. 자네의 정직한 얼굴은 황금보다 더 값어치가 나가니까. 내가 내 길을 찾아 떠났을 때는 주머니에 35달러가 있었네. 자네에게도 그 정도 있다면 도움이 될 것 같은데."

"그러게요."

램이 동의했다.

"자네, 담보 있나?"

"담보요?"

그는 경제학 지식이 짧아서 그 말이 무슨 뜻인지 몰랐다.

"대출받을 때 맡겨두는 것 말일세."

"아뇨, 없습니다."

"자네 어머니한테 암소가 한 마리 있을 텐데."

"네, 올드 수라고 하는 녀석입니다."

렘은 충실한 하인과 헤어진다는 생각을 하자 얼굴빛이 흐려졌다.

"암소를 담보로 내 자네한테 25달러를 빌려주겠네. 어쩌면 30달러도 가능할 거야."

"하지만 녀석은 100달러가 넘게 나가는걸요. 게다가 주요 식량인 우유와 버터와 치즈도 제공하고요."

"내 말을 이해 못했군."

휘플이 참을성 있게 말했다.

"자네 어머니는 어음이 60일 뒤에 만기될 때까지는 암소를 그대로 갖고 있을 수 있네. 그리고 이런 채무 관계가 생기면 자네에게 성공을 재촉하는 좋은 동기로도 작용할 수 있지."

"만약 실패하면요?"

렘이 물었다. 그는 용기를 잃은 게 아니라 격려를 받고 싶었다.

휘플은 젊은이의 심정을 이해해 그의 기운을 북돋워주고자 했다.

"미국은 기회의 땅이네."

그가 대단히 진지하게 말했다.

"정직한 자들과 부지런한 자들을 돌보지. 정직하고 부지런한 자는 절대 버리지 않는다네. 이건 의견이 아니야, 사실이지. 언젠가 미국인들이 이런 믿음을 잃는다면 미국이라는 나라는 버림받을 걸세."

계속해서 그가 말했다.

"자네한테 말해둘 게 있는데, 세상에 나가보면 자네를 깔보고 모욕하려는 사람들을 만나게 될 걸세. 그들은 존 D. 록펠러가 도둑이고 헨리 포드 같은 위인도 도둑이라고 하지. 그자들 말을 믿지 말게. 록펠러와 포드의 사연은 미국의 모든 위인들이 걸었던 길이야. 자네도 그걸 자네 것으로 만들어야 해. 자네도 그들처럼 가난한 집에서 태어나 농장에서 자랐어. 그러니 그들처럼 정직과 근면으로 성공을 거두게."

전직 대통령의 말은 이와 비슷한 말이 영국의 지긋지긋한 지배에서 벗어난 이후로 이 나라 젊은이들에게 힘을 주었듯 우리의 젊은 주인공에게도 큰 힘이 되었다. 렘은 허리를 굽혀 인사했고, 록펠러와 포드가 그랬듯이 자신의 길을 찾아나서기로 했다.

휘플은 젊은이의 어머니가 계약할 서류를 꺼내 그에게 주고는 서재 밖으로 그를 배웅했다. 젊은이가 떠나자 그는 뒤로 돌아 벽에 걸린 링컨의 초상화를 보고 말없이 그와 교감했다.

3

 우리의 주인공이 집으로 가려면 강변도로를 지나야 했다. 그는 나무다리를 지나면서 두툼한 옹이가 달린 억센 나뭇가지를 하나 꺾었다. 이어 지휘자가 지휘봉을 흔들듯이 가지를 흔든 순간, 갑자기 어디선가 여자애가 비명을 지르는 소리가 들렸다. 깜짝 놀라 고개를 돌리니 사나운 개에게 쫓기고 있는 겁에 질린 사람이 눈에 띄었다. 베티 프레일이었다. 그가 풋사랑에 빠진 소녀였다.
 베티도 순간 그를 알아보았다.
 "오, 피트킨 씨, 저 좀 구해주세요."
 그녀가 양손을 맞잡은 채로 외쳤다.
 "물론이죠."
 렘이 흔쾌히 대답했다.
 천만다행으로 나뭇가지를 손에 들고 있던 그는 소녀와 개 사이로 뛰어들어 옹이로 개의 등을 세게 내리쳤다. 흉포하고 거대한 불도그의 주의가 가해자를 향해 쏠렸고, 녀석은 심하게 으르렁대며 렘에게 달려들었다. 우리의 주인공은 방심하지 않고 미리 공격에 대비했다. 옆으로 몸을 슬쩍 피한 뒤 힘을 모아 개의 머리를 내리쳤다. 녀석은 정신을 잃고 쓰러졌다. 주둥이에서 혀가 비어져 나와 흔들거렸다.

'녀석을 저렇게 내버려둬서는 안 돼. 깨어나면 다시 위험하게 굴 테니까.'

이렇게 생각한 렘은 엎어져 있는 짐승을 두 차례 더 가격해 숨통을 끊어놓았다. 이제 더는 해를 끼치지 못할 것이다.

"오, 감사합니다, 피트킨 씨!"

베티가 말했다. 그녀의 얼굴에 다시 혈색이 돌았다.

"정말 무서웠거든요."

"무리도 아니죠."

렘이 말했다.

"녀석이 끔찍하게 날뛰었으니까요."

"정말 용감하네요!"

어린 숙녀는 경탄하며 말했다.

"나뭇가지로 개의 머리를 때리는 데 그렇게 큰 용기가 필요하진 않아요."

렘이 겸손하게 말했다.

"그래도 많은 애들이 도망칠 텐데요."

"당신을 그냥 내버려두고 도망간다고요?"

렘이 분개하며 말했다.

"겁쟁이라면 모를까 누가 그런단 말입니까?"
"톰 백스터가 나랑 같이 걷다가 도망쳤어요."
"개가 당신을 쫓고 있는 것을 보았는데도요?"
"그렇다니까요."
"그런 다음 어떻게 하던가요?"
"돌멩이를 하나 집어 던지더군요."
"저라면 그렇게 하지 않습니다. 개가 입에 거품을 무는 거 봤죠? 녀석은 미쳤어요."
"정말 끔찍했어요."
베티가 몸서리치며 말했다.
"처음부터 미친 개라는 걸 알고 있었나요?"
"네, 처음 볼 때부터 알았죠."
"그런데도 과감하게 맞섰다고요?"
"도망치는 것보다 그게 더 안전해요."
렘은 별일 아니라는 듯이 그렇게 말했다.
"그건 그렇고 누구 집 개죠?"
"내가 말해주지."
사나운 목소리가 들렸다.
렘이 고개를 돌리자 자기보다 세 살 정도 많아 보이고 얼굴에 짐승 같은 기운이 가득한 건장한 사내가 있었다. 두말할 필요 없는 마을의 악당 톰 백스터였다.
"내 개한테 무슨 짓을 한 거야?"
톰이 으르렁댔다.

이런 말투를 듣자 렘은 무례한 상대는 정중하게 대할 필요가 없다고 생각했다.

"녀석을 죽였지."

그가 짧게 대답했다.

"네가 뭔데 내 개를 죽여?"

톰은 화를 내며 물었다.

"개 주인이라면 해를 끼치지 못하게 묶어놓아야 할 거 아니야. 게다가 녀석은 프레일 양을 공격했어. 왜 보고도 나서지 않았지?"

"네놈을 반쯤 죽여놓겠어."

백스터가 결연하게 말했다.

"후회할걸."

렘은 차분하게 응수했다.

"그리고 네 말은 개가 프레일 양을 물든 말든 그냥 놔뒀어야 한다는 거야?"

"녀석은 사람을 물지 않아."

"내가 아니었으면 물었어. 그럴 의도로 그녀를 따라다녔는걸."

"그냥 재미로 그러는 거야."

"아하, 재미로 입에 거품을 물고 달려든다고?"

렘이 말했다.

"그 개는 미쳤어. 내게 고마워해야 해. 내가 녀석을 죽이지 않았다면 너를 물었을지도 모르니까."

"넘겨짚기는."

백스터가 상스럽게 툭 내뱉었다.

"너무 야위어서 그러지도 못해."

베티 프레일이 처음으로 입을 뗐다.

"사실이에요."

"물론 너야 이 녀석을 감싸고 싶겠지."

푸줏간(백스터 집안의 가업이었다) 소년이 말했다.

"하지만 뭐래도 상관없어. 난 5달러를 주고 녀석을 샀어. 그러니까 그 돈을 내놓지 않으면 너를 박살낼 테다."

"그럴 생각이 전혀 없는데."

렘이 차분하게 말했다.

"저런 개는 죽어 마땅해. 누구도 저런 개를 자유롭게 풀어놔서 선량한 사람의 목숨을 위험하게 할 권리가 없어. 그러니까 다음번에 5달러가 생기거든 다른 데 쓰라고."

"그러니까 돈을 낼 생각이 없다는 말이군."

악당은 울화가 치밀어 소리쳤다.

"네 녀석 목을 부러뜨리겠어."

"덤벼보시지. 누가 이기는지 보자고."

그러면서 렘은 자세를 취했다.

"제발 싸우지 말아요, 피트킨 씨."

베티가 괴로운 심정으로 말했다.

"그는 당신보다 힘이 훨씬 세요."

"곧 알게 되겠지."

렘의 상대가 으르렁댔다.

톰 백스터가 우리의 주인공보다 덩치도 크고 힘도 세다는 것은 누가 봐도 뻔했다. 하지만 그는 자신의 힘을 어떻게 써야 하는지 몰랐다. 그저 단련되지 않은 무자비한 힘뿐이었다. 렘의 허리를 공략했다면 그를 넘어뜨릴 수 있었겠지만, 우리의 주인공은 이에 대비하여 공격을 허락하지 않았다. 렘은 권투 실력이 상당해서 침착하고 조심스럽게 방어 자세를 취했다.

백스터가 몸집 작은 상대를 제압하려고 달려들자 렘이 그의 얼굴에 재빠르게 주먹을 두 방 날렸다. 한 대는 코를 때렸고 한 대는 눈을 강타했다. 눈앞이 빙빙 돌 만큼 강력한 펀치였다.

"가만두지 않겠어."

그는 화가 나서 방방 뛰며 소리쳤지만 이번에도 달려들면서 자기 얼굴을 방어할 생각을 미처 못했다. 결국 눈과 입을 연거푸 얻어맞고 비틀거렸다.

백스터는 충격에 빠졌다. 녀석 정도면 한 방에 때려눕힐 줄 알았던 것이다. 한데 웬걸, 렘은 하나도 다치지 않은 채 침착하게 서 있었고, 자신은 코와 입에서 피가 흘렀고 눈이 자꾸 감겼다.

그는 곧바로 싸움을 멈추고 다친 눈으로 렘을 쳐다보았다. 그러고는 미소를 지어 우리의 주인공을 놀라게 했다.

"이런, 나보다 낫군."

비굴하게 고개를 저으며 그가 말했다.

"난 내가 꽤 센 놈인 줄 알았는데 너한테 졌다. 이제 악의가 없어. 이렇게 순순히 손을 내밀고 있잖아."

렘은 녀석의 호의에 뭔가 꿍꿍이가 있을지 모른다는 의심도 없이 순진하게 자기도 손을 불쑥 내밀었다. 자기가 매사에 정정당당하므로 다들 자기 같다고 생각했던 것이다. 하지만 백스터는 렘의 손을 잡아채고는 팔을 꺾어 의식을 잃을 정도로 꽉 눌렀다.

베티는 렘이 걱정되어서 비명을 지르고 기절했다. 그녀의 비명을 들은 백스터가 팔을 놓아주자 렘이 땅바닥에 털썩 쓰러졌다. 백스터는 젊은 숙녀가 기절해 있는 곳으로 걸어갔다. 몇 분 동안 그녀를 내려다보며 그 아름다움에 넋을 잃었다. 돼지처럼 탐욕스러운 그의 작은 눈이 흉포하게 이글거렸다.

4

 프레일을 음흉한 톰 백스터의 품에 맡겨둔 채 새 장을 시작하려니 내 마음도 편치는 않다. 하지만 악당이 불운한 숙녀의 옷을 벗기는 순간을 침착하게 설명하기란 쉽지 않다.
 아무튼 프레일은 이 로맨스의 여주인공이므로 이 기회에 그녀가 살아온 이력을 짧게나마 알려드릴까 한다.
 베티는 열두 살 생일에 일어난 화재로 부모가 모두 세상을 떠나 고아가 되었고, 재산도 전부 잃었다. 또 화재로 인해 부모처럼 절대로 대체될 수 없는 소중한 것도 잃어버렸다.
 프레일 가의 농장은 오츠빌에서 거칠고 지저분한 길을 따라 3마일을 가야 나왔고, 그 지역의 모든 화재를 담당하는 아마추어 소방대는 소방 장비를 그곳까지 끌고 가는 데 그리 열의를 보이지 않았다. 솔직히 말해서 오츠빌 소방대의 젊은 대원들은 화재와 싸우기보다는 추잡한 농탕질이나 하고 체커*를 두고 사과브랜디 마시는 일을 훨씬 좋아했다. 재앙이 일어났다는 소식이 전해졌을 때 소방대원들은 모두 술에 취해 있었고, 그들의 상관 빌 백스터(지금 우리의 여주인공을 팔로 안고 있는 작자의 아버지)는 인사불성이었다.

출동을 몇 차례 질질 끌다 마지못해 농장에 가긴 했지만, 거기서도 소방대원들은 화염을 제압하려 하기보다는 값나가는 물건들을 챙기느라 바빴다.

베티는 당시 열두 살에 불과했지만 조숙하여 이미 아름다운 여인의 부드럽고 관능적인 라인이 보일 정도였다. 면으로 된 잠옷만 걸치고 대원들 사이를 돌아다니며 부모를 구해달라고 애원했는데, 그때 빌 백스터가 막 피어오르려는 그녀의 몸매를 보고는 헛간으로 그녀를 유인했다.

다음 날 아침, 그녀가 땅바닥에 벌거벗은 채로 누워 있는 것을 이웃 주민이 발견해 집으로 데려갔다. 베티는 지독한 감기에 걸렸는데, 빌 백스터가 자기한테 무슨 짓을 했는지는 전혀 기억하지 못했다. 부모를 잃은 슬픔에 목 놓아 울 뿐이었다.

목사의 도움으로 작은 모금행사를 열어 옷가지를 장만한 베티는 주립 고아원에 보내졌다. 그녀는 그곳에서 계속 지내다가 열네 살이 되자 오츠빌의 명사인 슬램프 집안에서 하녀 일을 맡게 되었다. 우리가 이미 만난 적이 있는 변호사 슬램프의 집이었다.

---

* 체스와 비슷하게 판 위에서 말들을 움직여 승패를 겨루는 놀이

짐작하겠지만 가난한 고아에게 인생이 즐겁기만 할 리 없었다. 만약 그녀가 덜 예뻤더라면 삶이 그렇게 기구하지 않았을지도 모른다. 하지만 슬렘프 변호사의 두 딸은 외모가 볼품없었고, 심술궂은 부인은 질투가 많아서 예쁜 하녀를 무척이나 시기했다. 그래서 옷을 끔찍하게 입혔고, 머리도 가급적 흉하게 했으며, 남자 신발과 올이 굵은 면 스타킹을 신겼다. 그런데도 우리의 여주인공은 그 집안의 어떤 여자보다 훨씬 매력적으로 보였다.

슬렘프 변호사는 교회 집사였고 대단히 엄격했다. 그 정도 지위의 신사라면 그 집 여자들처럼 그렇게 고아를 학대하지 않으리라 생각할 사람이 있을지도 모르겠다. 하지만 불행히도 그는 속 좁은 남자였다. 슬렘프는 베티를 정기적으로 열의를 다해 구타했다. 고아원을 나온 첫날부터 그녀를 때리기 시작해서 그녀가 멋진 여인으로 성장할 때까지 매질을 멈추지 않았다. 일주일에 두 번 맨손으로 그녀의 맨 등을 때렸다.

집사 일에 대해 뭐라 말하기는 어렵지만, 슬렘프는 운동을 조금 했고 한 주에 두 차례 가하는 매질에서 상당한 희열을 느끼는 듯했다. 그리고 베티는 곧 그의 구타에 단련되어 슬렘프 부인과 두 딸이 자신에게 간접적으로 가하는 고문을 넘기듯 이 또한 대수롭지 않게 넘겼다. 게다가 슬렘프 변호사는 비록 대단히 인색했지만 구타를 끝내면 항상 25센트짜리 동전을 하나 주었다.

베티는 이렇게 매주 50센트씩 받은 돈으로 언젠가 오츠빌을 떠나리라 다짐했다. 이미 어느 정도 돈이 모인 터였고, 처음으로 모자를 사서 손에 들고 시내에서 집으로 가던 길에 톰 백스터와 그의 개를 만난 것이었다.

  이런 불행한 만남이 어떻게 되었는지는 이미 우리가 앞에서 보았다.

5

 우리의 주인공이 정신을 차렸을 때 그는 톰 백스터와 주먹다짐을 벌였던 보도 옆 도랑에 처박혀 있었다. 날은 이미 완전히 어두워졌고 도로 맞은편 수풀로 간 베티는 보이지 않았다. 그는 그녀가 무사히 도망쳤으리라 생각했다.

 집으로 돌아가는 길에 머리가 맑아진 그는 곧 타고난 활력을 되찾았다. 악당과의 불운한 만남은 잊고 조만간 뉴욕으로 떠나게 될 날만을 생각했다.

 누추한 집에서 그를 맞아준 것은 다정한 어머니다. 그녀는 이제나저제나 아들이 돌아오기만을 기다리고 있었다.

 "렘, 렘, 여태 어디 있었니?"

 피트킨 부인이 물었다.

 그는 거짓말을 싫어했지만 굳이 어머니 마음을 애타게 하고 싶지 않아 이렇게 둘러댔다.

 "휘플 씨랑 얘기가 길어져서요."

이어 전직 대통령이 무슨 말을 했는지 전했다. 부인은 아들의 행동이 뿌듯했고 30달러 어음에 기꺼이 서명했다. 모든 어머니가 그렇듯이 그녀도 자기 아들이 분명히 성공하리라 확신했다.

다음 날 아침이 밝자마자 렘은 휘플에게 어음을 가져갔고, 12퍼센트의 이자를 뺀 돈을 미리 받았다. 이어 지역 정거장으로 가 뉴욕행 티켓을 구입하고는 기관차가 도착하기를 기다렸다.

우리의 주인공이 창밖으로 뉴잉글랜드 풍경을 보고 있을 때였다. 누군가 말을 걸었다.

"신문, 잡지, 소설 있어요! 읽을거리 좀 드릴까요, 손님?"

정직하고 활달해 보이는 신문판매원이었다.

마침 대화를 몹시 하고 싶던 렘은 그의 말을 받았다.

"소설은 그리 좋아하지 않습니다. 언젠가 낸시 이모가 어머니께 소설을 한 권 주었는데 별 재미가 없더군요. 그보다는 실제로 일어난 사건들이 좋고 그런 공부도 좋아해요."

"저도 책 읽는 걸 그리 좋아하진 않아요."

신문판매원이 말했다.

"어디로 가시나요?"

"돈 벌러 뉴욕에 갑니다."

렘이 솔직하게 말했다.

"으음, 뉴욕에서 돈을 벌지 못하면 어디서도 벌 수 없죠."

그는 이렇게 말하고는 읽을거리를 들고 통로 저쪽으로 걸어갔다.

렘은 다시 창밖으로 시선을 돌려 풍경을 바라보았다. 이번에는 근사하게 옷을 차려입은 젊은 남자가 그에게 다가와 말을 걸었다.

"여기 자리 비었나요?"

"제가 알기론 그런데요."

렘이 친절한 미소로 대답했다.

"그렇다면 제가 좀 앉겠습니다."

잘 차려입은 그 사내가 말했다.

"그러세요."

"시골에서 오셨나 봐요."

우리의 주인공 옆자리에 앉으며 그가 붙임성 좋게 말했다.

"네, 오츠빌 시내의 베닝턴 근처에 삽니다. 거기 가보셨나요?"

"아뇨. 그럼 휴가를 맞아서 대도시로 여행을 떠나시는 중인가 보죠?"

"그게 아니라 돈을 벌려고 갑니다."

"멋지군요. 성공하시길 빌겠습니다. 그건 그렇고 뉴욕 시장이 제 삼촌입니다."

"와, 정말로요?"

렘은 그의 말에 주눅이 들었다.

"그럼요. 제 이름은 웰링턴 메이프입니다."

"반갑습니다. 저는 레뮤얼 피트킨이라고 합니다."

"이거 놀랍군요! 제 이모 한 분이 피트킨 가와 결혼했는데, 어쩌면 우리는 친척 사이일 수도 있겠네요."

자신이 알지도 못하는 뉴욕 시장의 친척일지도 모른다고 생각하자 렘은 기분이 좋아졌다. 상대방의 근사한 옷과 극히 정중한 태도로 보아 분명 부자일 거라고 짐작했다.

"사업가세요, 메이프 씨?"

"으흠, 그게 말이죠, 제가 좀 게을러서요. 부친이 제게 거금 100만 달러를 남겨주셨거든요. 그래서 굳이 일할 필요를 느끼지 않습니다."

"100만 달러라!"

렘이 저도 모르게 소리를 질렀다.

"10만 달러에 동그라미가 하나 더 붙는군요."

"그렇죠."

메이프는 젊은이가 감격한 모습을 보고 슬쩍 웃었다.

"엄청나게 큰 돈이네요! 난 지금 당장 5000달러만 있으면 소원이 없을 텐데."

"죄송하지만 5000달러로는 그리 오래 지내지 못해요."

메이프의 얼굴에 즐거워하는 미소가 떠올랐다.

"아무튼 놀랍군요! 유산이 아니라면 대체 어디서 그런 돈을 벌겠어요?"

"어렵지 않아요. 나는 월스트리트에서 하루 만에 그 정도 돈을 번 적이 있답니다."

"농담이겠죠."

"진짜예요. 제 말 믿으세요."

"저도 돈을 좀 벌었으면 좋겠네요."

렘은 대출금을 떠올리며 부럽다는 듯이 말했다.

"돈을 벌려면 돈이 조금 있어야 해요. 만약 지금 당신한테 돈이 있다면……"

"30달러 조금 안 되는 돈이 있긴 한데요."

"그게 전부인가요?"

"네, 휘플 씨한테 어음을 써주고 빌린 돈입니다."

"그렇다면 그 돈을 잘 간수하라고 말씀드리고 싶네요. 이런 말을 해서 안타깝지만, 삼촌의 노력에도 불구하고 뉴욕에는 사기꾼들이 여전히 많거든요."

"명심하겠습니다."

"돈은 안전한 곳에 넣어두셨겠죠?"

"굳이 숨기지 않았어요. 안주머니는 도둑이 제일 먼저 노리는 곳이잖아요. 그래서 바지 안쪽에 헐렁하게 넣어두었는데, 거기에 이렇게 많은 돈을 갖고 다니리라고는 아무도 모르겠죠."

"맞아요. 뭔가 아시는 분이네요."

"그냥 조심할 뿐이죠."

렘은 젊은이 특유의 자신감에 넘쳤다.

"역시 피트킨 가답군요. 우리가 친척 사이라는 것을 알게 되어 반갑습니다. 뉴욕에 오시거든 언제 저희 집에 한번 들르세요."

"어디 사시나요?"

"리츠 호텔에 머물고 있습니다. 안내원한테 웰링턴 메이프가 어디에 묵고 있는지 물으면 알려줄 겁니다."

"거긴 지내기 좋나요?"

"네. 하루 숙박료가 3달러, 이런저런 생활비를 합치면 일주일에 40달러 정도 듭니다."

"우와, 대단하군요."

렘의 목소리가 커졌다.

"저 같으면 엄두도 못 내는 액수네요."

우리의 주인공은 젊은이 특유의 낙관적인 태도로 웃어넘겼다.

"당신도 적절한 요금에, 간소하지만 건실한 식사를 제공하는 하숙집을 구해야겠네요. ……이만 인사드리죠. 옆 칸에서 친구가 기다리고 있어서요."

싹싹한 웰링턴 메이프가 자리를 뜨자 렘은 다시 창가 자리로 돌아갔다.

신문판매원이 모자를 바꿔 쓰고 왔다.

"사과, 바나나, 오렌지 있어요!"

이번에는 팔에 과일 바구니를 들고 들어왔다.

렘은 재빠르게 지나가는 그를 멈춰 세우고 오렌지가 얼마인지 물었다. 2센트라는 말에 어머니가 싸준 삶은 달걀과 함께 먹으려고 하나 사기로 했다. 그가 주머니에 손을 넣는 순간, 격렬한 두려움이 그의 얼굴을 집어삼켰다. 그는 당황하며 샅샅이 뒤졌지만 곧 얼굴 전체가 창백해졌다.

"무슨 일이죠?"

판매원 스티브가 물었다.

"도둑맞았어요! 돈이 없어졌어요! 휘플 씨가 제게 빌려준 돈을 몽땅 도둑맞았다고요!"

6

"혹시 짐작 가는 사람이라도 있어요?"

스티브가 물었다.

"모르겠어요."

렘은 풀이 죽은 목소리로 대답했다.

"액수가 많은가요?"

"제가 가진 돈을 전부 잃었어요. ······30달러가 조금 안 됩니다만."

"재빠른 꾼이 가져갔나보군요."

"꾼?"

우리의 주인공은 판매원에게 익숙한 지하세계의 은어를 제대로 알아듣지 못해 이렇게 물었다.

"네, 꾼. 소매치기 말이에요. 기차 안에서 누가 당신에게 말을 걸던가요?"

"웰링턴 메이프 씨라고 부유한 젊은 남자였어요. 뉴욕 시장의 친척이라던데요."

"누가 그래요?"

"자기가 직접 그렇게 말했어요."

"옷차림이 어땠죠?"

스티브는 뭔가 의심이 드는 눈치였다.(그는 어릴 때 꾼들의 연락책을 담당했던 터라 교묘한 속임수라면 뭐든 훤했다.)

"색이 바랜 파란색 모자를 쓰고 있던가요?"

"맞아요."

"멋쟁이처럼 보이고요?"

"네."

"그자는 바로 전 역에서 내렸어요. 그러니 당신 돈의 행방도 그를 따라갔겠죠."

"그가 제 돈을 가져갔다는 말인가요? 음, 그럴 리가. 자기한테 100만 달러가 있고 리츠 호텔에 머문다고 했거든요."

"말뿐이죠. 그렇게 떠벌리는 거예요. 돈을 어디에 숨겼는지 그자에게 말했나요?"

"네. 그런데 돈을 찾을 수 있는 방법이 없을까요?"

"글쎄요. 그는 이미 기차에서 내린걸요."

"어떻게 해서라도 그를 붙잡고 싶어요."

렘은 잔뜩 화가 나서 목소리를 높였다.

"오, 안 돼요. 그러다가 그가 쇠파이프로 당신을 칠지도 몰라요. 아 참, 주머니를 뒤져봐요. 혹시 1달러라도 남았을지 모르잖아요."

렘은 돈을 넣어두었던 곳에 손을 넣었다가 마치 뭐에 물리기라도 한 듯 손을 빼냈다. 그의 손가락 사이에 다이아몬드 반지가 들려 있었다.

"그게 뭐죠?"

스티브가 물었다.

"저도 몰라요."

렘은 어리둥절한 표정을 지었다.

"처음 보는 건데. 아, 맞다. 기억나요. 사기꾼이 내 주머니를 털었을 때 그의 손가락에서 떨어져 나왔나 봐요. 그가 반지를 낀 걸 보았거든요."

"우와!"

판매원이 소리쳤다.

"운이 좋군요. 옥외변소에 떨어졌다가 금시계를 주운 꼴이잖아요. 설령 모조품이라고 해도요."

"얼마나 나갈까요?"

렘이 흥미를 보였다.

"내가 한번 볼까요, 젊은 친구. 이 방면에는 내가 좀 아는 게 있는데."

통로 반대편에 앉아 있던 회색 중산모를 쓴 신사가 말했다. 이 낯선 자는 우리의 주인공과 판매원이 나눈 대화를 무척 열심히 듣고 있었다.

"나는 전당포 주인이오."

그가 말했다.

"내게 반지를 보여주면 어느 정도 가치가 나가는지 알려주겠소."

렘이 낯선 신사에게 문제의 반지를 건네주자 그가 확대경을 꺼내 눈에 대고 반지를 유심히 들여다보았다.

"이 반지는 못해도 50달러는 할 거요."

"내가 운이 좋군요."

렘이 말했다.

"사기꾼이 내게서 훔쳐간 돈은 28달러 60센트밖에 안 되니 말입니다. 그래도 나는 내 돈을 돌려받고 싶군요. 그의 물건은 필요 없어요."

그러자 자칭 전당업자가 말했다.

"내 제안을 한번 말해보겠소. 내가 지금 당신에게 반지 값으로 28달러 60센트를 쳐서 주고, 나중에 주인이 반지를 돌려달라고 요청하면 그 가격에 적당한 이자를 붙여 돌려주는 것으로 하죠."

"그거 참 공평하네요."

렘이 고마워했다. 그는 낯선 사람이 건넨 돈을 받아 호주머니에 넣었다.

우리의 주인공은 판매원에게 과일 값을 치렀고 만족스러운 표정을 지으며 오렌지를 먹었다. 그러는 동안 전당업자는 기차에서 내릴 채비를 했다. 그는 얼마 안 되는 짐을 챙긴 뒤 렘과 악수를 하고 반지에 대한 영수증을 주었다.

낯선 사람이 기차에서 내리자마자 짧은 총신의 엽총으로

무장한 경찰 여러 명이 들어와 통로를 점령했다. 렘은 아주 흥미롭게 그들을 쳐다보았다. 하지만 경찰들이 그의 자리에서 멈춰 서고 그중 한 명이 그의 목덜미를 거칠게 잡아채자 렘의 흥미는 경악으로 바뀌었다. 이어 그의 손목에 수갑이 채워졌고 머리에 총구가 겨누어졌다.

7

"어라, 이제야 잡았군."

경찰 분대의 지휘를 맡은 클랜시 경사가 말했다.

"저는 아무 짓도 안 했어요."

렘이 창백해진 얼굴로 소리쳤다.

"입 다물어."

경사가 말했다.

"조용히 갈래, 아니면 맞고 갈래?"

가엾은 젊은이가 자신의 의사를 표시하기도 전에 경찰관 한 명이 곤봉을 휘둘러 그의 머리를 세게 내리쳤다.

렘이 자리에 풀썩 주저앉자 클랜시 경사가 부하들에게 소년을 끌고 기차에서 내리라고 명령했다. 순찰차 한 대가 정거장에 대기하고 있었다. 그들은 의식을 잃은 렘의 몸을 차 안으로 던졌고 차는 곧 경찰서를 향해 출발했다.

우리의 주인공이 몇 시간 뒤 정신을 차렸을 때 그는 감방의 차가운 돌바닥에 누워 있었다. 형사들이 방 안에 가득했고 담배 연기가 자욱했다. 렘이 한쪽 눈을 떴는데, 이는 자기도 모르게 형사들에게 행동에 들어가라는 신호가 되었다.

"깨끗이 털어놔."

그로건 형사가 이렇게 말하고는 소년이 미처 말을 하기도 전에 무거운 부츠로 그의 배를 가격했다.

"고정해."

레이놀즈 형사가 끼어들었다.

"이제 녀석에게도 기회를 줘야지."

그는 얼굴에 친절한 미소를 띠고 렘의 엎드린 몸을 향해 허리를 굽혔다.

"자, 젊은이, 게임은 끝났어."

"전 아무 죄 없어요."

렘이 항변했다.

"아무 짓도 안 했다고요."

"다이아몬드 반지를 훔쳐서 팔았잖아."

또 다른 형사가 말했다.

"안 그랬어요."

렘이 대답했다. 그는 이 상황에서 자신이 할 수 있는 최대한의 사력을 다해 말했다.

"소매치기가 제 주머니에 반지를 흘렸고, 저는 그것을 30달러를 받고 모르는 사람한테 넘겼어요."

"30달러라!"

레이놀즈 형사가 소리쳤다. 그 목소리에는 불신이 가득했다.

"1000달러도 넘는 반지가 30달러라니. 이봐, 젊은이, 그런다고 죄가 없어질 줄 알아?"

그는 이렇게 말하며 발을 뒤로 빼 렘의 귀 뒤쪽을 동료보다 더 세게 후려갈겼다.

우리의 주인공은 또다시 의식을 잃었다. 형사들은 그가 아직 살아 있다는 것을 확인하고 감방을 나왔다.

며칠 뒤 렘은 재판을 받았는데, 판사도 배심원도 그의 말을 믿으려 하지 않았다.

불행히도 그가 체포된 스탬퍼드 마을은 범죄가 증가하는 추세라서 경찰과 사법계 모두 사람들을 감옥에 보내려고 혈안이 되어 있었다. 게다가 기차에서 전당업자 행세를 했던 남자가 실은 지하세계에서 악명 높은 하이럼 글레이저, 일명 '핀헤드' The Pinhead라는 사실도 그에게 불리하게 작용했다. 이 악당은 공범자에게 불리한 증언을 했고, 곧 재선에 출마할 예정인 지방 검사로부터 약간의 돈을 받아 모든 죄를 우리의 주인공에게 뒤집어씌웠다.

일단 유죄가 확정되자 모든 이들이 렘을 극진하게 대했다. 심지어 감방에서 그를 잔인하게 대했던 형사들도 태도를 싹 바꾸었다. 자발적으로 수사에 협조했다는 이유로 이들이 추천한 덕분에 렘은 그나마 15년의 징역을 선고받았다.

우리의 주인공은 즉시 교도소로 이송되어 감금되었다. 오츠빌을 떠난 지 딱 5주가 지난 때였다. 이를 볼 때 우리는 정의가 참으로 신속하게 집행된다고 말하지 않을 수 없다. 물론 사실 관계를 아는 우리로서는 정의가 항상 맞는 것은 아니라는 사실을 덧붙여야겠지만 말이다.

교도소장 에제킬 퍼디는 엄격하긴 해도 친절한 사람이었다. 그는 신참이 들어올 때마다 예외 없이 환영의 연설을 짧게나마 했고 렘에게도 다음과 같은 말을 해주었다.

"젊은 친구, 죄인의 길은 고달프지만 자네 나이라면 마음을 고쳐먹는 것이 가능하네. 그렇다고 몸을 뒤틀 건 없네. 내 잔소리할 생각은 아니니까."

(렘은 몸을 뒤틀지 않았다. 교도소장의 표현은 그저 수사학적인 의미였다.)

"잠깐 여기 앉지."

퍼디가 말하며 의자를 손으로 가리켰다.

"자네의 새 임무가 아직 정해지지 않아서 잠깐 기다려야겠어. 이발사를 맡길지 재단사를 맡길지 모르겠네."

교도소장은 의자에 등을 대고 앉아 생각에 잠긴 채 거대한 조롱박 모양의 파이프를 빨아들였다. 그가 다시 입을 열었을 때 그의 목소리에는 열의와 확신이 담겨 있었다.

"먼저 자네의 치아부터 뽑기로 하지. 치아는 감염의 위험이 있으니까 만일을 위해 대비하는 게 좋아. 그리고 차가운 샤워도 준비하지. 불건전함을 씻어내는 데는 차가운 물보다 좋은 게 없어."

"하지만 저는 죄가 없습니다."

렘이 외쳤다. 교도소장의 말의 의미가 이제 절실하게 다가왔던 것이다.

"저는 불건전하지도 않고 치통이라고는 평생 앓아본 적도 없어요."

퍼디는 손을 내저으며 가엾은 젊은이의 항변을 무시했다.

"내가 볼 때는 말이야, 병자는 절대로 죄를 짓지 않아. 자네는 그냥 아픈 거야. 범죄자들이 다 그렇듯이. 그리고 자네가 그렇게 주장하니 하는 말인데, 1온스의 예방이 1톤의 치료 효과를 가져오는 법이네. 치통을 앓은 적이 없다고 해서 앞으로도 그러리라는 보장은 없어."

렘은 신음소리만 낼 뿐이었다.

"기운 내게, 친구."

교도소장이 밝게 말하며 책상 위의 단추를 눌러 간수를 불렀다.

몇 분 뒤 우리의 주인공은 교도소의 치과의사 앞으로 끌려갔다. 당분간 우리는 그의 뒤를 따라가지 않을 것이다.

8

 시간을 몇 장 앞으로 되돌려 우리의 여주인공 베티 프레일이 수풀에 발가벗고 누워 있는 장면으로 되돌아가자. 그녀는 렘만큼의 운도 따르지 않아 그가 집으로 돌아간 뒤에도 한동안 깨어나지 못했다.

 정신이 완전히 돌아오자 그녀는 자신이 알 수 없는 힘에 의해 거칠게 흔들리는 거대한 상자 속에 누워 있다고 생각했다. 하지만 곧 자신이 누워 있는 곳이 마차 뒤칸임을 깨달았다.

 "내가 죽은 걸까?"

 그녀가 혼잣말을 했다. 하지만 이내 말소리가 들렸고 게다가 그녀는 여전히 발가벗은 상태였다.

 "그래, 사람이 아무리 돈이 없다 해도 매장하기 전에는 뭔가로 몸을 감싸주는 법이지."

 그녀는 이렇게 스스로를 위로했다.

 마차 좌석에 두 명의 남자가 있었다. 그녀는 그들이 무슨 말을 하는지 들어보려고 했지만 외국어라서 알아듣지 못했다. 고아원에 있을 때 음악 레슨을 조금 받은 적이 있어서 이탈리아어라는 것만 알았다.

"글리 디에데 우노 스쿠도, 일 케 로 레세 수비토 젠틸레."

한 명이 걸걸한 목소리로 동료에게 말했다.

"시, 시."

다른 한 명이 동조했다.

"쿠에스타 비타 테레나 에 콰시 운 프라토, 켈 세르펜테 트라 피오리 자체."

이렇게 간단한 의견을 주고받은 뒤 두 사람은 입을 다물었다.

더는 독자 여러분을 어리둥절하게 하고 싶지 않다. 사실인즉슨 가엾은 여자애는 백인 노예상들에게 발견되어 뉴욕의 매음굴로 옮겨지는 중이었다.

우리의 여주인공에게는 무척이나 고달픈 여정이었다. 그녀를 태운 마차에는 용수철도 없었고, 두 노예상은 밥벌이를 위해 그녀에게 혹독한 실습을 시켰다.

어느 늦은 밤, 이탈리아인들은 모트 가 근처에 있는 중국인 세탁소 앞에서 마차를 세웠다. 초라한 마차에서 내린 그들은 도로를 이리저리 훑어보며 경찰이 있는지 살폈다. 아무도 없다는 것을 확인하자 낡은 삼베로 노예를 덮어씌워 세탁소로 데려갔다.

이들을 맞이한 것은 중국인 노인으로, 그는 주판으로 셈을 했다. 중국 혈통을 이어받은 이 남자는 상하이 태생에 예일 대학교를 나왔고 이탈리아어를 완벽하게 구사했다.

"콸케 코사 데 누오보, 시뇨리?"

그가 물었다.

"몰토, 몰토."

두 외국인 중에 더 나이 들고 비열해 보이는 쪽이 대답했다.

"라 보스트라 레테라 라비아모 리체부토, 마 일 다나로 노."

그러면서 약빠른 미소를 지어 보였다.

"쿠에스테 세테 메달리에 레 트로베로, 콤파에사노."

중국인이 이탈리아어로 대답했다.

알쏭달쏭한 이런 대화를 주고받은 뒤에 중국인은 베티를 비밀의 문으로 데려가 응접실 같은 곳으로 안내했다. 사치스럽고 화려한 동양풍의 가구가 마련된 방이었다. 벽에는 솜씨 좋은 숙련공이 작업한 은색 왜가리 장식이 새겨진 분홍색 공단이 둘러져 있었다. 바닥에 깔린 비단 융단은 1000달러는 족히 넘어 보이는 것으로 무지개와 견주어도 손색없는 빛깔을 자랑했다. 으스스한 신상神像 앞에 향이 피워져 있었고 매캐한 향이 공기를 가득 메웠다. 방을 장식하느라 온갖 수고와 비용을 아끼지 않은 티가 났다.

중국인 노인이 징을 치자 그 울림이 사라지기도 전에 전족을 한 동양 여자가 들어오더니 베티를 데리고 나갔다.

두 여자가 떠나자 우 퐁(중국인 노인 이름이다)은 베티의 몸값을 두고 이탈리아인들과 흥정을 하기 시작했다. 흥정은 이탈리아어로 했는데, 서로 어떤 말이 오갔는지 내가 일일이 나열할 필요는 없을 것 같다. 결과만 알려주자면, 베티는 600달러에 중국인 손에 넘어갔다.

백인 노예 시장에서도 이 정도 금액이면 상당한 액수였다. 그러나 우 퐁은 그녀를 갖고 싶어했다. 사실인즉슨 그가 두 이탈리아인에게 뉴잉글랜드 시골을 돌아다녀 진짜 미국 여자애를 데려오라고 시켰던 것이다. 베티는 그의 마음에 쏙 들었다.

아마 독자 여러분은 그가 왜 그렇게 미국 여자애를 원했는지 궁금할 것이다. 먼저 우 퐁의 시설이 흔하디흔한 기생집이 아니라는 점을 밝혀두고 싶다. 파리의 샤바니스 거리에 있는 유명한 매음굴과 비슷했다. 즉 온갖 국적의 여자애들을 모두 모아놓은 집이었는데, 여기에는 미국을 제외한 모든 나라의 여자애들이 갖추어져 있었다. 이제 베티가 들어옴으로써 우 퐁이 꿈꾸던 컬렉션이 완성되었다.

그는 조만간 600달러의 투자액을 충분히 뽑으리라 확신했다. 그의 집을 찾는 많은 고객들은 아리안 종족이 아니라서 진짜 미국 애가 해주는 서비스를 무척이나 좋아할 게 틀림없었기 때문이다. 말이 나왔으니 말인데, 열등한 종족은 자신들보다 뛰어난 종족의 여자를 탐하는 법이다. 흑인들이 남부 지방에서 그토록 많은 백인 여자를 강간하는 이유가 바로 여기에 있다.

우 퐁의 시설에 수감된 여자들은 가구와 장식이 자신의 출신지에 어울리는 스타일로 꾸며진 방 두 개짜리 공간을 사용했다. 프랑스 여자 마리의 아파트는 프랑스 혁명 정부 시대 양식으로 꾸며져 있었고, 셀레스테의 방은 루이 14세 시대풍이었다.(프랑스 여자가 두 명인 까닭은 전통적으로 찾는 사람이 많았기 때문이다.) 셀레스테가 둘 중에 더 뚱뚱했다.

스페인 여자 콘치타의 방에는 근사한 숄을 우아하게 걸쳐놓은 그랜드피아노가 있었다. 안락의자는 말가죽 덮개를 대고 거대한 단추로 잠그게 했으며, 팔을 기댈 수 있도록 뿔 모양의 거대한 난간이 양옆에 달렸다. 그리고 가난하지만 숙련된 예술가가 칠을 맡은 작은 발코니가 벽 한쪽에 딸려 있었다.

50개가량 되는 아파트의 인테리어를 하나하나 다 설명할 필요는 없을 것 같다. 앞에서 보았듯이 뛰어난 감각과 역사적 지식을 바탕으로 각각의 방을 세심하게 꾸몄다고 말하는 것으로 충분하다.

우리의 여주인공은 이탈리아인들이 덮어씌운 삼베를 쓴 채로 그녀의 도착에 맞춰 준비해둔 아파트로 안내되었다.

집주인은 아사 골드스타인에게 그녀의 거처를 장식하도록 맡겨 완벽한 식민지풍의 인테리어를 꾸몄다. 의자 등받이에 씌우는 장식덮개, 병 속에 넣은 작은 배들, 고래 뼈로 만든 조각품, 삼베에 털실을 넣어 짠 양탄자가 차곡차곡 갖춰져 있었다. 골드스타인은 원저 총독이 와서 디자인과 가구를 살펴봐도 잘못된 점을 전혀 찾아내지 못할 것이라며 뿌듯해 했다.

베티는 기진맥진한 터라, 자수를 새긴 침대보가 펼쳐진 사각기둥 침대에 쓰러져 잤다. 한잠 푹 자고 난 뒤 뜨거운 물로 목욕해 기운을 차렸고, 이어 능숙한 두 하녀의 도움을 받아 옷을 차려입었다.

그녀가 입은 의상은 그녀의 거처와 잘 어울리게끔 특별히 디자인된 것이었다. 시대와 딱 맞아떨어지지는 않지만 무척 인상적인 복장이었으므로 여성 독자들을 위해 가급적 자세히 묘사해보도록 하겠다.

드레스는 여유 있는 몸통에 요크 장식과 벨트가 달렸고, 삼각형 천을 몇 장 이어붙인 치마는 적당히 길어 뽀얀 면스타킹과 낮은 굽의 검은색 슬리퍼를 신은 그녀의 미끈한 발목과 아담한 발이 무척 인상적으로 보이게 했다. 드레스의 재질은 사라사 무명이었다. 흰색 바탕에 작은 갈색 무늬를 넣었고 목 부분은 넓은 흰색 주름으로 마감했다. 손에는 손가락이 반쯤 드러나는 검은색 실크 장갑을 꼈다. 머리 맨 위에 작은 매듭을 만들어 올렸고, 숱이 많은 곱슬곱슬한 머리를 원통형으로 말아 얼굴 양옆에 딱 붙였다.

시간이 이미 많이 흘러, 제복 차림의 늙은 흑인이 아침을 갖다주었다. 메이플시럽을 얹은 메밀가루 케이크, 로드아일랜드 조니 케이크, 베이컨 비스킷, 그리고 애플파이 한 조각이었다.

(우 풍은 세세한 부분까지 까다롭게 챙기는 사람으로, 만약 다른 남자들처럼 에너지와 사고를 건전하게 썼더라면 남들 보

기에 안 좋은 기생집을 운영하지 않고도 훨씬 많은 돈을 벌었을 것이다. 참으로 안타까운 일이다!)

베티는 이내 젊은이 특유의 활기를 되찾아 아침을 실컷 먹었다. 파이를 한 조각 더 달라고까지 했고, 그러자 검둥이 하녀가 금세 갖다주었다.

식사를 끝낸 그녀에게 뜨개질이 맡겨졌다. 독자들의 너그러운 허락을 바라며 뜨개질하는 그녀를 잠시 혼자 내버려두자. 얼마 후면 마맛자국이 난 아르메니아 출신의 양탄자 상인이 몰타에서 그녀의 첫 손님으로 올 것이다.

9

 정의는 죽지 않았다. 렘이 교도소에 수감되고 몇 주 지나 진짜 범인인 웰링턴 메이프가 마침내 경찰에 체포되었다는 소식을 독자 여러분께 전하게 되어 기쁘다.
 하지만 우리의 주인공은 비참한 상황이었다. 주지사의 사면이 이루어졌는데 집행유예가 이미 늦은 게 아닌가 생각될 정도였다. 당시 가엾은 이 친구는 지독한 폐렴에 걸려 감방 진료소에 누워 있었다. 이를 모두 뽑아 몸이 심하게 약해진 데다 차가운 샤워를 계속해서 걸린 감기가 결국 폐까지 망가뜨린 것이다.
 다행히도 건장한 체격을 타고난 데다 담배나 술로 몸을 더럽히지 않은 덕분에 렘은 마침내 지독한 폐렴의 위기를 이겨내고 기력을 되찾았다.
 시력이 정상으로 돌아온 첫날에 렘은 셰그포크 휘플이 누가 봐도 휴대용 변기인 것을 들고 죄수 복장을 한 채로 진료소에 들어오는 것을 보고 깜짝 놀랐다.

"휘플 씨,"

렘이 외쳤다.

"휘플 씨 맞죠."

전직 대통령은 몸을 돌려 소년의 침대로 다가왔다.

"잘 있었나, 렘."

셰그포크가 들고 있던 도구를 내려놓으며 말했다.

"건강한 모습을 봐서 좋구먼."

"감사합니다. 그런데 여긴 어쩐 일이시죠?"

렘은 당혹스러워 이렇게 물었다.

"나는 이 감방에서 모범수라네. 한데 자네 말은 내가 어쩌다 여기에 들어오게 되었느냐는 뜻인가?"

연로한 정치가는 주위를 둘러보았다. 간수가 예쁜 간호사와 노닥거리느라 바쁜 것을 보고 의자를 끌어다 앉았다.

"말하자면 사연이 기네."

휘플은 한숨을 내쉬었다.

"요점만 말하자면 랫 리버 내셔널 은행이 파산해서 공탁자들이 나를 감옥에 집어넣은 거지."

"정말 유감입니다."

렘은 그의 불행에 공감했다.

"결국 마을에서 쫓겨나신 거네요."

"대중이 은혜를 갚는 게 그렇지 뭐. 하지만 어찌 보면 그들을 나무랄 수만도 없어."

휘플은 특유의 지혜를 담아 말했다.

"그보다는 월스트리트와 국제 유대인 은행업자들을 비난하는 게 옳아. 그들은 대규모 유럽 채권과 남미 채권을 내게 돌려 나를 파산으로 몰고 갔어. 나의 몰락을 가져온 것은 월스트리트와 공산주의자들의 공조야. 은행업자들이 나를 무일푼으로 만들었고, 공산주의자들이 내 은행에 대한 거짓 소문을 몰래 흘리고 다녔지. 결국 나는 미국을 음해하려는 음모의 희생자야."

휘플은 한숨을 내쉬고는 호전적인 어조로 말을 이어갔다.

"이보게, 우리가 여기서 나가면 이 나라를 좀먹고 있는 두 가지 악에 대항해 필사적으로 싸워야 해. 공정한 플레이와 경쟁을 해치는 미국 정신의 두 가지 적, 즉 월스트리트와 공산주의자들 말일세."

"그런데 제 어머니는 어떻게 지내시나요?"

렘이 그의 말을 끊었다.

"그리고 저희 집은요? 암소는 돌려주셨나요?"

우리의 주인공이 질문하는 목소리가 떨렸다. 혹시 최악의 사태가 벌어진 건 아닌지 두려웠던 것이다.

"안타깝군."

휘플이 한숨을 내쉬었다.

"버드 씨가 압류를 집행했고, 아사 골드스타인이 자네 집을 해체해서 뉴욕에 있는 가게로 가져갔네. 그자가 그것을 메트로폴리탄 박물관에 팔려 한다는 얘기가 있어. 그리고 암소 말인데, 내 은행 채권자들이 녀석을 가져갔네. 네 어머니는 사라지셨어. 경매 절차가 진행되는 중에 정신이 오락가락하셨는데, 그 이후로 부인을 본 사람이 아무도 없어."

이 끔찍한 소식에 우리의 주인공은 말 그대로 가슴이 무너져내려 신음소리를 냈다.

소년의 마음을 달래주려고 휘플은 이야기를 계속했다.

"자네 집안의 암소 덕분에 똑똑히 배운 게 있네. 내가 가진 담보 중에서 100퍼센트 제값을 받은 것은 암소밖에 없었어. 유럽 채권은 10퍼센트도 안 쳐주더군. 그래서 이다음에 내가 은행을 소유하면 대출 때 암소만을 담보로 삼을 거네."

"은행을 또 운영하신다고요?"

렘은 자신이 처한 곤경을 생각하지 않으려고 애쓰며 이렇게 물었다.

"그야 당연하지."

셰그포크가 대답했다.

"내 친구들이 나를 여기서 금방 꺼내줄 거야. 그럼 정치계에 다시 들어가 미국인들에게 셰그포크가 건재하다는 것을 보여줘야지. 그런 다음 정계에서 은퇴해서 또 다른 은행을 만들 걸세. 실은 랫 리버 내셔널 은행을 다시 열 생각도 하고 있네. 얼마간의 헐값이면 사들일 수 있을 거야."

"정말 그럴 수 있다고 생각하세요?"

우리의 주인공은 경탄과 존경의 마음이 들었다.

"물론 가능하지. 나는 미국의 사업가이고 여기 이곳은 내

경력에 있어서 우발적 사건일 뿐. 이봐, 내 언젠가 이런 말을 한 적이 있지. 자네가 가난하게 태어났고 농장에서 자랐으니 꼭 성공할 거라고 말이야. 이제 감옥에도 왔으니 자네의 성공 가능성은 더욱 높아졌네."

"하지만 제가 여기서 나가면 뭘 해야 하죠?"

렘은 거의 자포자기 심정이었다.

"발명가가 되게."

휘플은 한 순간의 망설임도 없이 대답했다.

"미국인은 창의적인 생각으로 유명하지. 안전핀에서 사륜 브레이크에 이르는 현대의 모든 장비들이 바로 우리가 개발한 거라네."

"하지만 저는 무엇을 개발해야 할지도 모르는걸요."

"그건 문제없어. 자네가 여기서 나가기 전에 내가 지금 개발하고 있는 발명품들을 몇 가지 보여주지. 자네가 그것을 완벽하게 다듬으면 이익금을 반반씩 나누자고."

"멋지군요!"

렘은 점차 쾌활함을 되찾았다.

"젊은 친구, 내가 자네에게 닥친 불운 때문에 자네가 의기소침해졌다고 생각할 줄 알았나?"

휘플은 짐짓 놀랍다는 표정을 지으며 물었다.

"하지만 저는 아직 뉴욕에도 못 갔는걸요."

렘이 변명했다.

"미국은 아직 젊은 나라네."

휘플은 예의 공무원다운 태도로 말했다.

"그리고 젊은 나라들이 대개 그렇듯이 거칠고 불안정하지. 하루아침에 백만장자가 되었다가 다음 날 극빈자로 전락할 수도 있어. 하지만 아무도 그를 무시하지 못해. 왜냐하면 바퀴는 계속해서 도니까. 이제 온 나라에 가게가 다 들어섰으니 가난한 자는 더 이상 부유해질 기회가 없다고 하는 바보들의 말은 믿지 말게. 요즘에도 직원이 자기 고용주의 딸과 결혼해. 지금도 선원이 철도회사의 사장이 되는 일이 있지. 요전에 신문기사에서 읽었는데 엘리베이터 운전사가 내기 경마에서 10만 달러를 따 그 돈으로 중개업 회사의 파트너가 되었다고 하더군. 공산주의자들이 개인주의에 대해 악의적인 선전을 뱉어내지만 그래도 이곳은 여전히 기회가 널려 있는 황금의 땅이야. 지금도 가까이에서 유전이 발견되고 있어. 우리의 산채山砦에는 숨겨진 금광이 있지. 이렇듯 미국은……"

셰그포크가 말을 채 끝내기도 전에 간수가 다가와 그에게 일을 시키려고 서둘러 데려갔다. 렘은 격려의 말을 해줘서 고맙다는 말도 못했다.

아무튼 우리의 주인공은 휘플의 말에 큰 용기를 얻어 금세 기운을 차렸다.

어느 날 교도소장인 퍼디가 사무실로 렘을 불러, 주지사가 보낸 사면장을 그에게 보여주었다. 교도소장은 작별 선물로 렘에게 의치 한 세트를 주었다. 그리고 교도소 정문까지 바래다주었다. 그는 한동안 소년 곁에 물끄러미 서 있었는데 그 정도로 소년을 각별히 아꼈다.

퍼디는 렘의 손을 잡고 진심 어린 작별인사를 건넸다.

"자네가 뉴욕에서 일주일에 15달러를 받는 일을 얻었다고 생각해보게. 여기서 우리와 함께 20주를 보냈으니 다 합치면 300달러를 잃은 셈이 되는군. 하지만 여기서는 하숙비도 없었으니 일주일에 7달러 정도를 아꼈다고 치면 총 140달러를 번 셈이야. 결국 자네는 고작 160달러만 손해 본 거네. 게다가 이를 모두 뽑는 비용으로 최소한 200달러가 든다는 것을 생각하면 실은 40달러가 남는 장사지. 아, 또 있군. 내가 자네한테 새것은 20달러나 하고 지금 상태로도 최소한 15달러가 나가는 의치를 공짜로 주었다는 것을 잊지 말게. 이렇게 따지면 자네 이익은 55달러가 돼. 이 정도면 자네 나이에 20주를 날렸다 해도 그리 나쁜 일만은 아닐 걸세."

10

 교도소 담당자가 렘에게 그가 입고 온 평상복과 함께 체포되었을 당시 호주머니에 있던 30달러를 봉투에 넣어 건넸다.

 렘은 스탬퍼드에서 빈둥거리지 않고 즉시 정거장으로 가 뉴욕행 표를 샀다. 그는 열차가 역에 도착하자 올라타면서 낯선 사람과는 절대로 말하지 않겠다고 다짐했다. 사실 아직 의치에 적응하지 못한 상태라 말하기도 어려웠다. 입을 벌릴 때마다 각별히 조심하지 않으면 의치가 무릎으로 흘러내렸던 것이다.

 그랜드센트럴 역에 무사히 도착했다. 대도시의 번잡스러움에 그는 정신이 없었다. 하지만 남루한 '피어스 애로' 택시 옆에 서 있던 운전사가 다가와 말을 걸자 그는 부정적인 생각을 떨치려는 듯 고개를 흔들어 마음의 평정을 되찾았다.

 운전사는 끈덕지게 달라붙는 친구였다.

 "어디로 가시나요, 젊은 양반?"

그가 상대방을 깔보는 표정으로 물었다.

"혹시 리츠 호텔을 찾고 있나요?"

렘은 의치가 흘러내리지 않게 조심하며 말했다.

"그곳은 꽤 비싼 곳으로 알고 있는데, 아닌가요?"

"맞아요. 하지만 제 차를 타시면 싼 곳으로 데려다주죠."

"얼마죠?"

"3달러 50센트요. 짐이 있어서 50센트를 더한 겁니다."

"내 짐은 이게 전부예요."

그러고는 빨간색 면 손수건으로 묶은 몇 가지 물건을 가리켰다.

"그럼 3달러에 모셔드리죠."

운전사가 거만한 미소를 띠며 말했다.

"아뇨, 됐습니다. 걸어갈래요. 그 정도 돈을 지불할 여력이 없네요."

"걸어서 갈 수 있는 거리가 아닙니다. 역에서 시내까지는 10마일도 넘는걸요."

운전사는 얼굴색 하나 변하지 않고 이렇게 대답했는데, 사실 그 순간 그들이 서 있는 곳이 시내 중심 부근이라는 것은 누가 봐도 뻔했다.

렘은 곧장 발길을 돌려 운전사로부터 멀어졌다. 번잡한 거리를 지나면서 자신이 첫 상대를 비교적 잘 요리했다는 사실을 자축했다. 빈틈없이 약빠르게 대처한 덕분에 자신이 가진 돈의 10분의 1을 아낄 수 있었으니까 말이다.

렘의 눈에 땅콩 가판대가 보였다. 그는 뭔가 생각한 게 있어 맛좋은 땅콩 한 봉지를 구입했다.

"저, 시골에서 올라왔는데요."

정직해 보이는 상인에게 그가 말했다.

"싼 호텔을 소개해주실 수 있을까요?"

"그러죠."

상인은 소년의 솔직한 질문에 미소를 띠며 대답했다.

"하루에 1달러면 묵을 수 있는 호텔을 아는데."

"그렇게 싸요?"

우리의 주인공은 깜짝 놀랐다.

"그럼 리츠에서는 숙박료가 어떻게 되나요?"

"거기 묵어본 적은 없지만 아마 하루에 3달러는 줘야 할 걸요."

"휴우!"

렘이 휘파람을 날렸다.

"그러면 일주일에 21달러라는 소리네요. 대신 엄청나게 좋은 곳이겠죠."

"그렇겠죠. 아주 멋진 식탁이 있다고 들었어요."

"처음에 말씀하신 호텔로 가는 길 좀 알려주실래요?"

"그러죠."

땅콩가게 주인이 렘에게 추천한 곳은 커머셜 하우스였다. 술집과 여관이 밀집해 있는 바우어리에서 아주 가까운 시내에 위치한 곳으로, 현대식 유행과는 아예 거리가 멀었다. 대신 소규모 장사를 하는 상인들 사이에서 평판이 높았다. 우리의 주인공은 그곳을 발견하자마자 마음에 쏙 들었다. 전에 근사한 호텔을 본 적이 없었기에 이 5층짜리 건물은 그 어떤 건물보다 그에게 위압적이고 당당해 보였다.

객실로 안내되어 아래층으로 내려가보니 겨우 정오인데도 식사가 준비되어 있었다. 그는 시골 소년의 왕성한 식욕을 발휘해 식사를 했다. 성찬은 아니었지만 교도소장 퍼디가 차려준 식사에 비하면 신들의 만찬이나 다름없었다.

식사를 끝내고 렘은 호텔 안내원에게 물어 5번로에 위치한 아사 골드스타인의 가게로 가는 길을 알아냈다. 워싱턴 광장까지 걸어가서 시내로 가는 버스를 타라는 말을 들었다.

아름다운 도로변을 따라 펼쳐진 멋진 풍경을 즐긴 렘은 버스가 가게 앞에 서자 내렸다. 다음과 같은 간판이 가게 앞에 걸려 있었다.

아사 골드스타인 사

식민지 시대풍 건축 외장과 인테리어

그리고 가게 진열창에 자신이 살던 옛날 집이 정말로 전시되어 있었다.

처음에는 자신의 눈을 믿지 않았지만, 그렇다, 버몬트에 있던 집 그대로였다. 가장 먼저 눈에 들어온 것은 초라해진 집의 상태였다. 어머니와 함께 살 때는 수리를 해서 이보다 훨씬 나은 상태로 지냈었다.

우리의 주인공이 전시물을 오랫동안 쳐다보는 모습이 가게 점원의 시선을 끌었다. 상냥해 보이는 점원이 밖으로 나와 렘에게 말을 걸었다.

"뉴잉글랜드의 건축물에 관심이 많으신가 봐요."

그는 렘의 의향을 넌지시 떠보았다.

"아뇨, 제 관심은 바로 저 집입니다."

렘은 사실대로 말했다.

"예전에 살던 집이거든요. 실은 바로 저 집에서 제가 태어났습니다."

"이거 참 흥미롭네요."

점원이 정중하게 말했다.

"가게 안으로 들어오셔서 직접 들여다보셔도 됩니다."

"감사합니다."

렘이 고마워하며 말했다.

"그러면 저야 좋죠."

우리의 주인공은 싹싹한 점원을 따라 가게로 들어가 자신의 옛날 집을 가까이서 들여다보았다. 실은 눈물이 쏟아져서 제대로 보지 못했다. 실종된 어머니가 자꾸만 생각났던 것이다.

"뭐 좀 여쭤볼 게 있는데 대답해주실 수 있을까요?"

점원이 군데군데 기운 낡은 서랍장을 가리키며 물었다.

"만약 어머니께서 저 서랍장을 갖고 계셨다면 어디다 두셨을까요?"

렘은 점원이 가리키는 가구를 보고, 어머니라면 헛간에 두셨을 거라고 말하려 했지만, 가만히 보니 점원이 그 값어치를 대단히 높게 보고 있는 눈치였다. 그래서 잠시 생각하다가 난로 옆 공간을 가리키며 말했다.

"아마 저기다 두시지 않았을까 싶은데요."

"거봐, 내가 그랬잖아요!"

점원은 기뻐하며 렘의 대답을 들으려고 어느덧 주위에 모여든 동료들에게 소리쳤다.

"내가 지적했던 바로 그 장소네요."

그는 이어 렘을 문으로 안내했고 잘 가라고 악수하면서 손에 2달러 지폐를 쥐어주었다. 렘은 자신이 노력해서 번 돈이 아니라서 받고 싶지 않았지만, 결국 마음을 고쳐먹고 받았다. 점원은 서랍장이 정확히 어디에 놓이는지가 무척 중요하다면서, 만약 전문가를 불러 조언을 구했다면 그 정도 돈은 들었을 거라고 했다.

우리의 주인공은 예기치 못한 행운에 기분이 아주 좋았고 뉴욕에서 2달러 벌기가 이렇게 쉽다는 사실에 놀랐다. 이런 식이라면 매일 8시간 일하면 96달러를 벌고 일주일에 엿새를 일하면 576달러가 손에 들어온다. 머지않아 백만장자가 될 터였다.

가게에서 나온 렘은 서쪽으로 방향을 잡아 센트럴파크로 갔다. 말들이 다니는 길 근처 산책로의 벤치에 앉아 사교계 사람들이 멋진 말을 타고 지나가는 광경을 지켜보았다. 달마

티안 혹은 마차견이라고 불리는 개 두 마리가 끄는 작은 스프링왜건을 모는 남자가 그의 눈에 들어왔다. 렘은 몰랐지만 이 남자는 그가 방금 들렀던 가게의 주인인 아사 골드스타인이었다.

시골 태생의 소년은 골드스타인이 마차를 잘 모는 사람이 아니라는 것을 한눈에 알아보았다. 하지만 골드스타인이 마차를 몬 것은 흔히 생각하듯 재미가 아니라 사업을 위해서였다. 그는 창고에 옛 마차들을 대규모로 갖춰놓았고, 그중 하나를 몰고 다니면서 자신이 소유한 마차를 유행시켜 팔아보려 했던 것이다.

렘은 그가 가죽장비와 고삐를 어설프게 다루는 광경을 보고 있었는데, 순간 무척 겁이 많은 오른쪽 개가 지나가는 경찰을 보고 겁먹고 달아나기 시작했다. 녀석의 공포는 다른 개에도 전염되어, 마차는 보도를 내달리면서 경계를 엉망으로 헤집어놓았다. 결국 마차가 넘어지고 골드스타인이 마차에서 떨어졌다. 그의 얼굴에 떠오른, 혐오와 분함이 섞인 우스꽝스러운 표정을 보자 렘은 웃지 않을 수 없었다.

그러나 렘의 미소는 금방 사라졌다. 그는 턱을 다물었다. 뭔가 조치를 취해 날뛰는 개들을 멈춰 세우지 않으면 대형 참사가 일어나리라는 것을 알았기 때문이다.

11

 우리의 주인공의 얼굴에서 갑작스레 미소가 사라진 이유는 이렇다. 나이 지긋한 신사와 어여쁜 어린 딸이 마찻길을 막 건너려는 참인 것을 본 것이다. 몇 초 뒤면 이들이 날뛰는 야수들의 발굽에 짓밟힐 상황이었다.
 램은 의치를 굳게 다물고 곧장 마찻길로 뛰어들었다. 엄청난 완력과 기민함을 발휘, 말의 고삐를 잡아채 급정거시켰다. 완전히 겁에 질린 두 사람에게서 불과 몇 발자국 떨어진 거리였다.
 "저 젊은이가 당신의 목숨을 구했소."
 길 가던 남자가 신사에게 말했다. 하마터면 사고를 당할 뻔했던 신사는 다름 아니라 언더다운 내셔널 은행과 신탁 회사의 대표 레비 언더다운이었다.
 안타깝게도 언더다운은 귀가 약간 멀었고, 왕성한 기부 활동이 보여주듯 무척이나 친절한 사람이긴 했지만 성격이 매우 급했다. 그는 우리 주인공의 행동을 완전히 오해해, 이 소년이 말 운전을 잘못해서 사고를 낸 것으로 생각했다. 그는 불같이 화를 냈다.

"내 기필코 자네를 경찰에 넘기고 말겠어."

은행가는 우산을 흔들어대며 우리의 주인공을 향해 목소리를 높였다.

"오, 그러지 마세요, 아버지!"

그의 딸 앨리스가 끼어들었는데 그녀 역시 사건의 진상을 오해하긴 마찬가지였다.

"그를 체포하게 넘기지 말아요. 어쩌면 예쁜 하녀한테 정신이 팔려서 말을 깜빡 놓쳤는지도 모르잖아요."

이렇듯 젊은 숙녀는 낭만적인 심성의 소유자였다.

앨리스는 우리의 주인공에게 미소를 보내며 성난 아버지를 데려갔다.

렘은 어떻게 된 일인지 한 마디도 설명하지 못했다. 말을 진정시키는 동안 의치가 흘러내려 도저히 말을 할 수 없는 상황이었다. 뒤돌아서는 그들의 등을 쳐다보며 기껏 무력하게 찡그린 표정만 지을 뿐이었다.

결국 렘은 이 소동을 보고 달려온 골드스타인의 조련사에게 고삐를 넘기고는 의치를 찾으려고 마찻길의 진흙을 뒤졌다. 이때 골드스타인의 손해배상보험을 맡고 있는 사람이 렘에게 다가왔다.

"여기 10달러 있네, 젊은이."

보험회사 직원이 말했다.

"자네가 용감하게 멈춰 세운 말의 주인이 사례금으로 이 돈을 드리라고 하셨네."

렘은 생각 없이 돈을 받아들었다.

"그리고 여기 서명하게."

보험회사 직원이 이렇게 덧붙이며 그의 회사에 일체의 배상을 요구하지 않겠다는 내용의 법적 양식을 내밀었다.

렘은 날아오는 돌을 피하지 못해 한쪽 눈이 심하게 부어오르는 바람에 앞을 제대로 보지 못했다. 그래서 서명을 할 수 없다고 했다.

하지만 그 직원에게는 나름의 계략이 있었다.

"나는 자필을 모으는 취미가 있네."

그가 간교하게 말했다.

"불행히도 지금 앨범을 갖고 있지 않지만, 자네가 내 주머니에 있는 이 종이에 너그럽게 서명을 해준다면 아주 기쁠 거야. 내가 집에 돌아가면 곧장 자네의 서명을 내 컬렉션의 잘 보이는 자리에 앉힐걸세."

렘은 부어오른 눈이 쑤시는 데다가 귀찮게 졸라대는 녀석을 보내려고 그냥 서명해버린 뒤 다시 허리를 굽히고 의치 찾는 일에 매달렸다. 마침내 진창 깊은 곳에서 의치를 찾은 그는 그것을 조심스럽게 집어 올린 뒤 의치와 다친 눈을 씻을 겸 공원 분수로 향했다.

12

 렘이 분수에서 분주하게 몸을 씻고 있을 때 젊은 남자가 그에게 다가왔다. 그는 검은색의 긴 곱슬머리를 목덜미까지 늘어뜨렸고 이마가 비정상적으로 넓어서 금방 눈에 띄었다. 아주 넓은 챙이 달린 폭신한 검은색 모자를 썼다. 윈저풍의 넥타이와 라틴계의 몸짓이 그의 머리카락처럼 우아하고 자유분방한 모습을 나타냈다.
 "실례합니다."
 독특한 외모의 남자가 말했다.
 "당신의 영웅적인 행동을 본 사람으로서 실례가 안 된다면 경의를 표하고 싶습니다. 이렇게 기운 빠진 시대에 행동하는 영웅을 만나기란 정말 드문 일이거든요."
 렘은 당황했다. 서둘러 의치를 챙기고 낯선 이에게 고맙다는 말을 했다. 그러면서도 여전히 쑤시고 아픈 눈을 계속해서 씻었다.

"제 소개를 하죠."

젊은이가 말을 이었다.

"실바누스 스노드그라스라고 합니다. 시를 쓰고 있고 천직으로 여기고 있습니다. 성함을 물어봐도 될까요?"

"레뮤얼 피트킨입니다."

우리의 주인공은 자칭 '시인'이라는 사람에 대해 의구심을 갖고 있음을 굳이 감추려 들지 않았다. 사실 그의 많은 점이 웰링턴 메이프를 떠올리게 했다.

"피트킨 씨,"

그가 당당한 목소리로 말했다.

"오늘 당신이 한 영웅적 행위에 바치는 찬가를 한 편 쓰고 싶습니다. 당신은 어쩌면 당신의 행동이 얼마나 중차대하고 고아한지─신조어를 사용하는 것을 허락해주시길─ 이해하지 못할 수도 있겠네요. 진정한 영웅의 겸손을 지녔으니까요. 가엾은 소년과 날뛰는 마차견, 은행가의 딸이라…… 정말 미국적인 전통 아닙니까. 제가 원래부터 쓰던 서정시에 딱 들어맞는 소재입니다. 프루스트 같은 허약한 산문은 딱 질색입니다. 미국 시인은 미국에 대해 써야죠."

우리의 주인공은 이런 발언에 대해 과감하게 자신의 의견을 말하지 못했다. 무엇보다 눈이 너무 아파서 무슨 소리인지 제대로 알아들을 수 없었다.

스노드그라스는 이야기를 계속했고, 곧 호기심을 참지 못한 사람들이 그와 레뮤얼 주위로 모여들었다. '시인'은 이제 우리의 주인공이 아닌 모여든 사람들을 향해 말했다.

"여러분,"

그의 목소리는 센트럴파크 남쪽을 쩌렁쩌렁 울렸다.

"저는 이 젊은이의 영웅적 행동에 깊이 감동받아 몇 마디 하고자 합니다. 이 젊은이 이전에도 영웅은 있었습니다. 레오니다스 왕*, 퀸투스 막시무스**, 울프 톤***, 귀머거리 스미스**** 등이 그 예죠. 하지만 그렇다고 피트킨 씨를 영웅으로 맞이하지 못할 이유는 없습니다. 우리 시대의 영웅까지는 아니더라도 바로 직전의 영웅은 분명합니다.

그의 영웅적 행위에서 무엇보다 돋보이는 것은 말 모티프가 지배한다는 점입니다. 그것도 한 마리가 아니라 두 마리입니다. 이게 중요한 이유는 대공황 시대를 맞으면서 우리 미국인들 모두가 뭐랄까, 정신의 결핍을 인식하고 있기 때문입니다. 특히 상징적인 의미를 담당하는 말이 미국에 없습니다.

모든 위대한 나라에는 저마다 상징적인 말이 있습니다. 그리스의 영광은 파르테논 신전의 벽에 새겨진 반신반수의 놀라운 형상으로 인해 불멸의 것이 되었습니다. 불멸의 도시 로마의 영광은 티투스의 승리를 이끌었던 저 군마들에 완벽

---

* 페르시아 전쟁 때 스파르타 군대를 이끌고 페르시아 대군을 격파한 인물
** 제2차 포에니 전쟁 때 한니발 군대와 싸운 로마의 정치가이자 장군
*** 18세기 아일랜드 독립을 위해 영국과 싸운 혁명가
**** 텍사스 독립전쟁을 이끈 미국의 개척자

하게 담겨 있습니다. 아드리아 해의 여왕 베네치아는 또 어떻습니까? 대기의 신과 물의 신의 친척인 날개 달린 해마海馬가 있지 않습니까?

애석하게도 우리만 없습니다. 셔먼 장군*의 말이 있지 않느냐고는 하지 마십시오. 그러면 제가 화를 낼 겁니다. 그 비겁한 녀석은 허깨비니까요. 다시 말하지만 허깨비입니다. 여기 모인 여러분께 부탁드립니다. 지금 집으로 돌아가시거든 당장 하원위원에게 편지를 써서, 피트킨의 영웅적 행위를 기리는 동상을 위대한 이 나라 전국의 공원에 세워달라고 하십시오."

실바누스 스노드그라스는 한동안 이런 식으로 연설을 이어갔지만, 나는 이쯤에서 멈추고 친애하는 독자 여러분께 그의 진짜 속셈을 알려주겠다. 눈치 빠른 분들은 이미 알아차렸겠지만 그는 보기보다 순수한 사람이 아니었다. 그가 군중을 즐겁게 하는 동안 그의 패거리들이 그 사람들 사이를 활개치며 호주머니를 털었다.

일당이 우리의 주인공을 포함해서 군중 전체를 샅샅이 털었을 때 경찰 한 명이 나타났다. 스노드그라스는 즉시 연설을 중단하고 서둘러 패거리들이 있는 쪽으로 달아났다.

경찰이 군중을 해산했고 모두들 발걸음을 돌렸다. 단 한 사람, 램만은 완전히 정신을 잃고 땅바닥에 뻗어 있었다. 제복

---

* 남북전쟁 때 북군을 이끌었던 인물

차림의 경찰은 가엾은 소년이 술에 취한 줄 알고 몇 차례 발로 툭 건어찼는데, 몸통을 차이고도 그가 꿈쩍도 않자 구급차를 불렀다.

13

공원에서 사고가 있고 몇 주 지난 어느 쌀쌀한 날 아침, 렘은 오른쪽 눈을 잃은 채 병원 문을 나섰다. 눈이 너무도 심하게 망가진 터라 의사들도 제거하는 편이 낫겠다고 판단한 것이다.

그는 빈털터리였다. 앞서 설명했듯이 스노드그라스의 패거리가 돈을 훔쳐갔다. 교도소장 퍼디가 그에게 준 의치도 없어졌다. 제대로 맞지 않아 건강에 해롭다며 병원 관계자들이 빼앗아간 것이다.

가엾은 젊은이는 어디로 가야 할지 몰라 바람 부는 길모퉁이에 우두커니 서 있었다. 그때 너구리털 모자를 쓴 남자가 그의 눈에 들어왔다. 독특한 모자가 렘의 눈길을 끌었는데 보면 볼수록 셰그포크 휘플과 닮아 보였다.

휘플이었다. 렘은 서둘러 그에게 다가갔고 전직 대통령은 이 젊은 친구와 악수를 나눴다.

"그 발명품 말인데,"

인사를 끝내자마자 셰그포크가 이야기를 꺼냈다.

"내가 자네에게 보여주기도 전에 자네가 교도소를 나가서 무척 유감이었네. 자네 행방을 몰라 내가 직접 발명품을 완성했지."

그러더니 화제를 바꾸었다.

"일단 커피숍으로 자리를 옮기지. 자네의 장래에 대해서도 얘기를 하고 싶으니까. 나는 지금도 자네에게 관심이 많네. 말이 나와서 얘긴데, 미국이 위태로운 지금이야말로 젊은이들이 절실히 필요하다네."

우리의 주인공은 자기에게 관심을 가져주고 희망을 줘서 고맙다고 했다.

"커피 하니까 또 생각나는군."

휘플이 이야기를 계속했다.

"자네 혹시 지난 반란이 있기 전 격동이 휘몰아치던 시기에 우리나라의 운명이 보스턴의 커피숍에서 결정되었다는 사실을 알고 있나?"

두 사람이 식당 앞에 도착하자 휘플이 렘에게 다른 질문을 던졌다.

"그건 그렇고, 내가 지금 돈이 없어서 그러는데 이 자리에서 우리가 쓸 돈을 자네가 내줄 수 있겠나?"

"저도 빈털터리입니다."

렘이 딱하게 말했다.

"그래."

휘플은 깊은 한숨을 내쉬었다.

"그렇다면 외상을 할 수 있는 곳으로 가지."

렘은 휘플의 안내로 그 도시에서 극빈자들이 모여 사는 구역으로 갔다. 몇 시간 줄을 선 끝에 구세군 담당 여직원으로부터 각자 도넛 하나와 커피를 받았다. 두 사람은 보도의 갓돌에 쭈그리고 앉아 음식을 먹었다.

"궁금하겠지."

세그포크가 말했다.

"내가 어쩌다가 형편없는 커피와 눅눅한 도넛을 얻으려고 이런 떠돌이들과 함께 줄을 서게 되었는지 말이야. 하지만 명심하게. 나는 내가 원해서, 나라의 이익을 생각해서 이렇게 하는 거라네."

그러고는 한동안 말이 없다가 여전히 타고 있는 꽁초를 주워 능숙하게 피웠다. 자신의 포획물을 뻐끔뻐끔 빨아대며 만족스러운 표정을 지었다.

"감옥에서 나왔을 때 공직에 재도전할 생각이었네. 한데 놀랍고 끔찍하게도 내가 소속된 민주당이 내가 진심으로 지지하는 강령을 하나도 관철시키지 않는 게 아니겠나. 지독한 사회주의가 날뛰고 있었어.

지금도 그렇고. 어떻게 내가, 이 세그포크 휘플이 미국 시민들한테서 누구도 빼앗을 수 없는 타고난 권리를 가져가겠다는 방침을 지지할 수 있겠나? 그들의 노동과 그 자식들의 노동을 가격이나 시간에 구애받지 않고 팔 수 있는 권리를 어떻게 포기하라 한단 말인가?

미국의 오랜 전통을 지지하는 새로운 정당을 만들어야 할 때가 되었다 싶었네. 그래서 내가 창당하기로 했지. 국가혁명당, 일명 '가죽 셔츠'가 이렇게 해서 만들어졌네. 우리의 '돌격대원' 제복은 사슴가죽 셔츠와 모카신, 그리고 지금 내가 쓰고 있는 너구리털 모자네. 그리고 우리의 무기는 22구경 라이플총이야."

그는 구세군 간이식당 앞에 길게 늘어선 실업자들을 가리켰다.

"이런 사람들을 기반으로 내 정당의 당원들을 모집할 생각이네."

세그포크는 우리의 주인공을 향해 돌아서더니 성직자처럼 렘의 어깨에 손을 올려놓았다.

"젊은 친구,"

이렇게 말하는 그의 목소리는 감당하기 어려운 감정의 무게에 짓눌려 갈라졌다.

"나랑 함께하겠나?"

"물론입니다."

하지만 렘은 다소 확신이 없는 표정이었다.

"좋아!"

휘플이 소리쳤다.

"잘됐어! 자네를 내 참모 진영의 사령관으로 임명하겠네."

그가 자세를 바로하고 거수경례를 해 렘은 깜짝 놀랐다.

"피트킨 사령관."

그가 카랑카랑한 목소리로 명령했다.

"이 사람들에게 연설을 하고 싶네. 약식 연단을 하나만 가져오게."

우리의 주인공은 지시받은 대로 곧 커다란 상자 하나를 갖고 돌아왔다. 휘플은 곧장 그 위에 올라가더니 구세군 간이 식당 주위에 모여 있는 떠돌이 부랑자들의 주목을 끌려고 이렇게 소리치기 시작했다.

"레이신 강*을 기억하시오!

알라모**를 기억하시오!

메인***을 기억하시오!"

그 외에도 이런 구호들을 몇 개 더 외쳤다.

많은 사람들이 모여들자 셰그포크는 열변을 토하기 시작했다.

"저는 단순한 사람입니다."

그는 무척 소박하게 말했다.

"그리고 저는 여러분께 단순한 이야기를 전하고 싶습니다. 허풍을 떠는 일은 절대로 없을 것입니다. 무엇보다도 여러분

---

* 1813년 영국과 동맹을 맺은 인디언들이 이곳에서 미국 군대를 학살했다.
** 1836년 텍사스 독립전쟁 때 이곳에서 텍사스 주민 186명이 멕시코 군에 맞서 싸우다가 전사했다.
*** 1839년 미국 메인 주와 영국령 캐나다 뉴브런즈윅 간에 있었던 국경분쟁을 말한다.

은 일자리를 원합니다. 그렇죠?"

남루한 옷차림을 한 군중으로부터 동조의 외침이 험악하게 울려퍼졌다.

"그것이 바로 국가혁명당의 유일한 그리고 으뜸가는 목표입니다. 모든 사람에게 일자리를 주는 것 말입니다. 1927년만 해도 일자리가 충분히 있었습니다. 그런데 지금은 왜 없는 걸까요? 제가 말씀드리죠. 바로 국제 유대인 은행업자들과 볼셰비키 노동조합 때문입니다. 이 두 단체가 미국의 사업을 가로막고 영광된 발전을 망치기 때문입니다. 국제 유대인 은행업자들은 미국을 증오하고 유럽을 사랑하며, 볼셰비키 노동조합은 탐욕스럽게도 오로지 더 높은 임금만을 요구합니다.

오늘날 노동조합의 역할이 무엇입니까? 노동조합은 회원들을 위해 가장 좋은 일자리를 싹쓸이하는 특권 단체일 뿐입니다. 여러분이 어떤 일자리가 마음에 들고, 공장 소유주도 여러분을 고용하고 싶어 한다고 해서 여러분이 이를 얻을 수 있을까요? 조합원 카드가 없으면 안 됩니다. 이보다 더 심한 독재가 어디 있나요? 자유가 이보다 더 뻔뻔스럽게 유린당한 적이 있었던가요?"

청중이 갈채를 보내며 그의 연설에 힘을 실어주었다.

"미국 시민 여러분,"

소란이 잦아들자 휘플이 연설을 계속했다.

"우리 중산계급은 두 거인에 짓눌려 압사당하기 직전입니다. 위에서는 자본이 우리를 압박하고 아래에서는 노동조합이 우리를 밀어냅니다. 우리는 두 거인 사이에서 고통받고 죽어갑니다. 설 땅을 잃어가고 있습니다.

자본의 출처는 외국입니다. 런던과 암스테르담이 자본의 본거지입니다. 노동조합 역시 마찬가지로 모스크바가 그 중심지입니다. 우리만이 미국인입니다. 고로 우리가 죽으면 미국도 죽습니다.

제가 지금 한가해서 이런 말을 떠벌리는 게 아닙니다. 역사가 제 말을 뒷받침하고 있습니다. 중산계급을 제외한 그 누가 귀족의 압제에 시달리는 유럽을 떠나 이 나라에 정착했습니까? 중산계급 말고 그 누가, 소규모 농장과 가게 주인, 점원과 하급 공무원 말고 그 누가 자유를 위해 싸우고 영국의 압제에서 미국을 해방시키려고 목숨을 바쳤습니까?

여기는 우리의 나라이고 우리는 이 나라를 지키기 위해 싸울 것입니다. 미국이 다시 한 번 위대한 나라가 되려면 혁명적인 중산계급의 승리를 통해야 합니다.

국제 유대인 은행업자들을 월스트리트에서 몰아내야 합니다! 볼셰비키 노동조합을 무찔러야 합니다! 낯선 무리들을 이 땅에서 몰아내고 이 땅에 만연한 생소한 이념들을 물리쳐야 합니다!

미국인을 위한 미국을 건설합시다! 앤디 잭슨과 에이브러햄 링컨의 원칙으로 돌아갑시다!"

여기서 셰그포크는 군중들의 갈채가 잦아들 때까지 연설을 잠시 멈추었고, 이어 자신의 돌격부대에 가입해달라고 요청했다.

많은 남자들이 앞으로 나왔다. 엄청 길고 굵은 머리카락에 피부색이 새까만 흑인 한 명이 무척이나 작아 보이는 중산모를 눌러쓰고 나왔다.

"나 미국 남자고, 너구리털 모자 무지 좋아합니다. 두 개, 어쩌면 여섯 개 있어요. 노력하면 더 많이 모을 수 있어요."

그는 자랑스럽게 말하며 이를 씩 드러내고 웃었다.

하지만 셰그포크는 그의 외모가 다소 못 미더웠던지 어눌한 말투 때문인지 그를 못마땅하게 쳐다보았다. 자신의 이런 대의에 대해 전폭적인 지지를 끌어낼 수 있는 남부에서도 흑인 편을 드는 사람은 거의 없을 터였다.

마음씨 좋은 이방인은 뭐가 잘못되었는지 눈치 챈 듯했다.

"나 인디언이고 내 백성들 우두머리입니다. 금광도 있고 유전도 있어요. 이름은 제이크 레이번. 으하하!"

셰그포크는 바로 마음을 열고 그를 받아들였다.

"제이크 레이번 추장."

그가 손을 뻗으며 말했다.

"우리 조직에 들어온 것을 환영합니다. 우리 '가죽 셔츠'는 당신의 백성과 불굴의 용기, 지칠 줄 모르는 의지력에서 많은 것을 배울 겁니다."

셰그포크는 그의 이름을 받아적은 뒤 다음과 같은 글이 적힌 카드를 주었다.

에즈라 실버블라트

국가혁명당 공식 재단사

긴 꼬리가 달린 너구리털 모자,

술장식이 달리거나 달리지 않은 사슴가죽 셔츠,

청바지, 모카신, 22구경 라이플총.

미국 파시스트에게는 모든 것을 최저가로.

현금일 경우 30% 할인.

여기서 잠시, 당원 모집으로 바쁜 휘플과 렘을 놔두고 청중 가운데 눈에 띄는 한 사람을 살펴보기로 하자.

이 사람은 어느 모임에 갔어도 눈에 확 띄었을 것이다. 셰그포크 주위에 몰려든 굶주리고 남루한 사람들 틈에서 그는 반창고를 감은 손가락처럼 두드러진 존재였다. 일단 뚱뚱했는데 그것도 엄청나게 뚱뚱했다. 뚱뚱한 사람이 그 사람 혼자만은 아니었지만, 그는 유난히 혈색이 좋고 무척이나 건강해 보였다.

머리에는 멋진 칠흑색 중산모를 썼는데 12달러는 족히 나가 보였다. 검은색 벨벳 옷깃이 달린 몸에 딱 맞는 체스터필드 외투를 편안하게 걸쳤고, 가슴 부위에 풀을 먹여 빳빳하게 처리한 회색 줄무늬 셔츠를 입었으며, 고급스러우면서도 침착한 분위기의 흑백 바둑판무늬 타이를 맸다. 여기에 각반과 등나무지팡이, 노란색 장갑이면 그의 복장이 완성되었다.

공들인 옷차림을 한 뚱뚱한 이 남자는 군중을 헤치고 까치발로 걸어 가까운 약국 안에 있는 공중전화 부스로 들어가 두 곳에 전화를 걸었다.

먼저 월스트리트 거래소와 통화했는데 이런 식으로 통화가 이어졌다.

"프랑스 파리 부르스의 조직원 6384XM이오. 중산계급 조직책들이 휴스턴 가와 블리커 가 모퉁이에서 실업자 전선을 공작하고 있소."

"고맙소, 6384XM. 얼마나 필요하오?"

"스무 명에 소방 호스요."

"알겠소. 즉시 보내겠소."

두 번째 전화는 유니언광장 근처의 한 사무실에 걸었다.

"R 동지, 제발……. R 동지요?"

"그렇소."

"여기는 러시아 모스크바 게페우의 Z 동지요. 중산계급 조직책들이 휴스턴 가와 블리커 가 모퉁이에서 사람들을 모으고 있소."

"행동자들을 일소하려면 얼마나 필요하오?"

"국제 유대인 은행업자 월스트리트 사무실과 연합할 인력은 쇠파이프와 브라스너클*로 무장한 열 명 정도면 되오."

"폭탄은?"

---

* 격투할 때 손가락 관절에 끼우는 쇳조각

"필요 없소."

"알겠소, 수고하시오!"

"수고하시오!"

휘플이 막 스물일곱 번째 당원을 받아들였을 때, 국제 유대인 은행업자들과 공산주의자들이 보낸 무리가 밀어닥쳤다. 검은색 고급 리무진을 타고 도착해 이런 일은 아무것도 아니라는 듯 능숙하게 거리 곳곳에 자리를 잡았다. 실은 다들 웨스트포인트 사관학교 출신이었다.

그들이 몰려오는 것을 본 휘플은 선량한 지휘관답게 자기 사람들을 먼저 걱정했다.

"국가혁명당은 이제 지하조직으로 활동할 거요!"

그가 소리쳤다.

렘은 과거에 경찰과 안 좋았던 경험이 있었던 터라 잔뜩 경계하며 부리나케 달아났고 레이번 추장이 그 뒤를 따랐다. 하지만 세그포크는 늦었다. 연단에서 미처 내려오지도 못했을 때 누군가 휘두른 쇠파이프에 머리를 심하게 얻어맞아 쓰러지고 말았다.

14

"이봐, 젊은이, 자네가 이 유리 눈알을 쓰면 내 일자리를 주지."

이 말을 한 사람은 밝은 회색 펠트 중절모를 쓰고 검은색 실크 리본이 우아한 고리 모양을 그리면서 외투의 열린 틈으로 떨어지는 코안경을 쓴, 대단히 말쑥한 신사였다.

그는 이 말을 하면서 아름다운 유리 눈알을 손으로 들어 보였다.

하지만 그가 말을 건넨 상대는 아무 대답도 하지 않았다. 심지어 꿈쩍도 안 했다. 관찰력이 뛰어나지 않은 사람의 눈에는 신사가 공원 벤치에 기대어놓은 넝마 꾸러미에 말을 걸고 있는 것처럼 보였을지도 모른다.

남자는 눈알을 이리저리 돌리며—덕분에 겨울 햇빛에 빛나는 보석처럼 반짝반짝 광채를 내뿜었다— 넝마 꾸러미가 대답하기를 묵묵히 기다렸다. 가끔 등나무 지팡이로 날카롭게 쑤셔보기도 했다.

그러던 중 갑자기 넝마가 신음소리를 내면서 약간 움직였다. 지팡이가 민감한 부위를 자극했던 모양이다. 용기를 얻은 남자는 처음에 했던 말을 반복했다.

"이 눈알 쓰겠어? 그러면 내 자네를 고용하지."

넝마 꾸러미가 이에 몇 차례 경련 같은 떨림을 보였고 희미하게 킁킁대는 소리를 냈다. 넝마 윗부분 어디에선가 얼굴이 나타났고, 이어 초록빛을 띤 손이 툭 튀어나와 반짝이는 눈알을 집더니 얼굴 위쪽의 빈 눈구멍으로 가져갔다.

"내가 도와줄게."

눈알의 주인이 친절하게 말했다. 그가 능숙한 동작을 몇 번 취하니 눈알이 딱 맞게 들어갔다.

"완벽하군!"

그는 뒤로 물러나 자신이 만든 수공품을 경탄 어린 눈으로 바라보았다.

"정말 완벽해! 자네를 고용하겠네."

그는 외투에 손을 넣어 작은 지갑을 꺼내들더니 5달러 지폐와 명함을 꺼냈다. 이를 애꾸눈 남자가 앉은 벤치 옆에 두었는데, 이제 그는 또다시 때가 꼬질꼬질 묻은 말 없는 넝마 꾸러미로 돌아가 있었다.

"이발과 목욕을 하고 식사도 해야지. 그런 다음 내가 자주 가는 '에프라임 피어스 앤 선스' 양복점에 가서 옷도 한 벌 맞추게. 근사한 옷을 해줄 거야. 그럴듯한 차림새를 갖추면 리츠 호텔에 와서 나를 찾게."

이 말과 함께 회색 펠트 중절모의 신사는 발걸음을 돌려 공원을 떠났다.

아직 상황을 제대로 파악하지 못한 독자 여러분을 위해 이 넝마 꾸러미로 몸을 감싼 자가 우리의 주인공 레뮤얼 피트킨이라는 사실을 알려드리겠다. 애석하게도 유감스러운 일들이 그에게 벌어졌다.

셰그포크가 자신이 창당한 '가죽 셔츠'에 사람들을 가입시키려 노력했던 일이 불운하게 끝나자, 곧 최악의 상황이 렘에게 밀어닥쳤다. 돈도 없고 돈을 벌 방법도 없었던 그는 일자리를 찾아 이곳저곳을 다녔지만 아무 소득이 없었다. 쓰레기더미를 뒤져 먹을 것을 구하고 공터에서 잠을 자다 보니 점차 몰골이 말이 아니게 되었다. 기력도 쇠해 급기야 방금 전과 같은 처참한 상황에 이른 것이다.

하지만 이제 다시 상황이 나아질 기미가 보였다. 조금 전만 해도 우리의 주인공은 다시 기회를 잡을 수나 있을까 비관하던 터였다.

렘은 낯선 사람이 주고 간 5달러를 주머니에 넣고 명함을 찬찬히 들여다보았다.

엘머 헤이니

리츠 호텔

글자를 새겨넣은 명함에 이렇게 적혀 있었다. 신사가 무슨 일을 하는지, 직업이 뭔지 전혀 알 수 없었다. 그렇다고 렘이 우려한 것은 아니었다. 아무튼 마침내 일자리를 얻은 것 같았으니까. 그에게 1934년은 참으로 대단한 해였다.

겨우 몸을 일으켜세운 렘은 헤이니가 시킨 대로 했다. 실은 푸짐한 식사를 두 차례 했고 목욕도 두 번이나 했다. 절제를 강조하는 청교도적 뉴잉글랜드 교육이 아니었다면 이발도 두 번이나 했을 것이다.

몸을 추스르고 사람 꼴을 갖추었으니 이제 '에프라임 피어스 앤 선스' 양복점에 가서 세공이 완벽한 멋진 옷을 맞출 차례였다. 몇 시간 뒤 그는 파크 애버뉴를 지나 새 고용주를 만나러 갔다. 모든 면에서 전도유망한 최고의 젊은 사업가로 보였다.

렘이 헤이니 씨를 만나러 왔다고 하자 리츠 호텔의 매니저가 그를 엘리베이터로 안내했고, 엘리베이터는 그를 40층에 내려놓았다. 그는 헤이니가 묵고 있는 객실의 벨을 울렸고, 몇 분 뒤에 영국인 비서가 렘을 신사에게 안내했다.

헤이니는 젊은이를 따뜻하게 맞이했다.

"멋지군! 정말 잘 어울려!"

그는 우리 주인공의 달라진 모습을 보며 재빠르게 같은 말을 반복했다.

렘은 머리를 깊이 숙여 고마움을 전했다.

"자네 복장에서 마음에 들지 않는 점이 있으면 지금 내가 지시를 내리기 전에 얘기하게."

신사의 친절한 태도에 용기를 얻은 렘은 한 가지 못마땅한 점을 이야기했다.

"죄송하지만 눈 말인데요. 선생님이 주신 유리 눈알의 색깔이 잘못되었습니다. 제 눈은 청회색인데 밝은 녹색 눈알을 주셨거든요."

"바로 맞았네."

헤이니가 뜻밖의 대답을 했다.

"그래야 눈에 잘 띄거든. 자네를 보는 사람마다 자네의 한쪽 눈알이 유리라는 것을 확실히 알아볼 수 있게 하려고 일부러 그랬네."

렘은 그의 이상한 발상에 어색한 표정으로 동의하는 수밖에 없었다.

헤이니는 이어 본론으로 들어갔다. 갑자기 강철 올가미처럼 차갑고 공식적인 태도로 돌변했다.

"내 비서가 오늘 밤 내가 자네에게 내릴 지시사항을 타이핑했네. 그걸 들고 집에 가서 찬찬히 보게. 한 치의 오차도 없이 적힌 대로 행해야 해. 한 차례만 실수해도 자네는 해고니 명심하게."

"잘 알겠습니다. 고맙습니다."

"그리고 자네 봉급은,"

이 대목에서 헤이니의 목소리가 다소 부드러워졌다.

"매주 30달러에 숙식을 제공할 걸세. 워포드 하우스에 자네가 묵을 곳을 마련해뒀어. 오늘 밤 거기로 가게."

그러고는 지갑을 들어 10달러 지폐 세 장을 꺼냈다.

"정말 너그러우시군요."

돈을 받아들며 렘이 말했다.

"최선을 다해 열심히 하겠습니다."

"좋아. 하지만 너무 열의를 드러내지는 말게. 지시대로만 하면 되니까."

헤이니는 자기 책상으로 가 타이핑한 종이를 집어 들고 렘에게 건넸다.

"한 가지 더."

문 앞에서 악수를 하며 그가 말했다.

"지시사항을 읽다 보면 뭐가 뭔지 당혹스러울 수도 있겠지만 어쩔 수 없네. 지금은 자네에게 모든 상황을 일일이 다 설명해줄 수 없으니까. 하지만 이건 말해줄 수 있어. 나는 유리 눈알 공장을 갖고 있고 자네가 할 일은 판매 홍보의 일환이라는 거지."

15

 램은 애써 호기심을 눌렀다. 워포드 하우스에 마련된 새 거처에 무사히 도착할 때까지 헤이니가 건네준 지시사항을 열어보지 않았다.
 쪽지의 내용은 이러했다.

 '헤이즐턴 프레르' 보석점에 가서 다이아몬드 장식핀을 보여달라고 한다. 하나를 살펴본 뒤 다른 것도 보여달라고 한다. 점원이 다른 쪽으로 돌아서 있는 동안 유리 눈알을 빼서 주머니에 넣는다. 점원이 다시 돌아서자마자 자네는 무엇을 정신없이 찾느라 바닥을 뒤지는 동작을 취한다.
 이후 두 사람의 대화는 이런 식으로 진행될 것이다.
 점원: 손님, 뭐 잃어버리신 거라도 있습니까?
 자네: 네, 눈알이 빠졌습니다.(그러면서 집게손가락으로 동공을 가리킨다.)

점원 : 유감이군요. 제가 도와드리겠습니다.

자네 : 부탁드립니다. (안절부절못하며) 꼭 찾아야 하는데.

가게 구내를 샅샅이 뒤지지만 물론 빠진 눈알은 자네의 주머니에 안전하게 들어 있으므로 도저히 찾아낼 수 없다.

자네 : 가게 주인 한 분을 만날 수 있을까요? 헤이즐턴 형제 맞죠?(프레르는 가게 주인의 성이 아니라 프랑스어로 '형제'라는 뜻임)

얼마 뒤 점원이 가게 뒤에 있는 사무실에서 헤이즐턴을 데려온다.

자네 : 헤이즐턴 씨, 제가 운이 없게도 이 가게에서 눈알을 잃어버렸습니다.

헤이즐턴 : 집에 두고 오시지는 않았나요?

자네 : 그럴 리가 없어요! 그랬다면 분명 바람이 들어왔겠죠. 5번로에 있는 해밀턴 쉴러 집에서 여기까지 걸어왔으니까요. 아니에요, 제가 이 가게에 들어올 때 분명 제자리에 있었습니다.

헤이즐턴 : 그게 확실하다면 저희가 샅샅이 찾아보겠습니다.

자네 : 부탁드립니다. 한데 지금 제가 여기서 무작정 기다리기가 어렵군요. 한 시간 내에 스페인 대사 레이몬 데 구스만 이 알프라체 백작을 만나러 대사관에 가봐야 하거든요.

헤이즐턴은 자네가 누구랑 약속이 있는지 듣는 순간 허리를 한껏 굽혀 인사할 것이다.

자네 : (계속해서) 잃어버린 제 눈알은 대체하기가 불가능한

제품입니다. 독일의 한 전문가가 저를 위해 특별히 만든 것으로 대단히 비싼 값을 치렀지요. 게다가 제작자가 지난 전쟁 때 죽었고 제작 비밀은 그만이 알고 있기 때문에 다시 만들 수도 없어요. (여기서 잠깐 세상을 떠난 그를 생각하며 슬픔에 젖은 듯 고개를 숙인다.) 그러니 제 눈알을 발견하는 사람에게는 사례금으로 1000달러를 드리겠습니다. 점원들에게 그렇게 말씀해주시겠습니까?

헤이즐턴 : 굳이 그러시지 않아도 됩니다. 손님이 잃어버리신 물건을 되찾아드리는 것은 저희가 해야 할 일이니까요.

자네 : 마음이 놓이는군요. 오늘 밤에는 롱아일랜드에 있는 친구들을 만나러 가니까 내일 다시 들르겠습니다. 눈알을 찾으면 사례금은 꼭 드리겠습니다.

헤이즐턴은 가게 앞까지 나와 인사할 것이다. 다른 지시사항을 받을 때까지 '헤이즐턴 프레르' 근처에는 가지 않는다.

가게를 방문한 그날 리츠 호텔에 들러 내 비서를 찾아라. 지시받은 대로 모든 게 잘 진행되었는지 보고하라. 헤이즐턴이 조금이라도 예측에서 벗어난 행동을 했다면 반드시 보고해야 한다.

16

 렘의 일자리는 한직이었다. 일주일에 한 번 아침마다 똑같은 일을 가게를 바꿔가며 하기만 하면 되었다. 그는 자신이 맡은 역할을 금세 다 외웠고, 스페인 대사와 알고 지낸다는 말을 거리낌 없이 할 수 있게 되자 일이 꽤 즐겁기까지 했다. 오츠빌 고등학교 때 친구들과 함께 했던 아마추어 연극도 생각났다.

 덕분에 상당히 풍성한 여가 시간을 보낼 수 있었다. 그는 남는 시간에 뉴욕의 명소들을 돌아다니며 재미있게 보냈.

 물론 휘플을 찾으려는 노력도 했지만 별 성과가 없었다. 구세군 지부를 찾아갔더니 사람들이 '가죽 셔츠' 집회가 끝나고 휘플이 도랑에 가만히 누워 있는 것을 보았고, 다음 날 그가 여전히 거기 있나 가봤더니 많은 양의 핏자국만 보이더라는 말을 했다. 렘도 현장에 직접 가보았는데 핏자국은 보이지 않았고 고양이들만 근처에서 놀고 있었다.

사람들과 어울리기 좋아하는 그는 워포드 하우스에 묵고 있는 다른 손님들 몇 명과 금세 친해졌다. 하지만 또래는 한 명도 없어서 새뮤얼 퍼킨스라는 젊은 친구가 말을 걸어오자 반가웠다.

샘은 로어 브로드웨이에 있는 가구점에서 일했다. 정장을 무척 좋아해 눈에 띄는 화려한 넥타이를 많이 갖고 있었다. 할인 가격에 구할 수 있었다고 했다.

"무슨 일을 해요?"

어느 날 저녁, 식사를 기다리며 로비에 있을 때 그가 우리의 주인공에게 물었다.

"유리 관련 일을 합니다."

렘은 자신의 일을 아무한테도 말하지 말라는 말을 들었던 터라 조심스럽게 대답했다.

"돈은 많이 받아요?"

"주급 30달러에 숙식도 제공됩니다."

렘은 솔직하게 말했다.

"나는 35달러 받는데 생활비를 내가 내야 해요. 조금 부족한 금액이죠. 그 정도 돈으로는 살기가 힘드니까요. 일주일에 한 번 오페라도 봐야 하고 괜찮은 옷도 사야 하고, 게다가 차에 들어가는 돈만도 1달러가 넘어요. 택시비는 또 따로 들고요."

"그래요, 당신한테는 좀 빠듯할 것 같네요."

렘은 퍼킨스보다 더 적은 돈으로 생활해야 하는 대가족도 많다는 것을 생각하며 슬며시 웃었다.

"물론 집에 있는 가족이 일주일에 10달러를 보내줍니다."

샘이 계속해서 말했다.

"아시겠지만 나이 지긋한 남자들은 돈이 좀 있거든요. 그런데 이 동네에서는 돈이 금방금방 없어지더라고요."

"동감입니다. 여기서는 돈 쓸 일이 정말 많더군요."

"오늘 밤에 극장에 가지 않을래요?"

"아뇨. 저는 당신만큼 여유가 없네요. 돈 부쳐줄 아버지도 없어서 가급적 돈을 아껴 써야 합니다."

샘은 흥미로운 일 없이는 살 수 없는 젊은이라서 이렇게 말을 이었다.

"뭐 그렇다면, 차이나타운에 가는 건 어때요? 내게 차가 있으니까 따로 돈 들 일은 없겠네요."

이 제안에는 렘도 기꺼이 응했다.

"좋아요. 워렌 씨도 같이 가자고 하면 좋아할 것 같은데요."

워렌은 렘이 알고 지내는 또 다른 손님이었다.

"그 괴짜 말인가요?"

속물 기질이 약간 있어 보이는 샘이 언성을 높였다.

"그는 머리가 조금 모자라요. 문학을 좋아하고 잡지에 글을 쓰는 체하던데."

"사실 아닌가요?"

"아마 그럴지도 모르죠. 한데 그자가 하고 다니는 꾀죄죄한 넥타이 보셨나요?"

"당신 넥타이보다는 못하던데요."

워렌이 어디서 일하는지 아는 렘은 미소를 지어 보였다.

"이 넥타이 어때요? 정말 멋지지 않나요?"

샘이 만족스러운 표정으로 물었다.

"눈에 확 띄는군요."

렘의 취향은 그보다 훨씬 수수했다.

"저는 매주 넥타이를 새로 산답니다. 당신도 알겠지만 반값으로 살 수 있거든요. 여자애들이 항상 눈여겨보는 게 남자의 넥타이예요."

저녁 식사를 알리는 종이 울리자 두 젊은이는 서로 헤어져 각자의 식탁으로 갔다. 식사를 마친 뒤 다시 로비에서 만난 두 사람은 차이나타운으로 향했다.

17

 렘은 새로 사귄 친구와 함께 모트 가 근방을 돌아다니며 근처에 대규모로 모여 사는 동양인들의 독특한 풍습과 이국적인 태도를 흥미롭게 관찰했다.

 하지만 초저녁에 우리의 주인공이 샘 퍼킨스와 외출한 것을 후회하게 만든 사건이 일어났다. 두 사람이 아크등 아래서 조용히 신문을 읽고 있는 중국인 노인에게 다가갔을 때의 일이다. 렘이 뭐라 제지하기도 전에 샘이 노인에게 무례하게 말을 걸었다.

 "헤이, 존,"

 그가 놀리는 투로 말했다.

 "돈 없으면 빨래 못 한다 해."

 그러고는 특유의 태도로 얄빠지게 웃어댔다.

 동양인 특유의 매서운 눈을 한 노인은 신문에서 고개를 들어 한참 동안 샘을 차갑게 노려보았다. 이어 대단히 근엄하게 한마디 했다.

"내 할아버지의 턱수염을 걸고 말하는데, 자네는 이제까지 내가 본 얼굴 가운데서 가장 역겨운 여드름투성이 원숭이야."

이 말에 발끈한 샘은 노인을 한 대 치려는 자세를 취했다. 하지만 놀랍게도 노인은 조금도 위축되지 않았다. 오히려 주머니에서 작은 손도끼를 꺼내더니 날카로운 모서리로 자신의 손등에 난 털을 긁어댔다.

샘은 얼굴이 창백해졌고 미친 듯이 날뛰기 시작했다. 결국 렘은 자신이 끼어들어야 할 때라고 판단했다.

하지만 그의 충고도 건방진 젊은이에게 아무런 효과가 없었고, 그가 계속해서 버릇없는 행동을 고집하자 우리의 주인공은 그와 갈라설 것을 진지하게 생각했다.

무허가 주류 판매점처럼 보이는 곳 앞에서 샘이 걸음을 멈췄다.

"들어갑시다."

그가 말했다.

"위스키 한잔 해요."

"고맙지만 위스키는 내키지 않는데요."

"그럼 맥주로 할까요?"

"술은 안 합니다. 고맙지만 됐습니다."

"설마 술을 한 방울도 안 하는 모범생은 아니겠죠."

"맞아요."

"젠장, 잘난 체하기는."

샘이 무허가 술집 문에 숨겨져 있는 비밀 버튼을 누르며 말했다.

드디어 혼자가 된 렘은 안도의 한숨을 쉬었다. 아직 초저녁이었기에 산책을 계속하기로 했다.

펠 가에서 그리 멀지 않은 모퉁이를 돌았을 때 갑자기 병 하나가 날아와 그의 발 앞에서 깨졌다. 간발의 차이로 그의 머리를 비켜났다.

고의였을까, 아니면 우연일까?

렘은 조심스럽게 주위를 둘러보았다. 거리에는 인적이 끊겼고 도로에 면한 모든 집들에 블라인드가 내려져 있었다. 전방의 유일한 가게에 내걸린 '우 퐁 세탁소'라는 간판이 눈에 들어왔지만, 그에게는 아무 의미가 없었다.

그가 병 가까이로 다가가자 놀랍게도 깨진 병 조각들 사이로 쪽지 한 장이 보였다. 렘은 몸을 굽혀 쪽지를 집어 들었다.

이때 세탁소 문이 조용히 열리면서 우 퐁의 부하로 보이는 거구의 중국인이 나왔다. 그는 펠트 슬리퍼를 신은 터라 아무 소리도 내지 않았다. 우리의 주인공에게 몰래 다가가는 그의 손에 반짝이는 것이 들려 있었다.

칼이었다.

18

 우리의 여주인공 베티 프레일을 너무도 오랫동안 내버려두었다. 마지막으로 보았을 때 그녀는 우 퐁의 매음굴에 갇혀 마맛자국이 난 아르메니아인이 몰타에서 오기를 기다리고 있었다.

 그 이후로 동양인, 슬라브인, 라틴족, 켈트족, 셈족 등 수많은 종족의 남자들이 그녀를 찾았다. 때로는 하룻밤에 세 명이 그녀를 찾기도 했다. 하지만 우 퐁이 그녀의 몸값을 다른 여자 노예들보다 훨씬 높게 불렀던 터라 그렇게 많은 손님이 한꺼번에 몰리는 때는 드물었다.

 베티는 자신의 처지를 한탄했다. 처음에는 자신을 강압적으로 덮치는 '남편들'을 거부하려고 몸부림을 치기도 했지만, 그런 노력이 아무 쓸모가 없다는 것을 깨닫자 굴욕적인 의무에 적응하기로 했다. 그럼에도 틈만 나면 도망칠 방법이 없는지 계속 궁리했다.

병 안에 든 쪽지를 적은 사람은 물론 베티였다. 창문 옆에 서서 자신과 사랑에 빠졌다고 주장하는 헤비급 레슬러 셀림 함미드 베이가 도착하기를 두려운 마음으로 기다리던 중, 레뮤얼 피트킨이 모퉁이를 돌아 세탁소 앞을 지나는 것을 보았다. 그래서 자신이 처한 곤경을 급하게 쪽지에 적어 병에 넣고 거리로 던졌던 것이다.

하지만 불행히도 그녀의 행동은 늘 감시의 대상이었다. 열쇠 구멍을 통해 그녀를 철저히 감시하던 우 퐁의 부하 한 명이 그 정보를 주인에게 전달했고, 우 퐁이 거구의 중국인을 보내 렘을 칼로 찌르게 했다.

지난 장에서 끊겼던 이야기를 다시 잇기에 앞서, 우 퐁의 매음굴에 일어난 몇 가지 변화를 알려줄까 한다. 내 판단으로는 중요한 변화들이며, 비록 이 이야기와 관련된 지점이 명확해 보이지는 않다 해도 분명 관련이 있다고 믿는다.

어엿한 다른 사업들이 그랬듯이 우 퐁의 장사도 대공황의 여파를 피해가지 못했다. 곰곰이 생각한 끝에 그 역시 공급 과잉이라는 결론을 내렸다. 그래서 비용 절감을 위해 더 이상 모든 국적의 여자애들을 거느리지 않고 특정 부문만을 공략하기로 마음먹었다.

우 퐁은 머리 회전이 빨랐고 유행을 알아보는 감각이 있었다. 국내 산업과 국내 인재를 활용하는 것이 유행임을 감지한 그는 윌리엄 허스트*의 신문들이 '국산품 애용'Buy American 캠페인을 시작하자 외국인 여자들을 모두 해고하고 자신의 시설을 완전히 미국적인 곳으로 개조하기로 했다.

1928년에는 필요한 여자들을 구하기가 무척 어려웠지만 1934년 무렵이 되자 상황이 달라졌다. 궁핍한 처지에 내몰린 순수 혈통의 괜찮은 집안에서 여자애들을 시장에 내다 파는 일이 벌어진 것이다.

이번에도 집안을 단장하는 일은 아사 골드스타인의 몫이었다. 그는 실내 장식을 펜실베이니아 더치, 올드 사우스, 로그 캐빈 파이오니아, 빅토리안 뉴욕, 웨스턴 캐틀 데이스, 캘리포니아 몬테레이, 인디언, 모던 걸 양식으로 꾸몄다. 그 결과물을 소개하겠다.

레나 하우벤그라우버는 펜실베이니아 벅스 카운티의 퍼키오멘 크리크 출신이다. 그녀의 방에는 페인트칠한 소나무 가구가 가득했고, 슬립웨어, 스패터웨어, 초크웨어, 고디 더치 같은 각종 도기 제품들로 장식했다.** 그녀는 격자무늬 무명으로 만든 소박한 팜 드레스를 입었다.

앨리스 스위트혼은 켄터키 주 파두카 출신이다. 셰러턴*** 풍의 옛 가구를 갖추고 멋진 세공 솜씨를 자랑하는 철제 창살문을 찰스턴에서 들여와, 방문객들이 기쁨의 탄성을 질렀다. 그녀는 남북전쟁 시대의 무도회 가운을 입었다.

---

* 미국의 언론 재벌로 '옐로 저널리즘'이라는 말을 탄생시켰다.
** 슬립웨어는 여러 색깔로 된 흙물을 짜서 무늬를 표현한 도기, 스패터웨어는 안료를 뿌려 문양을 만든 도기, 초크웨어는 물감을 칠한 석고상, 고디 더치는 흰색 바탕에 화려한 채색 무늬가 들어간 도자기다.
*** 18세기 말 영국에서 유행한 신고전주의 가구 양식

메리 저드킨스는 아칸소 주 저그타운힐에서 왔다. 참나무 기둥을 세우고 갈라진 틈에 진흙을 바르는 식으로 벽을 꾸몄다. 매트리스는 사료용 옥수수로 속을 채우고 버펄로 밧줄로 꽁꽁 묶었다. 바닥에는 진짜 흙을 깔았다. 그녀는 집에서 만든 꼬질꼬질한 갈색 바지에 남자 부츠를 신었다.

패트리샤 반 리스는 맨해튼 그래머시 파크에서 왔다. 그녀의 거처는 이른바 비더마이어* 스타일로 꾸며놓았다. 창문마다 흰색 벨벳을 길게 늘어뜨렸고, 800개의 크리스털 펜던트가 달린 샹들리에를 거실에 들여놓았다. 그녀는 초창기 '깁슨 걸'Gipson Girl**처럼 옷을 입었다.

파우더 리버 로즈는 와이오밍 주 카슨 스토어 출신이다. 목장 인부들이 머무는 숙소를 그대로 본떠 그녀의 거처를 만들었다. 박차拍車, 안장 담요, 밀짚, 기타, 채찍, 손잡이에 펄장식이 된 권총, 건초용 쇠스랑, 카드 같은 잡동사니들을 의도적으로 혼란스럽게 흩어놓았다. 그녀는 염소가죽 바지에 실크 블라우스를 입고 방울뱀 모양의 띠가 달린 카우보이 모자를 썼다.

돌로레스 오릴리는 캘리포니아 알타비스타에서 왔다. 우퐁이 돈을 아끼려고 한때 스페인 여자 콘치타가 지내던 거처에 그녀를 들였다. 목제 의자를 치우고 수송아지 뿔로 팔걸

* 19세기 전반 중부 유럽의 중산계층에서 유행했던 소박하고 실용적인 양식
** 19세기 말 미국에서 유행했던 이상적인 여성상으로 늘씬한 키, 풍만한 가슴, 가는 허리를 강조한 스타일

이를 댄 말가죽 의자로 바꾼 뒤 몬테레이 양식이라 했다. 아사 골드스타인은 이에 무척 화를 냈지만, 우 퐁은 어차피 그녀가 손님을 많이 끄는 돈벌이가 못 된다고 판단했기에 그냥 밀어붙였다. 제대로 치장을 한다 해도 딱히 미국적으로 보이는 외모도 아니라 여겼다.

프린세스 로안 폰은 오클라호마의 인디언 보호구역 투 포크에서 왔다. 자작나무 껍질을 벽에 덕지덕지 발라 원주민 오두막처럼 보이게 했다. 그녀는 바닥에서 모든 일을 보았다. 황소 눈알 문양의 담요를 덮은 그녀는 늑대 이빨로 만든 목걸이를 제외하면 발가벗은 채였다.

코비나 위그스는 코네티컷 주 우드스톡에서 온 여자였다. 그녀는 거대한 방 하나로 이루어진 거처에서 지냈는데, 마치 기계설계 사무실에 운동부의 로커를 들여놓은 것처럼 꾸몄다. 비행기 부품, T자, 캘리퍼스, 골프채, 책, 술병, 수렵용 나팔, 그리고 현대 화가들의 그림을 여기저기 흩어놓았다. 그녀는 넓은 어깨와 빈약한 엉덩이에 다리가 무척 길었다. 헬멧이 달린 비행기 조종사 점퍼를 입었다. 은색 천으로 만든 점퍼는 몸에 딱 달라붙었다.

베티 프레일은 버몬트 주 오츠빌 출신이다. 그녀의 가구와 의상은 앞서 설명했으니 그 이후로 변한 게 전혀 없다는 말만 덧붙여둔다.

우 퐁이 자신의 시설에 가한 결정적인 변화는 이것만이 아니었다. 그는 위대한 예술가처럼 시설 구축에 온갖 정성을 들였고, 일관성을 갖추려고 정통 프랑스 요리와 포도주를 없앤 뒤 미국식 부엌과 지하 저장실을 마련했다.

레나 하우벤그라우버를 찾는 고객은 마멋 구이를 먹고 샘 톰슨 호밀주를 마실 수 있다. 앨리스 스위트혼을 찾으면 옥수수죽과 절인 베이컨, 버번을 대접받는다. 메리 저드킨스의 방에서는 원한다면 다람쥐 튀김과 옥수수 위스키를 맛볼 수 있다. 패트리샤 반 리스의 방에서는 바닷가재 요리와 샴페인이 기본이었다. 파우더 리버 로즈를 찾는 고객은 보통 송아지 고환 요리를 주문했고 포티로드 위스키로 입가심했다. 그렇게 목록이 이어졌다. 돌로레스 오릴리는 임페리얼 밸리에서 가져온 토르티야와 말린 자두로 빚은 브랜디를, 프린세스 로안 폰은 구운 개와 독주를, 베티 프레일은 생선 차우더와 자메이카 럼주를 내놓았다. 마지막으로 '모던 걸'을 찾는 손님에게는 코비나 위그스가 토마토와 상추 샌드위치와 진을 대접했다.

19

 칼을 든 거구의 중국인은 갑자기 어떤 생각에 사로잡혀 칼을 내려놓지 않았다. 그가 마음속으로 자신의 생각을 실행할까 말까 고민하고 있을 때, 아무것도 눈치 채지 못한 젊은이는 베티가 던진 쪽지를 주워 들었다.

 피트킨 씨
 저는 포로로 잡혀 있어요. 제발 저를 구해주세요.

당신에게 고마워하는 친구,
엘리자베스 프레일

 쪽지의 내용을 확실히 이해한 우리의 주인공은 경찰에게 도움을 청하려 발길을 돌렸다. 이것을 본 중국인이 행동에 나섰다. 그는 칼을 내려놓고 능숙한 무예 솜씨를 발휘해 불시에 우리 주인공의 팔을 꽉 붙들었다. 렘은 꼼짝 못하는 처지가 되었다.

중국인이 막일꾼처럼 코로 휘파람을 불자 이 신호에 답하듯 우 풍의 부하 몇 명이 그를 도우러 나왔다. 렘은 용감하게 저항했지만 힘에서 눌린 터라 어쩔 수 없이 세탁소로 끌려 들어갔다.

렘을 붙잡은 사람이 고약한 인상의 우 풍에게 그를 데려가자 가게 주인은 가엾은 젊은이를 쳐다보며 기분 좋게 손을 비벼댔다.

"잘했네, 친 라오 체."

그는 렘을 붙잡은 사람을 칭찬했다.

"당장 풀어주시오!"

우리의 주인공이 요구했다.

"대체 무슨 권리로 나를 여기에 붙잡아두는 거요?"

그러나 간악한 중국인은 그의 항변을 무시했고 오히려 수수께끼 같은 미소를 지었다. 그는 잘생긴 미국 청년을 이용해먹을 궁리를 했다. 바로 그날 밤 취향이 고약한 카누라니 마하라자가 방문하기로 되어 있었다. 우 풍은 속으로 쾌재를 불렀다. 신이 자신을 돕는 것 같았다.

"그를 준비시켜라."

그가 중국어로 말했다.

가엾은 젊은이는 선박의 선실처럼 차려진 방으로 끌려갔다. 티크 판자로 벽을 대고 육분의六分儀와 컴퍼스, 기어 같은 장치들이 널린 방이었다. 그를 데려온 자가 강제로 렘에게 몸에 딱 맞는 선원복을 입혔다. 그러고는 절대로 달아날 생각을 하지 말라고 경고한 다음 방을 나갔다.

렘은 한쪽 구석에 딸린 침상 가장자리에 걸터앉아 머리를 감싸쥐었다. 또다시 어떤 시련이 자신을 기다리고 있을지 걱정되어 아무 생각도 나지 않았다.

그가 헤이니 씨에게 보고를 제대로 못했다면 일자리를 잃었을까? 아마도 그럴 것이다.

'사랑하는 어머니는 어디 계실까? 살아 계신다면 구빈원에 머물거나 이 집 저 집 돌아다니며 구걸을 할지도 모른다. 휘플 씨는 어디 있을까? 죽어서 무연고자 공동묘지에 묻혀 있겠지. 그나저나 프레일 양에게는 어떻게 전갈을 전하지?'

렘이 마지막 문제로 고민하고 있을 때 그를 붙잡았던 친 라오 체가 조잡해 보이는 자동 권총을 손에 들고 방에 들어왔다.

"어이, 친구."

그가 위협적인 어조로 말했다.

"이 권총 보이지? 똑바로 행동하지 않으면 내가 쏴 죽일 거야."

그러더니 친은 벽장에 몸을 숨겼다. 문을 닫기 전에 자기가 열쇠 구멍으로 모든 행동을 지켜보리라는 것을 렘에게 알렸다.

가엾은 젊은이는 대체 무슨 일이 벌어지려나 싶어 머리를 굴려봤지만 도저히 짐작도 안 갔다. 하지만 곧 알게 될 터였다.

문을 두드리는 소리가 들렸고, 이어 우 퐁과 그 뒤로 보석으로 손을 감싼 작고 까무잡잡한 사람이 들어왔다. 카누라니 마하라자였다.

"아유, 또또래 보이는 소년이네."

인도 귀족은 좋아 죽겠다는 표정으로 혀 짧은 소리를 냈다.

"각하 마음에 드신다니 기쁘기 그지없습니다."

우 퐁은 비굴하게 허리를 굽혀 절을 한 다음 뒷걸음질로 방을 나갔다.

마하라자는 벽장 속에 숨은 남자 때문에 신경이 곤두서 있는 우리의 주인공에게 조심스럽게 다가가 그의 허리를 팔로 껴안았다.

"일루 와, 또또란 소년, 키스해저."

그러면서 추파를 던졌는데, 순간 보잘것없던 그의 용모가 악의 화신으로 돌변했다.

혐오감이 밀려오면서 렘의 머리털이 곤두섰다.

'나를 여자라고 생각하는 걸까?'

가엾은 젊은이는 이렇게 생각했다.

'아냐, 이자는 적어도 두 번 나를 소년이라 불렀어.'

렘은 지시사항이 없나 싶어 벽장 쪽을 쳐다보았다. 중국인이 벽장문을 열고 머리를 쑥 내밀었다. 이어 입술을 오므리고 눈을 사랑스럽게 굴리며 인도 귀족을 가리켰다.

우리의 주인공은 그것이 무슨 뜻인지 깨닫자 얼굴빛이 공포로 창백해졌다. 마하라자를 다시 보았고, 그 남자 눈에서 욕망의 불길을 발견한 순간 거의 기절하기 일보 직전이었다.

다행히도 램은 기절하는 대신 소리를 질렀다. 그런데 그것이 그에게는 구원의 길이 되었다. 턱을 너무도 쫙 벌린 나머지 의치가 카펫에 철퍼덕 떨어졌던 것이다. 마하라자는 혐오스러워하며 펄쩍 뛰었다.

이어 또 다른 행운의 사건이 벌어졌다. 램이 어색한 자세로 허리를 굽혀 의치를 주우려는 순간, 헤이니가 그에게 준 유리 눈알이 갑자기 튀어나와 바닥에 떨어져 산산조각 난 것이다.

이 일은 카누라니 마하라자가 감당하기에는 너무도 버거웠다. 그는 화가 나서 방방 뛰었다. 우 퐁이 속였다! 이토록 끔찍한 놈을 예쁘장한 소년이라고 소개하다니!

인도 귀족은 격노한 채 방을 뛰쳐나갔고 돈을 돌려달라고 요구했다. 환불받은 그는 이곳을 떠나며 다시는 오지 않으리라 맹세했다.

우 퐁은 마하라자와의 거래를 날린 것을 애꿎은 램의 탓으로 돌리고 마구 구박했다. 이어 부하들에게 그를 흠씬 패주고 선원복을 벗긴 다음 옷가지와 함께 거리에 내다버리라고 했다.

20

 렘은 옷가지를 주섬주섬 모아 아무도 살지 않는 옆집으로 기어들어가 옷을 입었다. 우선 경찰부터 찾아야 한다는 생각이 들었다.

 보통 그와 같은 상황에서라면 법의 수호자가 곧바로 눈에 띄지 않는 법이다. 그는 몇 마일을 돌아다닌 끝에 겨우 경찰을 한 명 발견했다.

 "경관,"

 의치를 잃은 우리의 주인공은 조심조심 입을 열었다.

 "불만을 하나 접수하고 싶은데요."

 "그러쇼."

 라일리 경관이 무뚝뚝하게 대답했다. 그도 그럴 것이 이 가없은 젊은이의 몰골이 말이 아니었기 때문이다. 중국인들이 옷을 찢어버린 데다 눈알은 빠졌고 의치도 망가진 터였다.

 "지금 당장 인력을 모아 세탁소를 가장한 매음굴을 운영하고 있는 우 퐁이라는 작자를 체포하셨으면 합니다."

"우 퐁을 체포하라고요? 거참, 정신없는 사람일세. 그는 이 지역 최고 거물이오. 좋은 말로 할 때 집에 가서 발 닦고 잠이나 자쇼."

"하지만 그가 어떤 여자를 감금하고 있고 내게 물리적 폭력까지 행사했다는 뚜렷한 증거가 있어요."

"한 번만 더 내 친구에 대해 뭐라고 지껄이면 감옥에 처넣을 줄 알아."

"하지만……."

렘은 화가 나기 시작했다.

라일리 경관은 한다면 하는 사람이었다. 그는 젊은이가 말을 마치기도 전에 곤봉을 휘둘러 그의 머리를 쳤고, 이어 옷깃을 잡고 그를 경찰서로 끌고 갔다.

몇 시간 뒤에 렘이 의식을 찾았을 때 그는 자신이 감옥에 있다는 것을 알았다. 무슨 일이 있었는지 재빨리 기억해낸 그는 곤경에서 빠져나갈 궁리를 했다. 높은 사람한테 사연을 알려야겠다는 생각이 제일 먼저 들었다. 하지만 아무리 소리쳐도 아무도 그에게 관심을 보이지 않았다.

다음 날 식사 때가 되자 유대인으로 보이는 작은 남자가 그의 감방에 들어왔다.

"돈 가진 거 있소?"

신의 선민이라는 종족의 남자가 물었다.

"누구시죠?"

렘은 질문에 질문으로 맞받아쳤다.

"나요? 당신의 변호를 맡은 세스 압로모비츠요. 내 질문에 나 대답하시오. 안 그러면 당신의 소송을 제대로 변호해주지 않을 테니까."

"소송이라니요?"

렘은 놀라서 물었다.

"난 아무 짓도 안 했어요."

"법을 모른다고 해서 변명이 되진 않죠."

압로모비츠 변호사가 젠체하며 말했다.

"대체 내가 무슨 죄목으로 기소되었나요?"

가엾은 젊은이는 혼란에 빠졌다.

"몇 가지가 있죠. 우선 문란 행위와 경관 폭행, 둘째 정부 전복 음모, 마지막으로 가장 중요한 건데, 눈알로 가게 주인을 협박해 돈을 뜯어내려 했군요."

"난 그런 일을 한 적이 없어요."

렘이 항변했다.

"내 말 잘 들어, 친구."

변호사는 형식적인 굴레를 벗어던졌다.

"나는 판사가 아니야. 그러니 나한테까지 거짓말할 필요 없어. 자네는 고의로 눈알을 떨어뜨린 애꾸눈 피트킨이야. 알겠어?"

"내가 외눈인 건 사실이지만……"

"토 달지 마. 이건 아주 까다로운 사건이야. 하룻밤 사이에 자네 눈이 말짱하게 낫지 않는 한 승소하기 어려워."

"나는 죄 없어요."

렘이 슬픈 목소리로 반복했다.

"자네가 계속 그런 식으로 나간다면 종신형을 선고받는다 해도 놀랍지 않아. 그러니 말해. '헤이즐턴 프레르' 가게에서 눈을 잃어버린 척하지 않았나?"

"그랬죠."

렘이 말했다.

"하지만 나는 아무것도 받지 않았고 아무 짓도 하지 않았다고요."

"눈알을 찾아주면 1000달러를 사례금으로 주겠다고 하지 않았나?"

"그랬죠, 하지만……"

"또 하지만. 제발 토 달지 말라니까. 자네 공범자가 다음 날 그 가게에 가서 바닥에서 유리 눈알을 찾은 척했어. 헤이즐턴 씨는 그게 누구 건지 알고 있다며 눈알을 달라고 했지. 그자는 거부했고 유리 눈알이 대단히 비싸 보인다면서 헤이즐턴 씨가 주소를 알려주면 자기가 직접 가서 전해주겠다고 했네. 헤이즐턴 씨는 1000달러의 사례금을 날릴 판이라서 그에게 100달러를 주고 눈알을 사겠다고 했어. 그렇게 서로 거래를 한 끝에 자네 공범자는 250달러를 손에 들고 가게에서 나왔어. 헤이즐턴 씨는 지금도 자네가 와서 눈알을 찾아가기를 기다리고 있고."

"저는 아무것도 몰랐어요. 알았다면 굶어죽을지언정 그런 일은 맡지 않았을 겁니다. 그저 유리 눈알을 홍보하기 위한 전략이라고만 알고 있었어요."

"알았네. 하지만 재판에서 이기려면 근사한 핑계를 만들어야 해. 그건 그렇고 지금 가진 돈이 얼마나 되지?"

"3주 일했고 주급이 30달러니까 은행에 90달러가 있을 겁니다."

"그 정도 갖고는 부족해. 지금 이 상담만 해도 100달러인데 현금으로 내면 10퍼센트 깎아서 90달러로 해주지. 내놔."

"나는 당신을 변호사로 원한 적이 없어요."

"내가 마음에 안 든다는 말이군. 알았어. 하지만 상담료는 내야지."

"당신한테 빚진 거 없어요. 당신을 고용하지도 않았는데 무슨 돈을 내요."

"요 쥐새끼 같은 녀석 봐라."

변호사는 본색을 드러냈다.

"법정이 나를 변호사로 선임했으니까 네가 내게 얼마나 빚졌는지는 법정이 가려주겠지. 90달러만 내면 다 끝난 일로 해주겠어. 안 그러면 널 고소할 거야."

"난 빚진 게 없다니까요!"

렘이 소리쳤다.

"강하게 나오시겠다? 좋아, 얼마나 버티는지 두고 보자. 내 친구인 지역 검사한테 말해서 종신형을 살게 해주지."

이 말을 끝으로 압로모비츠 변호사는 우리의 주인공을 감방에 혼자 두고 나갔다.

21

며칠 뒤 기소 검사가 렘을 찾았다. 공무상의 이름이 엘리샤 반스로, 품성 좋고 게을러 보이는 신사였다.

"이봐, 젊은이,"

그가 말했다.

"죗값은 어떻게든 치러야 하는 법. 그나저나 돈이 얼마나 있나?"

"90달러 있습니다."

렘이 솔직하게 말했다.

"너무 적군. 그냥 죄를 인정하는 게 낫겠어."

"하지만 저는 죄가 없어요."

렘이 항변했다.

"우 퐁이……"

"그만 해."

반스가 서둘러 그의 말을 막았다. 중국인의 이름을 듣는 순간 그의 얼굴이 창백해졌다.

"내 충고하는데 여기서 그의 이름을 언급하지 말게."

"저는 죄가 없다니까요."

램은 절망 어린 목소리로 반복했다.

"그리스도도 그랬어."

반스가 한숨을 내쉬며 말했다.

"죄가 없었지만 사람들이 십자가에 못 박았지. 난 자네가 마음에 드네. 보아 하니 뉴잉글랜드 출신 같은데 나도 뉴햄프셔 출신이네. 자네를 돕고 싶어. 세 건의 재판에 기소되었던데 하나를 인정하면 나머지 둘은 면하게 해주지."

"말했잖아요. 저는 죄가 없다고요."

램이 다시 한 번 말했다.

"그럴지도 모르지만 그걸 입증할 돈이 없지 않은가. 게다가 자네 적들은 대단히 강해. 잘 생각하게. 문란 행위에 대해 죄를 인정하고 감방에서 30일 있다 나오게. 그 정도로 판결을 내리게 해줄 테니까. 자, 할 말 있나?"

우리의 주인공은 입을 다물었다.

"난 자네에게 멋진 기회를 주고 있는 거네."

반스가 계속해서 말했다.

"내가 너무 바쁘지만 않았다면 자네를 상대로 소송을 제대로 준비해서 적어도 15년 형은 내렸을 거야. 하지만 자네도 알다시피 선거가 얼마 안 남아서 내가 선거운동 때문에 바쁘거든. 평소에 하던 이런저런 일도 있고 말이야. 그러니 선심 좀 써주게. 그러면 내 언젠가 자네를 도와줄 테니. 내가 자네에 대한 소송을 준비하게 만든다면 야속해 할 거네. 자네를 원망할 거야."

램은 결국 기소 검사가 원하는 대로 하겠다고 했다. 사흘 뒤 그는 강제노역소에 보내져서 30일간 복역했다. 판사는 그에게 90일 형을 내리고 싶어 했지만, 반스가 약속한 대로 힘을 써주었다. 판사에게 뭐라고 귓속말을 해 형기를 30일로 바꾸게 한 것이다.

한 달 뒤 램은 교도소를 나왔고 90달러를 인출하려고 곧장 은행에 갔다. 돈을 전부 찾아서 의치와 유리 눈알을 구입할 생각이었다. 그것들이 없으면 일자리를 구하지 못할 터였기 때문이다.

그는 은행 창구의 직원에게 통장을 건넸다. 잠시 후 직원으로부터 세스 압로모비츠가 돈을 압류했기 때문에 인출해줄 수 없다는 말을 들었다. 너무도 가혹했다. 우리의 주인공은 쏟아지는 눈물을 억지로 참으려고 남자다운 인내를 한껏 발휘해야 했다. 노인처럼 비틀거리며 그곳을 나온 램은 은행 건물 앞에서 하마터면 넘어질 뻔했다.

램은 위압적인 건물의 계단에 서서 거대한 은행 앞을 바쁘게 오가는 군중들을 멍하니 쳐다보았다. 그 순간 갑자기 누군가 그의 팔을 잡고 말을 건넸다.

"왜 그렇게 우울한 얼굴이죠? 나랑 재미 좀 볼래요?"

아무 생각 없이 기계적으로 돌아선 그는 깜짝 놀랐다. 자기한테 말을 건 사람이 베티 프레일이었기 때문이다.

"당신!"

고향 친구인 두 사람 모두 동시에 소리쳤다.

이 두 젊은이가 오츠빌 교회에서 집으로 돌아가는 광경을 본 사람이라면 지난 몇 년 사이에 이들이 거대한 세상에 나와 얼마나 변했는지 보고 충격을 받을 것이다.

프레일은 립스틱을 짙게 발랐다. 싸구려 향수 냄새를 풍겼고 체형이 그대로 드러나는 옷을 입었다. 거리에서 몸을 팔며 지냈는데 그것도 별로 잘하지는 못했다.

우리의 주인공 레뮤얼은 또 어떤가. 눈 하나와 이를 몽땅 잃었고 등은 구부정하게 굽었다.

"우 퐁 집에서 어떻게 빠져나왔죠?"

렘이 물었다.

"당신이 본의 아니게 도와줬어요."

베티의 대답이었다.

"우 퐁과 그의 똘마니들이 당신을 거리로 내다버리느라 바쁜 틈을 타서 아무도 모르게 그냥 걸어 나왔죠."

"잘됐네요."

두 젊은이는 말없이 서로를 보며 서 있었다. 두 사람 모두 같은 질문을 하고 싶었지만 당황해서 말이 나오지 않았다. 이윽고 둘이 동시에 입을 열었다.

"저기……."

거기까지였다. 서로 상대방이 말을 이어주기를 기다렸다.

긴 침묵이 이어졌다. 두 사람 모두 자신이 그 질문을 마저 하고 싶지 않았던 것이다. 결국 그들은 다시 입을 열었다.

"……돈은 있어요?"

"아뇨."

렘과 베티는 서로에게 물었을 때처럼 동시에 대답했다.

"배고프네요."

베티가 딱하게 말했다.

"난 그냥 궁금해서."

"나도 배고파요."

렘이 말했다.

경찰 한 명이 어느덧 그들에게 다가왔다. 두 사람이 만난 이후로 계속 지켜보고 있었다.

"꺼져, 더러운 자식들."

경찰이 퉁명스럽게 말했다.

"숙녀한테 그딴 식으로밖에 말 못해?"

렘이 화가 나서 쏘아붙였다.

"뭐라고?"

경찰이 곤봉을 쳐들었다.

"우리 두 사람 다 이 나라 시민이고 당신에게는 우리를 이런 식으로 대할 권리가 없어."

렘은 대담하게 계속 몰아붙였다.

경찰이 곤봉을 들어 렘의 머리를 내리치려 할 때 베티가 끼어들어 그를 끌고 갔다.

두 사람은 아무 말 없이 걸었다. 함께 걸으니 기분이 조금 나아졌다. 비참할 때는 동행이 있으면 나은 법이다. 금세 센트럴파크가 나왔고 그들은 벤치를 찾아 앉았다.

렘이 한숨을 내쉬었다.

"왜 그래요?"

베티가 염려된다는 듯이 물었다.

"나는 실패한 인생입니다."

렘은 또 한 번 길게 한숨을 내쉬었다.

"레뮤얼 피트킨, 왜 그런 말을 하죠?"

베티는 화가 난다는 듯 목소리를 높였다.

"이제 겨우 열일곱 살이면서……."

"그런가요."

렘은 자신이 용기를 잃었다는 것을 인정하자 창피했다.

"내 운을 시험하려고 오츠빌을 떠났는데, 지금까지 감옥에 두 번 갔다 왔고 눈 하나와 이를 몽땅 잃었어요."

"오믈렛을 요리하려면 달걀을 깨야죠."

베티가 말했다.

"눈을 잃었어도 말은 할 수 있잖아요. 언젠가 눈 두 개를 다 잃고도 큰돈을 번 사람의 이야기를 읽은 적이 있어요. 어떻게 그랬는지는 잊었지만 아무튼 그는 돈을 벌었어요. 그리고 헨리 포드를 생각해봐요. 그는 마흔 살에 무일푼이었지만 제임스 커즌스에게 1000달러를 빌렸고, 나중에 돈을 갚았을 때는 3800만 달러의 갑부가 되었잖아요. 당신은 겨우 열일곱 살인데 벌써 실패한 인생이라고 말하는군요."

베티는 계속해서 렘에게 위로와 용기를 주었다. 날이 어느덧 어두워졌다. 해가 지면서 날씨가 무척 쌀쌀해졌다.

키 작은 관목 너머로 두 젊은이를 의심쩍은 눈초리로 쳐다보고 있는 경찰의 모습이 슬쩍 보였다.

"잘 데가 없어요."

베티가 추위로 몸을 떨며 말했다.

"나도 마찬가지예요."

렘이 깊은 한숨을 쉬었다.

"우리 그랜드센트럴 역에 갈래요?"

베티가 제안했다.

"거기는 따뜻해요. 그리고 나는 바삐 움직이는 사람들을 보면 기분이 좋아요. 기차를 기다리는 척하면 아무도 우리를 쫓아내지 않을 거예요."

22

"모든 게 꿈만 같네요, 휘플 씨. 오늘 아침 감옥에서 나왔을 때만 해도 굶어죽지 않을까 생각했는데 지금 이렇게 금을 캐러 캘리포니아에 가고 있다니 말입니다."

그렇다, 이 말을 하고 있는 사람은 우리의 주인공 렘이다. 그는 지금 시카고행 '5번로 스페셜' 열차의 식당 칸에 앉아 있다. 시카고에 도착하면 그와 일행은 애치슨, 토피카, 산타페를 거쳐 하이 시에라까지 가는 특급 열차 '치프'로 갈아탈 예정이다.

그와 함께 식당 칸에 있는 사람은 베티와 휘플, 그리고 제이크 레이번이다. 이들 네 사람은 풀먼 회사가 제공하는 멋진 음식을 들며 화기애애한 분위기를 즐기고 있다.

어떻게 상황이 이렇게 급변했는지 설명하기란 쉽다. 렘과 베티가 그랜드센트럴 역의 대합실에서 몸을 녹이고 있을 때 휘플이 매표소 앞에서 줄을 서 있는 것이 보였다. 그래서 렘은 전직 은행업자에게 다가갔고, 소년을 본 휘플은 과장된 몸짓으로 반갑게 맞이했다. 베티도 그에게는 반가운 사람이었다. 그녀의 부친인 프레일이 화재로 세상을 떠나기 전부터 그와 알고 지낸 사이였다.

두 사람이 처한 딱한 처지를 들은 휘플은 캘리포니아에 함께 가자고 제안했다. 그는 제이크 레이번과 함께 그곳에 가서 인디언 친구가 소유한 광산의 금을 캐낼 생각이었다. 그리고 그 돈을 국가혁명당의 활동자금으로 쓸 계획이었다.

렘은 휘플의 채광 작업을 돕고 베티는 광부들을 위해 이런저런 뒷바라지를 하기로 했다. 두 젊은이는 이런 기회가 주어진 데 대해 무척 기뻐하며 휘플에게 몇 번이고 고맙다는 말을 했다.

식당 칸 웨이터가 커피를 가져왔을 때 세그포크가 말했다. "시카고에 가면 '치프'가 황금의 서부로 떠나기 전에 세 시간 반 정도 여유가 있을 걸세. 그동안 렘은 물론 의치와 눈알을 새로 장만해야 할 테고, 나머지 우리들은 세계박람회장에 잠깐 다녀오면 어떨까 싶은데."

휘플은 이어 박람회의 목적에 대해 구구절절 설명했다. 급기야 수석 웨이터가 들어와 공손하게 말하기를, 식탁을 물리고 침대로 돌아갈 때가 되었다고 했다.

다음 날 아침 열차가 정거장에 도착하자 다들 짐을 챙겨 내렸다. 렘은 필요한 물품을 구입하려고 돈을 받았고 나머지 사람들은 즉시 박람회장으로 떠났다. 렘은 시간이 되면 박람회장에서 사람들과 합류하기로 했다.

렘은 최대한 서둘러 전문상점에 가서 눈알과 의치를 재빨리 골랐다. 이어 박람회장을 향해 출발했다.

11번가를 지나 북쪽 입구로 걸어가고 있을 때 땅딸막한 남자가 그에게 다가와 말을 걸었다. 그는 보들보들한 검은색 펠트 모자를 테가 눈 아래까지 덮도록 푹 눌러 쓴 데다, 무성한 갈색 턱수염 때문에 얼굴 아래쪽을 거의 알아볼 수 없었다.

"실례합니다만,"

다소 가라앉은 목소리로 그가 말했다.

"당신이 바로 제가 찾는 사람 같네요."

"무슨 소리죠?"

렘은 즉시 경계 태세를 취했다. 다시는 사기꾼의 덫에 걸려들고 싶지 않았기 때문이다.

"성함이 레뮤얼 피트킨 아닌가요?"

"맞는데요."

"제가 갖고 있는 인상착의가 당신일 거라 생각했습니다."

"누가 당신한테 설명해줬죠?"

우리의 주인공이 물었다.

"그야 물론 휘플 씨죠."

처음 보는 사람은 뜻밖의 대답을 했다.

"어째서 그가 당신한테 내 인상착의를 설명해줘야 했죠?"

"그래야 박람회장에서 당신을 찾을 수 있으니까요."

"그게 무슨 소리예요? 두 시간 뒤에 정거장에서 그를 만나기로 했는데."

"안타깝게도 사고가 나서 그게 어렵게 됐거든요."

"사고요?"

"네."

"무슨 사고 말인가요?"

"유감스럽게도 큰 사고입니다. 그 분은 관광버스에 치여서……"

"죽었나요?"

렘이 당황하여 목소리가 올라갔다.

"말해봐요. 그가 죽었나요?"

"아뇨, 그런 건 아니지만 부상을 심하게 입어서, 어쩌면 치명적일지도 모릅니다. 의식이 없는 상태로 병원에 실려 갔습니다. 의식을 되찾자 당신을 찾았고, 그래서 제가 당신을 데리러 온 겁니다. 프레일 양과 레이번 추장도 그의 곁에 있습니다."

렘은 비참한 소식에 경악해서 숨을 다시 고르는 데 5분이나 걸렸다.

"끔찍하네요!"

그는 턱수염 기른 이방인에게 즉시 휘플이 있는 곳으로 데려가 달라고 했다.

이것이야말로 이자가 노리던 바였다.

"차가 있습니다."

그가 허리를 굽혀 인사하며 말했다.

"타시죠."

이어 우리의 주인공을 보도 갓돌에 세워놓은 멋진 리무진에 태웠다. 렘이 차에 오르자 녹색 고글을 쓰고 긴 리넨 외투를 입은 운전사가 전속력으로 차를 몰기 시작했다.

젊은이는 이 모든 상황을 전혀 의심하지 않았다. 흥분한 상태인 데다가 차가 쌩쌩 달리자 한시라도 빨리 휘플 곁에 가고 싶어서 아무 생각도 할 수 없었다.

리무진은 고가도로 밑을 연이어 재빨리 통과했다. 거리 모퉁이에 과일 행상과 넥타이 파는 상인들이 있었다. 사람들이 보도를 이리저리 오갔다. 자동차, 트럭, 승용차가 획획 지나갔다. 거대한 도시가 으르렁대는 소리가 사방에서 들려왔지만, 렘은 아무것도 보고 듣지 못했다.

"휘플 씨는 어디에 있나요?"

그가 이내 물었다.

"레이크 쇼어 병원에 있습니다."

"지금 가장 빠른 길로 달리고 있는 거 맞죠?"

"물론이죠."

이 말과 함께 낯선 사람은 다시 우울한 침묵에 빠졌다.

렘은 리무진 창을 통해 밖을 내다보았다. 자동차와 트럭이 점점 줄었다. 곧 거리에서 차가 한 대도 보이지 않았다. 사람들도 점차 줄어 이따금 길을 가는 사람이 보일 뿐이었고, 이어 인적마저 뚝 끊겼다.

차가 매우 흉흉한 동네에 이르자 턱수염 기른 이방인이 창문 하나의 차일을 내렸다.

"왜 그러시죠?"

렘이 물었다.

"햇빛 때문에 눈이 부시네요."

그는 이렇게 말하며 다른 차일도 조심스럽게 내렸다. 차 안이 완전히 깜깜해졌다.

순간 렘은 상황이 자신이 생각하던 것과 다르게 흘러간다는 것을 직감했다.

"차일을 올려야겠어요."

그가 이렇게 말하며 가까운 곳의 차일을 향해 손을 뻗었다.

"나는 둘 다 내린 상태로 됐으면 좋겠는데."

상대방이 낮고 거친 목소리로 되받아쳤다.

"무슨 뜻이죠?"

갑자기 억센 손이 렘의 목을 거칠게 움켜쥐더니 이런 말이 들려왔다.

"내 말뜻은, 레뮤얼 피트킨, 자네가 제3인터내셔널의 손아귀에 있다는 말이지."

23

 느닷없는 공격이었지만 렘은 필사적으로 상대와 맞붙어 싸웠고 기필코 목숨을 지키리라 다짐했다.
 그는 오츠빌 고등학교에 다닐 때 최고의 운동선수였다. 그가 흥분하면 감히 누구도 만만하게 대하지 못했는데 턱수염 난 남자도 이를 곧 깨달았다. 렘은 자신의 목을 죄던 손을 뿌리쳐 무사히 빠져나갔지만, 목이 세게 눌렸던 터라 도와달라는 소리를 지르려 했을 때 목소리가 제대로 나오지 않았다.
 설사 목소리가 정상이었더라도 소용없었을지 모른다. 왜냐하면 운전사도 한패였으니까. 그는 뒤 한번 돌아보지 않고 액셀러레이터를 밟더니 악취가 나는 컴컴한 골목 안으로 곧장 차를 몰았다.
 렘은 사납게 팔을 뻗어 강렬한 주먹을 상대방 얼굴에 날렸다. 그 양반은 거친 저주의 말을 내뱉었지만 주먹으로 응수하지 않았다. 대신 주머니에서 뭔가를 뒤졌다.

렘이 다시 주먹을 날렸고 이번에는 그의 손이 턱수염에 엉겨 붙었다. 턱수염은 가짜로 붙인 것이라서 금방 떨어져 나갔다.

비록 차 안이 어둡긴 했지만, 친애하는 독자 여러분이 만약 그 자리에 있었다면, 우리의 주인공이 맞서 싸우는 상대가 바로 체스터필드 외투를 입은 뚱뚱한 남자라는 것을 알아보았을 것이다. 하지만 렘은 그자를 한 번도 본 적이 없었으므로 그가 누군지 몰랐다.

낯선 자와 엉겨 붙어 싸우던 중, 렘은 갑자기 딱딱하고 차가운 무엇이 이마에 닿는 것을 느꼈다. 권총이었다.

"요 파시스트 새끼, 이제 잡았다! 손가락 하나라도 까딱하면 지옥으로 보내주겠어!"

이건 말이 아니라 으르렁대는 수준이었다.

"원하는 게 뭡니까?"

렘이 헐떡거리며 말했다.

"휘플과 함께 금을 캐러 간다던데, 금광의 위치가 어디야?"

"나는 몰라요."

렘은 사실대로 말했다. 셰그포크가 최종 목적지를 비밀로 해두었던 것이다.

"알고 있잖아, 빌어먹을 부르주아 새끼. 빨리 말해. 안 그러면……"

그때 사이렌 소리가 난폭하게 울리며 그의 말을 중단시켰다. 차가 도로에서 벗어나 거칠게 내달리더니 쾅 하고 부딪

했다. 렘은 종소리가 울리는 어둑한 터널 안에서 재빠르게 빙글빙글 도는 느낌을 받았다. 사방이 캄캄했고, 그가 마지막으로 의식한 것은 찌르는 듯 쑤시는 왼손의 고통이었다.

가엾은 젊은이가 의식을 되찾았을 때는 간이침대에 누워 어디론가 옮겨지고 있었다. 그의 머리맡에서 흰색 정장 차림의 남자가 조용히 시가를 피워댔다. 렘은 자신이 더 이상 리무진에 있지 않다는 것을 알았다. 수송 기관의 뒤쪽 끝이 아주 넓어서 빛과 공기가 엄청나게 들어왔다.

"어떻게 된 거죠?"

그가 궁금증을 이기지 못하고 물었다.

"이제야 정신이 돌아왔군 그래."

흰색 정장의 남자가 말했다.

"내가 볼 때는 괜찮은 것도 같은데."

"대체 무슨 일이 일어났죠?"

"끔찍한 충돌 사고를 당했네."

"충돌 사고라뇨? 지금 어디로 가는 겁니까?"

"흥분하지 마, 내가 설명해줄 테니. 자네가 탄 리무진이 소방차를 들이받아 망가졌네. 운전사는 달아났고 우리가 사고 현장에서 발견한 사람은 자네뿐이네. 이 차는 레이크 쇼어 병원의 구급차이고 지금 병원에 가는 길이야."

이제야 어떻게 된 사정인지 이해한 렘은 자신이 무사함에 신께 감사드렸다.

"설마 바이올리니스트는 아니겠지?"

인턴이 알쏭달쏭한 말을 덧붙였다.

"저는 바이올린을 연주할 줄 몰라요. 그런데 무슨 말이죠?"

"자네 왼손이 심하게 망가져서 일부를 잘라내야 하거든. 정확히 말하면 엄지손가락을."

렘은 깊은 한숨을 내쉬었지만 용감한 젊은이답게 다른 일을 생각하기로 했다.

"이 구급차가 어느 병원 거라고 했죠?"

"레이크 쇼어 병원이네."

"혹시 네이선 휘플이라는 환자가 거기 있나요? 박람회장에서 관광버스에 치여서 입원했다고 하던데요."

"그런 이름의 환자는 없네."

"정말이에요?"

"확실해. 나는 사고로 병원에 들어온 사람은 모두 아니까."

갑자기 모든 게 분명해졌다.

"그렇다면 녀석이 나를 속인 거로군!"

렘이 소리쳤다.

"누가 속였다고?"

인턴이 물었다.

렘은 그의 질문을 무시했다.

"몇 시죠?"

"1시."

"열차를 타기까지 아직 15분이 남았어. 세워줘요. 여기서 내려야 해요."

구급차 의사가 우리의 주인공을 쳐다보더니 혹시 정신이 나간 게 아닌가 걱정했다.

"내려야 한다니까요."

렘이 미친 듯이 같은 말을 반복했다.

"물론 자네가 원한다면 말릴 사람은 없지만 병원에 가는 게 좋을 텐데."

"아뇨."

렘이 말했다.

"부탁할게요. 당장 정거장에 가야 해요. 열차를 타야 해요."

"뭐 그렇다면 자네 용기를 인정할 수밖에. 아아, 내 자네를 도와줄까 말까."

"제발 도와주세요."

렘이 사정했다.

인턴은 더 이상 군말 없이 운전사를 시켜 교통 법규를 무시하고 최고 속력으로 정거장까지 달리게 했다. 도시를 신나게 달린 끝에 목적지에 도착했을 때는 '치프'가 막 떠나려는 참이었다.

24

렘이 짐작한 대로 휘플과 친구들은 열차에 무사히 있었다. 붕대 감은 그의 손을 보고 이들이 어떻게 된 일이냐고 묻자 가엾은 젊은이는 제3인터내셔널 공작원과 있었던 일을 말해주었다. 다들 경악했고 분노했다.

휘플이 험악하게 말했다.

"언젠가 본때를 보여주겠어. 턱수염이 있는 놈이든 없는 놈이든."

별다른 사건 없이 남은 여행이 지나갔다. 마침 훌륭한 의사가 열차에 타고 있어서 열차가 남부 캘리포니아에 도착할 무렵에는 우리 주인공의 손이 그럭저럭 괜찮은 상태까지 호전되었다.

일행은 말을 타고 며칠을 달려 하이 시에라 산맥의 유바 강에 도착했다. 제이크 레이번의 금광은 이 강의 지류 가운데 한 곳에 위치해 있었다.

채굴장 옆에 통나무 오두막이 한 채 있어서 남자들이 그곳을 살기에 적합하도록 손을 봤다. 휘플과 베티가 그곳에서 지냈고, 램과 인디언은 야외에서 별을 보며 잤다.

어느 날 저녁, 광산에서 힘든 일을 마친 네 친구가 모닥불 주위에 모여앉아 커피를 마시고 있을 때, 서부극에 나오는 악당과 흡사한 용모와 옷차림을 한 사내 한 명이 다가왔다.

그는 빨간색 플란넬 셔츠에 털이 그대로 묻어 있는 가죽 바지를 입고 챙이 넓은 멕시코 모자를 쓰고 있었다. 부츠에는 사냥용 칼이 꽂혀 있었고, 손잡이에 펄장식이 된 권총 두 자루를 드러내 보이고 있었다.

그가 일행을 향해 대여섯 발자국 가까이 다가와 손을 들어 인사했다.

"안녕들 하시오, 이방인 여러분?"

그가 말했다.

"그럭저럭 지낼 만하오."

셰그포크가 대답했다.

"댁은 어떻소?"

"뉴잉글랜드 출신인가 봅니다. 맞죠?"

그가 말에서 내리며 이렇게 물었다.

"맞소, 버몬트에서 왔소. 당신 고향은 어디요?"

"미주리 주 파이크 카운티 출신이오. 파이크는 들어봤소?"

"미주리는 어딘지 압니다."

휘플이 미소를 지으며 말했다.

"하지만 당신 고향이라는 카운티는 잘 모르겠소."

가죽 바지의 남자는 얼굴을 찌푸렸다.

"파이크 카운티를 못 들어봤다니 세상 물정 모르는 촌놈인가 보오. 세상에서 가장 용맹한 투사들이 그곳 출신이라오. 나는 내 몸무게만 한 살쾡이를 때려잡고, 한 번에 열 명의 인디언을 상대하며, 사자와도 꽁무니 빼지 않고 맞붙지."

"그만 하고 이리 와서 우리랑 같이 쉽시다."

휘플이 정중하게 말했다.

"그러죠 뭐."

세련된 태도와는 거리가 먼 미주리 출신 이방인의 대답이었다.

"혹시 위스키 갖고 있는 거 없소?"

"없습니다."

렘이 대답했다.

신참자의 얼굴에 실망한 기색이 역력했다.

"거참 아쉽군요. 소금에 절인 청어처럼 목이 마르던 참인데. 그나저나 여기서 뭘 하시오?"

"광산 일을 하오."

휘플이 말했다.

"땅을 판다고?"

이방인은 싫은 티를 냈다.

"그건 신사가 할 만한 일이 아니오."

이 마지막 말에 들어 있는 경멸의 말투에 모두들 웃었다.

빨간색 셔츠와 조잡한 가죽 바지 차림에 지저분한 갈색 피부인 그는 누가 봐도 전통적인 의미의 신사로는 보이지 않았기 때문이다.

"돈이 많다면야 신사가 되는 것도 나쁘지 않겠죠."

렘이 재치 있게, 하지만 무례하지는 않게 한마디 했다.

"지금 나 들으라고 하는 얘기요?"

파이크 카운티에서 온 남자는 얼굴을 찌푸리고 일어서려는 자세를 취했다.

"개인적인 푸념입니다."

렘이 조용히 말했다.

"용서해주겠소."

미주리 사내가 사납게 말을 받았다.

"하지만 나를 짜증나게 하면 재미없을 거요. 난 아주 나쁜 놈이거든. 잘 모르나 본데 나는 성격이 불같아서 한번 소리를 지르면 망나니들도 꼬리를 내리고 벌벌 떨지. 나를 짜증나게 하면 누구도 살아남지 못해."

이런 살벌한 선언을 한 뒤 파이크 카운티의 남자는 잠시 입을 다물었다. 그는 베티가 가져온 커피와 케이크를 조용히 들었다. 이어 갑자기 화를 벌컥 냈다.

"저거 인디언 아냐?"

그는 제이크 레이번을 가리키며 소리치더니 총을 집어 들었다.

렘이 서둘러 인디언의 앞을 막아섰고, 셰그포크는 악당의 손목을 잡았다.

"그는 우리의 좋은 친구예요."

베티가 말했다.

"그러거나 말거나 난 상관 안 해."

악당이 말했다.

"이 손 놔. 저런 천하의 미개한 녀석들은 몰살시켜야 해."

제이크 레이번은 자기 앞가림을 할 줄 알았다. 자신의 권총을 들고 악당을 향해 겨누며 이렇게 말했다.

"입 다쳐, 이 악당아. 아님 내가 몬저 널 죽일래."

인디언의 총을 보자 악당은 잠잠해졌다.

"좋아."

그가 말했다.

"하지만 인디언이 눈에 보이면 총으로 쏘는 게 내 방침이야. 유일하게 좋은 인디언은 죽은 인디언이다. 내가 항상 하는 말이지."

휘플이 제이크 레이번을 모닥불에서 떨어지게 했다. 다들 오랫동안 입을 다물고 활활 타오르는 불꽃만 쳐다보았다. 마침내 파이크 카운티의 남자가 다시 입을 열었는데 이번에는 렘에게 말했다.

"카드 한판 어떻소?"

이 말과 함께 주머니에서 기름때로 번들거리는 카드를 꺼내더니 능숙한 솜씨로 뒤섞었다.

"카드놀이를 한 번도 해본 적이 없어요."

우리의 주인공이 말했다.

"어디서 자랐소?"

미주리 사내는 상대방을 얕보는 투로 물었다.

"버몬트 주 오츠빌요. 나는 카드를 구분할 줄도 모르고 구분하고 싶지도 않아요."

파이크의 사내는 전혀 당혹스러워하는 기색 없이 말했다.

"내 가르쳐주리다. 포커 게임 한판 어떻소?"

그러자 휘플이 언성을 높였다.

"이 캠프에서 도박은 안 됩니다."

"거참 바보 같은 방침도 다 있군."

그는 전문 도박가답게 새 친구들을 속여 돈을 갈취할 속셈이었다.

"바보 같거나 말거나 그게 우리의 규칙이오."

"이봐, 친구,"

못된 악당이 언성을 높였다.

"내가 누군지 지금 잘 모르는 모양인데, 나는 사람 목숨 따윈 우습게 여긴다고. 성격이 지랄 같아."

"이미 얘기했잖소."

휘플은 목소리를 낮췄다.

"내가 지나가는 곳에는 항상 피비린내가 진동하지."

미주리 사내는 얼굴을 험악하게 찡그렸다.

"지난주에 내가 한 남자를 어떻게 했는지 아시오?"

"글쎄요."

"우리는 함께 알메다 카운티를 지나고 있었소. 오늘 밤에 우리가 만난 것처럼 그냥 우연히 만난 사이였지. 내가 그에게 네 녀석이 동시에 달려든 걸 혼자서 해치웠다는 얘기를 했는데, 그러자 그자가 깔깔 웃더니 내가 술을 마셔서 숫자를 잘못 셌다는 거야. 내가 어떤 사람인지 알았더라면 감히 그런 말은 안 했을 텐데."

"그래서 어떻게 했나요?"

베티가 겁에 질려 물었다.

"내가 어떻게 했냐고?"

파이크 카운티 사내는 사납게 그 말을 반복했다.

"그가 지금 모욕을 준 상대가 누군지 잘 모르는 것 같다고 했지. 내가 성격이 불같아서 소리를 지르면 망나니들도 벌벌 떤다고 했소. 그에게 싸우자고 했고 방법은 그가 정하라고 했소. 맨주먹으로 싸우든지, 이로 물어뜯든지, 칼이나 총을 쓰든지, 도끼를 사용하든지 맘대로 하라고."

"그가 싸웠나요?"

렘이 물었다.

"싸워야만 했지."

"어떻게 됐어요?"

"내가 그놈 심장을 쐈어."

미주리 사내가 차갑게 말했다.

"지금쯤 녀석이 쓰러진 협곡에서 그의 뼈가 허옇게 삭아가고 있을걸."

25

 다음 날 파이크 카운티에서 온 사내는 11시까지 담요 위에 누워 있었다. 렘과 제이크와 셰그포크가 강가에서 일을 마치고 점심을 먹으러 왔을 때에야 자리에서 일어났다. 그가 아직도 캠프에 남아 있어서 다들 놀랐지만 예의상 아무 말도 하지 않았다.

 그들은 몰랐지만 사실 미주리 사내는 잠을 자고 있었던 게 아니다. 나무 아래 누워 베티가 집안일 하는 것을 쳐다보며 추잡한 생각을 했다.

"배고픈데."

그가 퉁명스럽게 말했다.

"점심은 언제요?"

"우리랑 같이 들겠소?"

휘플이 뚱한 미소를 지으며 물었다.

"고맙소, 친구, 그래도 된다면. 당신들 캠프에 도착하기 바로 전에 내 식량이 동이 나서 말이오. 아직 적절한 곳에서 식량을 보충하지 못했소."

그가 엄청난 식욕을 과시하며 음식을 먹어치우자 휘플이 걱정스럽게 그를 쳐다보았다. 캠프에는 식량이 부족했기 때문에 만약 그가 계속 그렇게 먹어댄다면 오후에라도 먹을 것을 구하러 시내에 다녀와야 할 판이었다.

"식성 한번 좋구려."

휘플이 말했다.

"내가 원래 먹는 건 잘하지. 목구멍에 잘 넘어가게 위스키나 좀 갖다주쇼."

"우리는 커피를 마셔요."

렘이 말했다.

"커피는 애들이나 마시는 거고 팔팔한 사내에게는 위스키가 제격이지."

"그래도 나는 커피가 더 좋아요."

렘이 지지 않고 맞받아쳤다.

"나 참!"

미주리 사내는 경멸 어린 말투로 대꾸했다.

"커피를 마시느니 차라리 탈지우유가 낫지. 맛있는 위스키 한잔 했으면 소원이 없겠다."

"내가 이 야영지에서 유일하게 그리운 게 있는데,"

휘플이 말했다.

"구운 콩과 흑빵이오. 당신도 먹어봤겠죠?"

"아니."

파이크 사내가 말했다.

"양키들 음식은 영 구미에 맞질 않아서."

"그럼 무슨 음식 좋아해요?"

렘이 슬쩍 웃으며 물었다.

"암퇘지 젖이랑 묽은 옥수수죽, 옥수수빵, 포티로드 위스키."

"자란 지역에 따라 좋아하는 음식이 서로 다르네요. 나도 구운 콩과 흑빵과 호박파이가 먹고 싶은데. 호박파이는 먹어봤나요?"

"물론."

"어땠나요?"

"그냥 그랬어."

이런 대화를 나누는 동안에도 그는 음식을 엄청나게 먹어댔고 커피를 예닐곱 잔이나 마셨다. 이미 음식이 바닥나기 시작해서 휘플은 신선한 음식을 얻으러 이따가 유바 마을에 가야겠다고 생각했다.

파인애플 통조림 세 통을 꿀꺽한 파이크 사내는 휘플한테 허락도 받지 않고 그의 시가를 한 대 가져다가 뻐끔뻐끔 피웠다. 그가 물었다.

"나와 잭 스코트 사이에 있었던 일에 대해 들어봤소?"

"아니요."

휘플이 답했다.

"잭과는 함께 어울려 다닌 사이였소. 사냥도 같이 했고 몇 주 동안 야영도 하면서 형제처럼 지냈지. 그러던 어느 날 말을 타고 가는데 50야드 앞에 사슴 한 마리가 나타난 게 아니겠소. 우리 둘 다 총을 집어 들고 쐈지. 한 발이 놈에게 맞았는데 그건 내 총알이었소."

"자기 총알인지 어떻게 알아요?"

렘이 물었다.

"꼬치꼬치 따지지 말게, 친구. 내가 안다면 아는 거야. 그걸로 게임 끝이야. 하지만 잭은 자기 총알이라고 우기더군. '내 사슴이야, 자네 총알은 안 맞았어'라고 하면서. 그래서 '이봐, 잭, 자네가 틀렸어. 자네 총알이 안 맞은 거야. 내가 내 총알도 못 알아본다고 생각해?' 하고 말했지. 그런데도 아니라더군. 그래서 내 침착하게 그랬지. '그딴 식으로 말하지 마. 그러다 다쳐.' 그랬더니 '내가 널 무서워할 거 같아?' 하면서 나를 향해 돌아서는 거야. 나는 '잭, 자꾸 열 받게 하지 마. 나는 내 몸무게만 한 살쾡이도 때려잡은 놈이야'라고 했어. 그래도 자기한테는 안 된다는군. 더는 참을 수 없었어. 이래 뵈도 나는 파이크 카운티의 무법자야. 누구도 내게 모욕을 주고 살아남지 못했어. 그래서 이렇게 말했어. '잭, 우린 친구였지만 자네는 나를 모욕했으니 대가를 치러야겠어.' 그러고는 총을 집어 들고 탕, 머리통을 날렸지."

"어쩜 그렇게 잔인할 수가!"

베티가 탄식했다.

"아가씨, 나도 마음이 아프오. 내 가장 친한 친구였거든.

하지만 내 말에 토를 달았고, 그런 녀석은 누구든 유언장을 써야 해."

아무도 대꾸를 않자 파이크 사내가 계속해서 말했다.

"다들 알겠지만 난 싸우면서 큰 놈이라 학교 다닐 때 모든 아이들을 패주었다오."

그가 친밀한 웃음을 내보이며 말했다.

"그래서 성격이 불같고 다들 꼬리를 내린다고 했구먼."

휘플이 농담조로 말했다.

"맞소."

파이크 사내는 만족스러운 표정을 지어 보였다.

"선생이 매질을 하면 어떻게 했소?"

휘플이 물었다.

"내가 어떻게 했냐고?"

그가 악마처럼 섬뜩한 웃음을 지으며 소리쳤다.

"그래요. 어떻게 했소?"

"한 방 갈겼지."

파이크 사내는 짧게 대답했다.

"맙소사."

휘플이 웃었다.

"어릴 때 얼마나 많은 선생들을 총으로 쏴 죽였소?"

"딱 한 명. 나머지 선생들은 소문을 듣고 감히 나를 건드리지 않았으니까."

이 말을 끝으로 무법자는 다시 나무 아래에 누워 휘플한테서 뺏은 시가를 마저 다 피웠다.

그가 전혀 움직일 생각을 않는 것을 보고 나머지 사람들은 각자 일을 하러 갔다. 렘과 제이크 레이번은 오두막에서 1마일 정도 떨어진 광산에 갔고, 셰그포크는 신선한 음식을 구하러 마을에 가려고 말에 안장을 놓았다. 베티는 빨래를 했다.

얼마나 시간이 흘렀을까. 렘과 제이크 레이번은 작업을 계속하려면 다이너마이트가 있어야겠다고 판단했다. 렘이 갱도의 바닥에 내려가 있었기에 제이크가 오두막에 가서 가져와야 했다.

몇 시간이 지나도 그가 돌아오지 않자 렘은 불길한 생각이 들었다. 파이크 사내가 인디언 방침에 대해 말한 것이 문득 떠올라 악당이 제이크를 해치지나 않았을까 겁이 났다.

우리의 주인공은 돌아가서 별일 없는지 알아보기로 했다. 오두막이 있는 개간지에 도착했을 때 아무도 보이지 않자 렘은 당황했다.

"제이크! 이봐요, 제이크 레이번!"

대답이 없었다. 숲에서 들려오는 메아리만이 귓가에 쩌렁쩌렁 울렸다.

갑자기 비명소리가 침묵을 갈랐다. 렘은 베티의 비명이라는 것을 알아채고 재빨리 오두막으로 달려갔다.

26

 문은 잠겨 있었다. 렘이 문을 쾅쾅 두드렸지만 대답하는 사람이 없었다. 도끼를 가져오려고 장작더미가 있는 곳으로 가 보니 제이크 레이번이 바닥에 쓰러져 있었다. 가슴에 총상을 입은 상태였다. 렘은 서둘러 도끼를 들고 오두막으로 달려갔다. 몇 차례 힘차게 내리치니 문이 갈라졌다.

 어둑한 오두막 안에서 파이크 사내가 속옷 바람인 베티의 신발을 벗기려고 애쓰고 있었다. 베티는 최선을 다해 몸부림 쳤지만 미주리에서 온 악당의 힘이 너무도 셌다.

 렘은 도끼를 머리 위로 쳐들고 그를 향해 다가갔다. 하지만 몇 발짝 가지 못했다. 악당이 만일의 사태에 대비해 문 앞에다 거대한 덫을 놓아두었던 것이다.

 우리의 주인공이 덫에 걸려 넘어졌고, 톱니 모양의 날카로운 입이 엄청난 힘으로 다물어지면서 그의 바지와 살갗을 뚫고 종아리뼈를 절반이나 부러뜨렸다. 렘은 머리에 총이라도 맞은 듯 털썩 주저앉았다.

가엾은 렘이 피투성이가 되어 몸부림치는 것을 보고 베티는 정신을 잃었다. 방해꾼이 없어지자 미주리 악당은 태연하게 자신의 못된 짓을 계속했고 결국 원하는 것을 얻었다.

그는 불운한 소녀를 팔에 안고 오두막을 나왔다. 이어 자신의 안장 뒤쪽에 베티를 올려놓고 말에 박차를 힘껏 가해 멕시코 방향으로 달렸다.

태고의 신비를 간직한 숲의 침묵이 다시 한 번 개간지에 내려앉아 악랄한 행패가 벌어졌던 끔찍한 곳을 평화롭게 잠재웠다. 다람쥐 한 마리가 나무 꼭대기에서 신경질적으로 재잘대기 시작했고, 개울 어디선가 송어가 물을 튀기며 솟구쳐 올랐다. 새들이 노래했다.

돌연 새소리가 그쳤다. 다람쥐가 솔방울을 모으러 올라갔던 나무에서 달아났다. 무엇인가 장작더미 뒤에서 움직였다. 제이크 레이번은 아직 숨이 끊어지지 않았다.

치명적인 상처를 입은 인디언은 그들 종족 특유의 인내심을 발휘해 고통을 꾹 참았고, 손으로 땅을 짚으며 무릎으로 기었다. 그렇게 느리지만 찬찬히 앞으로 나아갔다.

3마일 정도 가면 캘리포니아 인디언 보호구역 경계가 나왔다. 제이크는 그곳으로 가면 동료들의 야영지가 있다는 것을 알고 도움을 청할 생각이었다.

그가 몸을 비틀며 오랜 시간 고생하여 간신히 목적지에 도착했다. 하지만 기력이 다해 처음 만난 인디언의 품에서 그만 정신을 잃고 말았다. 다행히도 그 전에 몇 마디 말을 중얼거렸다.

"백인이 쐈다. 캠프로 빨리 가서……."

인디언 용사들은 마을 여자들의 따뜻한 손길에 제이크의 간호를 맡겨두고는 추장의 오두막집 앞에 모여 행동을 계획했다. 어디선가 북소리가 들리기 시작했다.

추장의 이름은 이즈라엘 새틴페니였다. 그는 하버드에 다녔던 인물로 백인들을 지긋지긋하게 증오했다. 벌써 몇 년째 인디언의 나라를 건설하고 얼굴이 희멀건 자들을 원래의 나라로 돌려보내려고 노력했지만 별다른 성과를 거두지 못한 터였다. 백성들은 나약해져서 전사의 패기를 잃었다. 어쩌면 제이크 레이번의 치명적인 부상이 또다시 기회가 되는지도 모른다.

용사들이 자신의 오두막집 근처에 모이자 추장은 가슴에 훈장을 주렁주렁 달고 나타나 열변을 토하기 시작했다.

"백성 여러분!"

그가 우렁차게 소리쳤다.

"인디언의 이름을 걸고 항거할 때가 왔소. 가증스럽고 가증스러운 백인들에 대항해 목소리를 높일 때가 왔소.

선조들의 기억에 따르면 이곳은 풍요롭고 공정한 땅이었소. 자신의 심장이 고동치는 소리를 들으며 혹시 자명종 소리가 아닐까 걱정할 일이 없었고, 향기로운 꽃냄새를 맡으며 혹시 꽃병에서 나는 냄새가 아닐까 염려할 일이 없었소. 내가 쇠파이프의 독재를 알지 못했던 봄에 대해 굳이 말해야 합니까? 건초 맛을 못 본 사슴을, 미국 보호국이 표식을 달지 않았던 야생오리를 말해야 합니까?

이런 것들을 잃은 대신 우리는 백인의 문명을 받아들였소. 매독과 라디오, 결핵과 영화가 들어왔소. 우리가 백인의 문명을 받아들인 까닭은 그들이 그것을 믿었기 때문이오. 한데 지금 그자들도 여기에 의문을 갖기 시작한 마당에 우리가 왜 그것을 계속 받아들여야 하오? 백인이 우리에게 준 마지막 선물은 의심이오, 영혼을 좀먹는 의심. 그들은 개발이라는 이름으로 이 땅을 상하게 했고 이제 자신들도 망가지고 있소. 그들의 두려움이 내뿜는 악취가 위대한 신 마니토의 코를 찌르고 있소.

어떤 면에서 백인이 우리 인디언보다 현명하다는 거요? 우리는 아득한 옛날부터 이 땅에서 살았고 당시 모든 것은 달콤하고 신선했소. 그러다 백인이 왔고, 그의 지혜로 하늘에는 연기가 들어차고 강에는 쓰레기가 넘쳐났소. 백인은 자신의 지혜로 무엇을 하고 있소? 내가 말해주리다. 멋진 담배 라이터를 만들고 있소. 만년필을 만들고 있소. 종이가방과 문패와 인조가죽으로 된 책가방을 만들고 있소. 물과 공기와 땅의 힘으로 바퀴 속의 바퀴 속의 바퀴를 돌리는 데 쓰고 있소. 결국 이 땅에는 휴지와 상자와 열쇠고리와 시곗줄과 가죽가방이 넘쳐날 거요.

백인들이 자신이 제조한 물건을 지배할 때, 우리 원주민들은 자신이 게워낸 토사물을 숨기는 그들의 능력에 감탄하고 칭찬할 뿐이었소. 하지만 이제 지구의 숨겨진 지역이 죄다 들어찼소. 그랜드캐니언에도 더 이상 면도날이 들어갈 틈조차 남아 있지 않소. 이제 댐이 무너져내리고, 그들은 자신이 만들어낸 물건에 둘러싸여 질식할 판이오.

그들은 대륙을 영영 못쓰게 만들었소. 그렇다고 원래대로 돌려놓으려는 노력을 하고 있소? 아니오. 계속해서 약한 부분을 망가뜨릴 뿐이오. 그들이 걱정하는 것이라고는 어떻게 하면 상자와 시곗줄과 인조가죽 책가방을 계속 만들 수 있을까 하는 것이오.

내 말 오해 마시오. 나는 루소와 같이 자연으로 돌아가자는 말을 하려는 게 아니오. 시계를 되돌릴 수 없다는 것을 잘 아오. 다만 여러분이 할 일이 하나 있소. 여러분은 시계를 멈출 수 있소. 깨부술 수 있소.

때가 되었소. 소란과 신성모독이, 가난과 폭력이 도처에 있소. 대혼란으로 가는 문이 열렸고, 마페오와 수라니우 신이 활개치고 있소. 복수의 날이 밝았소. 백인의 별은 지고 있고 그들도 그것을 아오. 슈펭글러가 그렇게 말했소. 발레리도 그렇게 말했소. 수많은 현자들이 그렇게 선언했소.

형제들이여, 이제 그들의 목을 밟고 그들의 갑옷과 방패를 짓밟을 시간이 왔소. 그들이 시름시름 병들어 있을 때, 싸구려 제품에 질려 죽어가고 있을 때가 우리의 기회요."

복수의 힘찬 함성이 전사들의 목구멍에서 터져 나왔다.

"시계를 깨부숴라!"가 새로운 전쟁의 구호가 되었다. 구호를 외친 용사들은 몸을 밝게 칠하고 조랑말에 올랐다. 모든 용사들이 손에 도끼를 들었고 머리 가죽을 벗기는 칼을 이 사이에 물었다.

새틴페니 추장은 말에 오르기 전에 부관 한 명을 가까운 전보국에 보냈다. 그는 거기서 미국과 캐나다, 멕시코의 모든 인디언 부족들에게 봉기와 학살을 명령하는 메시지를 전하도록 했다.

새틴페니가 선봉에 나선 가운데 전사들이 제이크 레이번이 왔던 길을 따라 수풀을 지났다. 그들이 오두막에 도착했을 때 렘은 아직도 무자비한 덫에 갇혀 꼼짝도 못하는 처지였다.

"여어호이이!"

추장이 소리치며 가엾은 젊은이의 웅크린 몸으로 허리를 숙여 그의 머리 가죽을 벗겨냈다. 이어 김이 모락모락 나는 전리품을 높이 쳐들고 말에 올라타 가까운 정착지로 나아갔고, 피에 굶주린 야만인 무리들이 그의 뒤를 따랐다.

오두막을 태우라는 지시를 받은 인디언 소년 한 명이 뒤에 남았다. 다행히도 그는 성냥이 없어서 막대기를 비벼 불을 피우려 했지만, 아무리 세게 문질러도 자신의 몸만 더워질 뿐이었다.

결국 녀석은 어울리지 않게 욕을 퍼부으며 개울에 수영을 하러 갔다. 그의 손에는 피투성이가 된 렘의 머리에서 약탈해 간 의치와 유리 눈알이 들려 있었다.

27

 몇 시간 뒤 휘플이 식량을 한 아름 갖고 사건 현장에 도착했다. 개간지에 오자마자 뭔가 잘못되었음을 알아차린 그는 서둘러 오두막으로 달려갔다. 그곳에서 여전히 다리가 덫에 걸려 있는 렘을 발견했다.

 신체가 훼손된 채로 정신을 잃은 가엾은 젊은이를 살피던 그는 아직 렘의 심장이 멈추지 않은 것을 알고는 기뻐했다. 덫을 풀려고 필사적으로 노력했지만 실패하자 하는 수 없이 덫을 매단 채 렘을 오두막 밖으로 데려갔다.

 그는 우리의 주인공을 자신의 안장 앞머리에 앉히고 밤새 달려 다음 날 아침 카운티 병원에 도착했다. 즉시 훌륭한 의사들이 달려들어 오랫동안 애쓴 결과 렘은 다행히도 목숨은 부지했다. 하지만 다리를 무릎 부위에서 잘라내야 했다.

 제이크 레이번이 사라진 마당에 광산으로 돌아가봤자 아무 소용이 없었다. 그래서 휘플은 렘 가까이에 머물며 매일같이 불쌍한 소년을 보러 왔다. 오렌지도 갖다주고 자신이 직접 꺾은 야생화를 가져오기도 했다.

램은 회복에 오랜 시간이 걸렸다. 전직 대통령은 모아둔 자금이 바닥나자 마차 대여업소에서 일하며 생활비를 벌어야 했다.

우리의 주인공은 병원에서 나오자 휘플과 함께 지내기로 했다. 처음에는 병원에서 맞춰준 의족을 사용하는 데 애를 먹었지만 꾸준히 연습해서 완벽하게 다루게 되었고, 얼마 뒤에는 휘플을 도와 마구간을 청소하고 말을 빗질하는 일도 거들 수 있었다. 두 사람은 물론 말구종 일에 만족할 리 없었다. 그래서 더 나은 일자리를 찾아봤지만 그들을 위한 자리는 없었다.

하지만 셰그포크는 머리가 재빨리 돌아가는 사람이었다. 어느 날 램이 머리 가죽이 벗겨진 두개골을 스무 번째 드러내 보였을 때 갑자기 좋은 생각이 그의 머리에 떠올랐다. 텐트를 치고 이 젊은 친구를 인디언에 의해 머리 가죽이 벗겨진 마지막 사람이자 유바 강 대학살에서 살아남은 유일한 생존자라고 선보이면 어떨까?

우리의 주인공은 이 계획에 시큰둥했지만, 휘플은 그것이야말로 두 사람이 단조롭고 고된 마구간 일에서 벗어날 수 있는 유일한 방법이라고 열심히 설명해 결국 납득시켰다. 그는 돈을 조금 모으면 쇼를 바로 접고 다른 사업을 시작하겠다고 램에게 약속했다.

그들은 낡은 방수포로 조잡한 텐트를 만들었다. 이어 휘플이 행상인에게 물건을 공급하는 업자한테서 싸구려 등유 라이터를 한 상자 얻었다. 이런 변변찮은 물건을 들고 두 사람은 길에 나섰다.

작업 방식은 무척 단순했다. 적당한 마을의 외곽에 도착하면 텐트를 설치했다. 이어 렘이 텐트 안에 몸을 숨긴 가운데 휘플이 막대기로 깡통 밑바닥을 요란하게 쳤다.

무슨 소리인가 싶어 사람들이 이내 모였다. 휘플은 등유 라이터의 장점에 대해 설명한 뒤 사람들에게 '이중의' 제안을 했다. 10센트만 내면 라이터를 손에 넣는 것은 물론, 텐트 안에도 들어가 유바 강 대학살에서 살아남은 유일한 생존자를 보고 머리 가죽이 벗겨진 그의 두개골을 가까이서 볼 수 있다고 했다.

결과가 기대했던 만큼 좋지는 않았다. 휘플의 사업 수완이야 좋았지만, 불행히도 그들이 만나는 사람들은 돈이 없어서 호기심을 충족시킬 여유가 없었다.

길에서 피곤하게 몇 달을 보낸 어느 날, 두 사람이 텐트를 설치하려고 할 때 한 소년이 오더니 지역 오페라하우스에서 공짜로 하는 큰 쇼가 열린다는 소식을 알려주었다. 이들은 그날 장사는 글렀다고 판단하여 공연을 보러 가기로 했다.

담장마다 포스터가 붙어 있었다. 둘은 걸음을 멈추고 포스터를 읽었다.

공짜 무조건 공짜!

미국 공포의 집
오싹한 생물과 무생물
그리고
제이크 레이번 추장
모두들 와서 구경하시라!

— S. 스노드그라스

그들은 인디언 친구가 아직 살아 있다는 사실에 기뻐하며 그를 만나러 갔다. 오페라하우스에 도착하자 마침 그가 저쪽 계단을 내려오고 있었다. 그 역시 옛 친구들을 다시 보니 몹시 기뻤다. 그래서 이들을 한사코 식당으로 초대하겠다고 했다.

그는 커피를 들며 파이크 카운티의 사내가 쏜 총에 맞아 인디언 야영지까지 기어가게 된 사연을 설명했다. 자기 부족 여자들만이 알고 있는 약제를 발라 상처가 나았다고 했다. 그것이 바로 '미국 공포의 집'이라는 타이틀 아래 그가 팔고 있는 특효약이었다.

이제 렘이 설명할 차례였다. 어떻게 머리 가죽이 벗겨졌는지, 그리고 휘플이 어떻게 때마침 도착해 자신을 데리고 병원으로 갔는지 설명했다. 젊은 친구의 사연을 가슴 졸이며 들은 제이크는 분노를 확실하게 표했다. 성미가 급하다며 새틴페니 추장을 비난했고, 존경할 만한 인디언 부족이라면 다들 새틴페니의 행위에 눈살을 찌푸릴 것이라고 장담했다.

휘플은 물론 제이크를 믿었지만 인디언 폭동이 그렇게 싱겁게 일어났다는 게 불만이었다. 그가 친절한 인디언 친구에게 물었다.

"새틴페니는 전장의 전사들을 유지하기 위해 필요한 기관총과 위스키를 대체 어디서 얻었지?"

제이크는 이 질문에 대답하지 못했고, 그러자 휘플은 뭔가 짐작이 간다는 듯이 미소를 지어 보였다.

28

"당신이 정부를 맡았을 때가 또렷이 생각나는군요."

실바누스 스노드그라스가 휘플에게 말했다.

"당신은 물론, 제가 잘 알고 존경하는 당신의 젊은 친구와 함께 일하게 되어 영광입니다."

"감사합니다."

셰그포크와 렘이 동시에 말했다.

"여러분이 맡은 역할을 오늘 리허설해보면 내일부터는 무대에 설 수 있겠죠."

이 면담이 성사된 것은 제이크 레이번이 손을 썼기 때문이다. 두 친구의 딱한 처지를 본 제이크가 이들에게 쇼를 포기하고 대신 자신이 일행과 같이 돌고 있는 공연에서 코너를 하나 얻는 게 어떻겠느냐고 제안했던 것이다.

셰그포크와 렘이 매니저 사무실에서 나오자 안쪽 문이 열리면서 누군가 들어왔다. 그들이 예전에 그를 만나 그가 어떤 인물인지 알았더라면 아마 무척 놀랐을 것이다. 그리고 자신들이 새로 얻은 일자리에 그렇게 기뻐하지도 않았을 것이다.

이 낯선 사람은 다름 아니라 체스터필드 외투를 입은 뚱뚱한 남자였다. 6384XM 조직원으로도 불렸고 Z 동지로도 불렸던 바로 그자였다. 한데 그가 왜 스노드그라스의 사무실에 있는 것일까. 그것은 '미국 공포의 집, 오싹한 생물과 무생물'이 언뜻 전시회처럼 보이지만 실은 체제 전복을 노린 과격한 선전을 해대는 사무국이었기 때문이다. 뚱뚱한 사내가 속해 있는 단체가 이 쇼를 기획하고 운영했던 것이다.

스노드그라스는 자신의 '시'가 팔리지 않자 기꺼이 이들의 공작원이 되었다. 다른 많은 '시인들'이 그렇듯이 그 역시 자신의 문학적 실패를 부족한 재능이 아니라 미국 대중 탓으로 돌렸다. 혁명을 바라는 그의 욕망은 결국 복수의 욕망이었던 셈이다. 게다가 스스로에 대한 신념을 잃은 터였기에 국가에 대한 믿음을 해치는 것이 본인의 임무라 여겼다.

이름에서 보듯 쇼는 '생물' 파트와 '무생물' 파트로 나뉘었다. 먼저 후자를 간략히 살펴보자면, 대중 미술에서 추려낸 수많은 물체들과 새틴페니 추장이 진심으로 혐오하는 수많은 제조품들로 전시 품목이 구성되었다.("고의로 이렇게 한 건 아니겠죠?" 휘플이 나중에 이렇게 물었다.)

'무생물' 전시관으로 이어지는 복도에는 복제품 조각들이 일렬로 줄지어 있었다. 가장 눈에 띄는 것을 꼽아보자면 복부에 시계를 찬 〈밀로의 비너스〉, 관절 부위에 붕대를 칭칭 감은 파워스*의 〈그리스인 노예〉 복제품, 소형 탈장대를 두른 헤라클레스가 있었다.

응접실 중앙에는 거대한 치핵이 늘어져 있고, 그 안에 전등으로 불을 밝혀놓았다. 극심한 고통의 효과를 강조하려고 불빛이 켜졌다 꺼졌다 했다.

물론 의학과 관련된 것으로만 꾸며놓지는 않았다. 벽을 따라 놓인 탁자 위에는 원재료를 알아볼 수 없도록 솜씨를 발휘한 멋진 물건들이 가득 전시되어 있었다. 나무처럼 보이는 종이, 고무처럼 보이는 나무, 강철처럼 생긴 고무, 치즈처럼 생긴 강철, 유리 같은 치즈, 그리고 종이 같은 유리까지.

다른 탁자에는 여러 용도로, 심지어는 여섯 가지 용도로 사용할 수 있는 도구들이 놓여 있었다. 가령 귀이개로도 쓸 수 있는 연필깎이, 머리빗으로도 쓸 수 있는 통조림따개가 눈에 띄었다. 한편 진짜 용도가 교묘하게 감춰진 물건들도 무척 다양하게 있었다. 화분처럼 보이는 축음기, 사탕이 장전된 권총, 단추가 달린 사탕 같은 식이었다.

쇼의 '생물' 파트는 오페라하우스 강당에서 열렸다. '미국의 역사극 또는 콜럼버스에게 저주를'이라는 제목이었고 짧은 토막극이 연속적으로 이어지는 구성이었는데, 내용을 보면 퀘이커교인들이 낙인찍히고, 인디언들이 잔인하게 학살

---

* 19세기 중반 신고전주의 양식의 작품을 선보인 미국 조각가

되고, 흑인들이 노예로 팔려가고, 아이들이 죽을 때까지 노동에 시달리는 모습이 그려졌다. 스노드그라스는 이런 역사극과 '무생물' 전시가 서로 밀접하게 관련된다는 것을 알리려고 짤막한 연설을 했다. 앞의 상황이 뒤의 결과를 낳았다는 내용이었는데 썩 납득이 가는 주장은 아니었다.

이제 '역사극'의 절정을 이루는 토막극을 내 기억에 의존해 자세히 설명해보도록 하겠다. 커튼이 올라가면 전형적인 미국 가정의 안락한 응접실이 보인다. 머리가 허연 할머니가 난롯가에서 뜨개질을 하고 있고, 그녀의 죽은 딸의 세 아들이 마룻바닥에서 놀고 있다. 모퉁이에 놓인 라디오에서 풍성하고 선율이 느껴지는 목소리가 흘러나온다.

라디오 : 월스트리트 불패 투자 회사는 비록 모습은 보이지 않지만 모든 청취자들의 행복과 건강과 부, 특히 부를 기원합니다. 미망인, 고아, 장애인 여러분은 자신의 자본에 대해 충분한 수익을 거두고 계신가요? 돌아가신 가족이 여러분에게 남긴 돈으로 누리고 싶은 모든 것을 누리고 계십니까? 저희에게 전화를 주시면…….

이어 무대가 몇 초 동안 어두워진다. 불이 다시 켜지면 같은 목소리가 들리는데, 이번에는 그 목소리의 주인공이 옷차림이 말쑥한 젊은 판매원임을 눈으로 확인할 수 있다. 그가 할머니에게 말을 건넨다. 마치 뱀과 새가 나누는 대화 같다.

여기서 새는 물론 노인이다.

　말쑥한 판매원: 부인, 남아메리카에 가면 탁 트이고 비옥한 이구아나의 땅이 있습니다. 아주 멋진 나라입니다. 광물과 석유가 많죠. 5000달러면, 맞습니다, 부인. 지금 갖고 계신 전쟁 채권을 모두 파시라고 조언드리는 겁니다. 그 정도 금액이면 우리의 '골드 이구아나' 주식을 10주 구입해서 매년 17퍼센트의 수익을 올릴 수 있습니다. 이 채권은 이구아나의 모든 천연 자원을 제1순위 담보로 잡고 운영하므로 안정적입니다.
　할머니: 하지만 나는······
　말쑥한 판매원: 먼저 행동하는 분이 임자입니다. 남은 '골드 이구아나' 주식이 얼마 없으니까요. 부인께 드리는 것은 저희 회사가 미망인과 고아를 위해 특별히 여분으로 남겨둔 것입니다. 이렇게까지 하지 않으면 대형 은행과 융자 회사들이 전체 발행분을 와락 채가거든요.
　할머니: 하지만······.
　세 명의 어린 손자들: 구, 구······.
　말쑥한 판매원: 아이들을 생각하셔야죠. 곧 대학에 갈 나이가 될 텐데요. 다른 아이들처럼 브룩스 정장에 밴조*에 모피 외투도 필요하겠죠. 부인의 고집 때문에 이런 것을 사줄 수 없게 된다면 아이들 기분이 어떻겠어요?

* 목이 길고 몸통이 둥근 현악기

여기서 장면 전환을 위해 커튼이 내려온다. 커튼이 다시 올라가면 이제 분주한 거리가 보인다. 할머니가 머리를 갓돌에 괴고 배수로에 누워 있다. 그 옆에 세 손자가 나란히 앉아 있는데 다들 굶어죽기 직전이다.

할머니: (바삐 지나가는 사람들을 향해 힘없는 목소리로) 배가 너무 고파요. 빵 좀 주세요…… 빵 좀…….

아무도 그녀의 말에 신경 쓰지 않는다. 그녀가 죽는다.
한가로운 바람이 시체 네 구를 싸고 있는 넝마를 짓궂게 툭 치고 간다. 글자가 새겨진 종이 여러 장이 바람에 날리더니 그중 한 장이 실크해트를 쓰고 거대한 달러 표시가 수놓인 조끼를 입은 두 신사 앞에 떨어진다. 백만장자들이 분명하다.

첫 번째 백만장자: (종이를 집으며) 이봐, 빌, 이거 자네가 갖고 있던 '골드 이구아나' 채권 아니야? (웃는다.)
두 번째 백만장자: (동료를 따라 웃으며) 그렇군. 미망인과 고아들을 위해 특별히 발행한 채권이지. 나는 1928년에 팔아치웠는데 정말 날개 돋친 듯이 팔렸네. (그는 채권을 뒤집어보며 감동한 눈치다.) 조지, 내 좋은 정보 하나 줄까. 인쇄업을 하면 많은 돈을 벌 수 있어.

두 백만장자는 껄껄 웃으며 거리를 따라 걸어간다. 길에 시체 네 구가 놓여 있는데, 그들이 지나가다 걸려 넘어질 뻔했다. 두 사람은 거리 청소부들이 일을 게을리했다고 욕을 퍼부으며 무대에서 퇴장한다.

29

 '미국 공포의 집, 오싹한 생물과 무생물' 쇼는 두 친구가 합세한 지 한 달 정도 지났을 때 디트로이트에 도착했다. 이 무렵 렘이 휘플에게 공연에 대해 질문했다. 그의 마음에 특히 걸렸던 대목이 있었는데 백만장자들이 죽은 아이들에 걸려 넘어지는 장면이었다.

"일단 할머니는 자기가 원하지 않는 한 채권을 사지 않아도 돼."

휘플이 렘의 질문에 대답했다.

"게다가 작품이 전체적으로 우스꽝스러워 보이는데, 그건 거리에서 그렇게 죽을 수 없기 때문이야. 당국이 그걸 그냥 내버려두지 않거든."

"자본가에 반대하시는 줄 알았는데요."

"모든 자본가에 다 반대하는 건 아니네. 나쁜 자본가와 좋은 자본가, 기생충과 창조자를 구별해야지. 나는 기생충 같은 국제 은행업자에 반대할 뿐 헨리 포드 같은 창조적인 미국 자본가에는 등을 돌릴 생각이 없네."

"죽은 아이들의 얼굴을 밟고 지나가는 자본가는 나쁜 자본가 아닌가요?"

"설령 그렇더라도 그런 광경을 대중에게 보여주는 것은 아주 나쁜 일이네. 내가 여기에 반대하는 까닭은 계급 간에 나쁜 감정을 조장할 우려가 있기 때문이야."

"그렇군요."

"그러니까 내 말은,"

휘플이 말을 이어갔다.

"자본과 노동은 나라 전체의 이익을 위해 서로 손잡는 법을 배워야 한다는 거야. 자본가가 높은 이윤만을 추구하거나 노동자가 높은 급료만을 원하는 물질 위주의 투쟁은 모두 버려야 한다는 뜻이지. 미국에 가치 있는 투쟁이란 영국, 일본, 러시아, 로마, 예루살렘 같은 미국의 적들에 맞서 이상적인 나라를 건설하는 것임을 깨달아야 해. 계급 전쟁은 결국 내전으로 이어져서 모두를 몰락시킨다는 사실을 늘 명심하게."

"그럼 아직은 스노드그라스 씨에게 이 쇼를 중단하도록 설득하지 않아도 되나요?"

렘이 정말 몰라서 물었다.

"맞네."

셰그포크가 대답했다.

"그래 봤자 그는 우리를 없앨 테니까. 기회가 날 때까지 때를 기다렸다가 그의 정체와 공연을 고발하는 거야. 여기 디트로이트에는 유대인과 가톨릭교인과 노동조합 멤버들이 수도 없이 많아. 하지만 내 추측이 옳다면 우리는 곧 남쪽으로 내려갈 걸세. 진정한 미국 마을에 도착하면 그때 행동에 나서자고."

휘플의 추측이 맞았다. 중서부 도시에서 몇 차례 더 공연한 뒤 스노드그라스는 일행을 남쪽으로 이끌고 미주리 강을 따라가 마침내 벨라라는 마을에 도착했다.

"이제 행동에 나설 때야."

벨라 주민들을 흐뭇하게 둘러보더니 휘플이 쉰 목소리로 렘에게 속삭였다.

"나를 따라오게."

우리의 주인공은 셰그포크를 따라 마을의 이발소에 갔다. 보수적이고 열렬한 남부 사람 킬리 제퍼슨이 주인이었다. 휘플이 그를 한쪽으로 불러 뭐라고 속삭였고, 그는 마을 주민들을 셰그포크의 연설장에 불러 모으겠다는 데 동의했다.

같은 날 오후 다섯 시, 벨라의 모든 주민들이 한 나무 아래 공터에 모였다. 유색인과 유대인과 가톨릭교인은 물론 제외됐다. 한때 모든 나뭇가지에 흑인을 매달았다는 이야기가 전해지는 유명한 나무였다. 1000명 정도 되는 주민들이 모여 콜라를 마시며 친구들과 농담을 주고받았다. 세 명당 한 명 꼴로 밧줄을 들거나 총을 잡았지만 다들 유쾌한 기분이어서 얼핏 보면 사태가 심각하다는 것을 알아채기 어려웠다.

제퍼슨이 상자에 올라가 휘플을 소개했다.

"개신교인 미국 남부 주민 여러분,"

그가 말을 시작했다.

"여러분은 지금 우리 남부인이 믿고 존경할 수 있는 몇 안 되는 북부인 가운데 한 분인 셰그포크 휘플 씨의 연설을 들으려고 이 자리에 모였습니다. 휘플 씨는 깜둥이를 미워하고, 유대인 문화라면 몸서리치며, 이탈리아 교황의 손이 얼마나 고운지 압니다. 휘플 씨!"

셰그포크는 제퍼슨이 물러난 상자 위로 올라가 박수갈채가 잦아들 때까지 기다렸다. 이어 가슴에 손을 얹고 연설을 시작했다.

"저는 남부를 사랑합니다. 제가 남부를 사랑하는 까닭은 아름답고 정숙한 남부의 여인들과 용맹스러운 남부의 남자들, 그리고 따뜻하고 풍요로운 남부의 들판 때문입니다. 하지만 제가 남부보다 더 사랑하는 게 하나 있습니다. ……바로 제 조국 미국입니다."

이 말과 동시에 떠들썩한 박수가 쏟아졌다. 휘플은 손을 들어 청중을 진정시키려 했지만 5분 동안 박수가 계속되는 바람에 연설을 바로 이어가지 못했다.

"감사합니다."

그는 청중의 열렬한 호응에 큰 감동을 받아 잠시 울먹였다.

"여러분의 환호가 정직하고 두려움 모르는 마음 한가운데서 일어난 것임을 잘 압니다. 또한 여러분이 제가 아니라 우리 모두가 너무도 사랑하는 조국 때문에 이렇게 갈채를 보낸다는 것도 압니다.

 하지만 지금은 화려한 언변을 즐길 때가 아닙니다. 행동할 때입니다. 우리 중에 적이 있습니다. 안으로부터 구멍을 뚫어 우리의 제도를 무너뜨리고 우리의 자유를 위협하는 적이 있습니다. 그의 무기는 뜨거운 납도 차가운 강철도 아닙니다. 은밀한 선전 책동입니다. 이를 무기로 형제를 이간질하고 가진 자와 못 가진 자를 편 가르려 합니다.

 여러분은 지금 여기 용맹무쌍한 나무 아래 서 있습니다. 자유로운 존재로 말입니다. 하지만 내일이면 사회주의자와 볼셰비키의 노예가 될 것입니다. 여러분의 연인과 부인은 외국인들의 공공재산이 되어 그들의 나무망치에 얻어맞고 입에 재갈이 물릴 것입니다. 여러분은 가게를 빼앗기고 농장에서 쫓겨날 것입니다. 그 대신 러시아 딱지가 붙은 구역질 나는 노예라는 낙인이 찍힐 것입니다.

 주발 얼리와 프랜시스 매리언*의 기개를 잃고 사냥개처럼 굽실거리며 짖을 겁니까? 제퍼슨 데이비스**를 잊었습니까? 아니라고요? 그렇다면 조상의 얼을 기억하는 여러분이 앞장서서 저 더러운 공모자, 정치적 음모를 꾸미는 독사 같은 실바누스 스노드그라스를 처단합시다. 여러분이……"

 휘플이 말을 채 끝내기도 전에 군중이 사방으로 몰려가며 "그자를 처단하라! 그자를 처단하라!"라고 외쳤다. 그 가운

* 두 사람 모두 남북전쟁 때 남군을 이끌었던 인물
** 남북전쟁 당시 남부연합의 대통령

데 4분의 3은 자신들이 처단하려는 사람이 누군지도 몰랐다. 하지만 이들은 걱정하지 않았다. 오히려 자신들의 무지를 장애가 아니라 장점이라 여겼다. 덕분에 희생자를 찾아내느라 일부러 수고하지 않아도 되었기 때문이다.

나름대로 정보를 가진 폭도들이 '미국 공포의 집' 일행이 머물고 있는 오페라하우스를 향해 진격했다. 하지만 스노드그라스는 어디서도 찾을 수 없었다. 미리 연락을 받고 몸을 피했던 것이다. 군중들은 누구라도 잡아서 목을 매달아야 한다고 느꼈기에 피부가 까만 제이크 레이번을 찾아내서 그의 목에 밧줄을 걸었다. 그리고 건물에 불을 질렀다.

세그포크의 연설 청중 중에는 남부가 이미 미국 연방에서 다시 떨어져 나온 걸로 알아들은 무리가 있었다. 주로 노인들이 중심이었는데, 어쩌면 세그포크가 주발 얼리, 프랜시스 매리언, 제퍼슨 데이비스의 이름을 언급하는 것을 듣고 이런 생각을 했는지도 모른다. 이들은 남부연합 깃발을 법원 깃대에 꽂고 결사 항전의 태세를 갖추었다.

좀 더 내실을 챙기려는 자들은 은행을 털고 주요 상점을 약탈했으며, 감옥에 있는 친척들을 풀어주려는 자들도 있었다.

시간이 지나면서 폭동은 점점 더 전면전의 양상을 띠기 시작했다. 거리에 바리케이드가 세워졌다. 흑인들 머리를 장대에 꽂아 행렬을 벌이는 이가 있었다. 누군가는 유대인 판매원을 그의 호텔 방 문에 못질해 박았다. 현지 가톨릭 신부의 가정부를 강간하는 일도 벌어졌다.

30

집회가 끝났을 때 렘은 휘플의 행방을 놓쳤다. 샅샅이 뒤졌지만 그를 찾지 못했다. 설상가상으로 여기저기 돌아다니다 총을 여러 발 맞았다. 목숨을 건진 것이 천만다행이었다.

그는 정거장이 있는 가장 가까운 마을까지 걸어가 거기서 북동쪽으로 가는 첫 기차를 탔다. 하지만 오페라하우스 화재로 가진 돈을 다 잃은 터라 표를 살 돈이 없었다. 다행히도 마음씨 좋은 차장을 만났다. 젊은이가 외다리인 것을 본 차장은 커브를 도는 지점에서 열차 속도가 느려질 때 그를 몰래 내리게 해주었다.

20마일 정도 가면 가장 가까운 고속도로가 나왔다. 렘은 새벽이 오기 전에 절뚝거리며 그곳까지 걸어가기로 했다. 그는 거기서 히치하이킹을 할 수 있었고, 10주 뒤에 뉴욕에 도착했다.

한때 번성했던 대도시 주민들에게 무척이나 힘겨운 시대였다. 그래서 다들 자기 일에 신경 쓰느라 렘의 남루하고 수척한 외양을 이상하게 쳐다보는 사람이 아무도 없었다. 그는 실업자 대열에 슬쩍 끼어들었다.

하지만 우리의 주인공은 몇 가지 점에서 대다수 실업자들과 달랐다. 우선 정기적으로 목욕을 했다. 아침마다 차가운 센트럴파크 연못에 뛰어들었는데, 연못 기슭에 놓인 피아노 상자가 그의 거처였다. 또 그는 날마다 구직 사무소에 들러 일자리를 알아보면서도 낙담하여 성마른 사람이 되거나 세상일을 비관하지 않았다.

어느 날 '골든 게이츠 구직 사무소'의 문을 소심하게 열고 들어가자 평상시의 조소와 저주가 아니라 환한 미소가 그를 맞았다.

"어서 오시오."

주인인 게이츠가 소리쳤다.

"당신을 위한 일자리가 있습니다."

이 소식을 듣는 순간 렘은 눈에서 눈물이 쏟아지고 목이 메어와 말을 할 수가 없었다.

게이츠는 젊은이가 아무 말도 하지 않는 이유를 몰라 당황했다.

"평생 다시없을 기회요."

그가 꾸짖듯 말했다.

"라일리와 로빈스라는 멋진 팀에 대해서는 물론 들어봤겠죠. 그들이 '벨리 라프 갤로어와 함께하는 15분의 격정적인 재미'라는 공연을 하는 곳이면 어디든 포스터가 붙어 있으니까요. 모 라일리는 내 오랜 친구요. 그가 오늘 아침에 여기 와서 자신의 연기를 위해 들러리를 맡아줄 배우를 찾아달라고 하더군요. 애꾸눈 남자를 원했는데 그 말을 듣는 순간 당신을 생각했죠."

렘은 이제 자신을 추스를 수 있는 상황이 되어 게이츠에게 고맙다는 말을 연거푸 했다.

"아직 일자리를 얻은 것도 아닌데 뭘."

게이츠는 몸이 망가진 젊은이의 과도한 사의에 부담을 느끼며 계속 말을 이어갔다.

"모 라일리가 나한테 말할 때 누가 옆에 있었는데 그가 일자리를 얻으려고 자신의 눈을 찌르려는 것을 우리가 말렸답니다. 경찰까지 불렀다니까요."

"정말 안됐네요."

렘이 측은하게 말했다.

"라일리한테 당신 얘기를 했어요. 의족과 가발에 의치를 했다고 말하자 당신을 꼭 고용하고 싶다더군요."

우리의 주인공은 라일리와 로빈스가 공연하는 비주 극장에 찾아갔다. 그의 누더기 차림을 보고 경비원이 의심을 품어 문 앞에서 제지했다. 렘이 계속 들어가겠다고 고집하자 결국 경비원은 메시지를 전해주기로 했고, 곧이어 그는 분장실로 안내되었다.

렘은 출입구에 서서 모자처럼 두르고 있던 더러운 천을 만

지작거리며 라일리와 로빈스의 웃음소리가 잦아들기를 기다렸다. 다행히도 가엾은 젊은이는 자기 때문에 그들이 그렇게 즐거워한다는 것을 알지 못했다. 알았더라면 아마 도망쳤을 것이다.

다소 무례한 줄 알지만, 공정을 기하기 위해 우리의 주인공의 외모에 우스꽝스러운 구석이 많았음을 덧붙여둔다. 대머리처럼 그냥 머리털이 없는 게 아니라 새틴페니 추장이 살가죽을 벗긴 자리에 두개골의 회색 뼈가 그대로 드러나 있었다. 그리고 의족에는 장난 좋아하는 아이들이 그려놓은 두 개의 하트 모양과 순진한 문양들이 이니셜과 함께 새겨져 있었다.

"우와 물건인데!"

두 명의 희극 배우는 자기들끼리 쓰는 은어로 외쳤다.

"진국이야! 뒤뜰에 있던 사람들이 다들 자빠지겠어. 고름덩어리와 벼룩구덩이가 형님이라 하겠군."

렘은 비록 그들의 언어를 이해하지 못했지만, 고용주들이 자신을 마음에 들어하자 무척 흐뭇했다. 그는 연방 고마움을 표했다.

"주급은 12달러요."

팀의 경영을 맡고 있는 라일리가 말했다.

"우리도 더 많이 주고 싶고 당신은 그럴 가치가 있지만, 요즘 극장 운영이 어렵네요."

렘은 군소리 없이 조건을 받아들였고 바로 리허설에 들어갔다. 그가 맡은 역할은 간단했고 대사도 없어서 금방 완벽하게 익혔다. 렘은 그날 밤 곧장 무대에 섰다. 커튼이 올라가면 옆에 두 명의 배우가 서 있고 관중이 마주 보였다. 그는 앨버트 공의 옛 의상을 입었는데 그에게 너무 컸고, 표정은 지나치게 근엄하고 무거웠다. 발 옆에 커다란 상자가 하나 있었는데 그 내용물은 관중에게 보이지 않았다.

라일리와 로빈스는 최신 스타일로 재단된 파란색 줄무늬 플란넬 정장을 입고 흰색 각반에 연회색 중산모를 썼다. 자신들과 '들러리'의 대조적인 모습을 강조하려고 무척 쾌활하게 굴었다. 손에는 신문을 둘둘 말아 들고 있다.

그들의 등장과 함께 사람들의 웃음이 터졌다가 잦아들면, 재치로 가득한 따발총 개그가 시작된다.

라일리: 이봐, 지난밤에 자네가 어떤 부인과 함께 있는 것을 내가 보았는데, 누구였지?

로빈스: 지난밤 자네가 나를 어떻게 볼 수 있었지? 술에 완전히 취했었잖아.

라일리: 멍청이, 그건 대본에 있는 게 아니잖아. 대체 왜 그래?

로빈스: 대본? 무슨 대본 말이야?

라일리: 됐어! 실없긴! 하지만 따질 건 따져야지. 대본에 보면 내가 자네한테 이렇게 말해. "지난밤에 자네가 함께 있었던 부인이 누구였지?" 그러면 자네는 이렇게 대답해. "부인이 아

니었어. 지긋지긋한 광경이었지."*

로빈스: 이제 내 대사까지 훔쳐가는 건가?

여기서 두 배우가 렘을 향해 돌아서서 둘둘 만 신문으로 그의 머리와 몸을 마구 내리친다. 가발이 벗겨지고 의치와 눈알이 튀어나온다. 그들은 목적을 달성하자 때리는 일을 멈춘다. 두들겨 맞으면서도 제자리에 가만히 있던 렘이 허리를 굽혀 근엄하게 상자를 들어 올린다. 그 안에는 그의 몸에서 떨어져나간 것을 대체할 만한 가발과 의치, 유리 눈알이 모두 들어 있다.

공연은 15분가량 이어졌다. 무대 위에서 라일리와 로빈스는 스무 개 정도의 농담을 했는데, 농담이 끝날 때마다 렘을 무자비하게 때렸다. 커튼이 내려가기 전 마지막 농담이 끝날 때면 '공작물'이라는 꼬리표가 붙은 거대한 나무망치를 가져와 우리의 주인공을 완전히 망가뜨렸다. 가발이 찢겨나가고 눈과 의치가 뽑히고 관중에게 의족이 던져졌다.

청중들은 예기치 못했던 의족을 보는 순간 다들 포복절도했다. 커튼이 내려갈 때까지 심하게 웃어댔고 이후로도 한동안 웃음소리가 계속되었다.

우리의 주인공의 고용주들은 그의 성공을 축하했고, 렘도 비록 머리를 얻어맞아 아프긴 했지만 마음이 흐뭇했다. 수백

---

* 영어로 부인(dame)과 지긋지긋한 광경(damn)은 발음이 서로 비슷하다.

만 명이 일자리를 얻지 못해 어려운 상황에서 이렇게 일을 할 수 있는 것만으로도 고마운 일이었다.

렘은 신문을 구입해서 자신을 때리는 데 사용할 몽둥이로 만드는 일을 직접 했다. 공연이 끝나면 신문은 그의 몫이었다. 신문 읽기가 그의 유일한 오락거리인 셈이었는데, 얼마 안 되는 봉급으로는 그보다 더 세련된 재미를 찾을 수 없었기 때문이다.

가엾은 젊은이는 고초를 겪으면서 점차 세상일에 무덤덤해졌다. 그가 허리를 굽혀 신문에서 헤드라인을 더듬더듬 읽는 광경을 보면 누구라도 마음이 아파올 것이다. 그는 이것도 겨우 했다.

어느 날 그는 신문에서 이런 기사를 읽었다.

"대통령, 은행을 영원히 폐쇄시키다."

렘은 한숨을 내쉬었다. 예전에 저축해두었던 몇 푼의 돈을 잃게 되어서가 아니라 휘플과 랫 리버 내셔널 은행이 생각나서였다. 그는 옛 친구를 생각하며 뜬눈으로 밤을 지새웠다.

몇 주가 지났을 때 다음과 같은 기사가 그의 눈에 들어왔다.

"휘플, 절대 권력을 잡다. '가죽 셔츠', 남부에서 돌풍 일으켜"

렘은 휘플의 국가혁명당의 승리를 알리는 헤드라인들을 재빨리 읽었다. 남부와 서부에서 굳건한 지지를 얻은 그가 이제 시카고를 향해 진격하고 있었다.

31

어느 날 낯선 사람이 렘을 보러 극장에 찾아왔다. 그는 우리의 주인공을 피트킨 사령관이라 불렀고 자신을 돌격대원 재커리 코츠라 소개했다.

렘은 그를 반기며 휘플의 안부를 물었고, 바로 그날 밤에 세그포크가 마을에 온다는 소식을 들었다. 코츠가 계속 설명하기를, 뉴욕은 외국인 인구가 많아서 아직도 국가혁명당을 지지하지 않는 것이라 했다.

"하지만 오늘 밤 이 도시는 북쪽 지방에서 온 수많은 '가죽셔츠' 당원들로 가득할 겁니다. 이제 우리는 이곳도 접수할 겁니다."

말하는 동안에도 그는 줄곧 우리의 주인공을 쳐다보았다. 자신이 본 것에 만족한 듯 기분 좋게 거수경례를 올리며 그가 말했다.

"당의 창단 멤버 가운데 한 분이시니까 우리와 함께 일해주셨으면 합니다."

"도울 일이 있다면 기꺼이 돕겠습니다."

"좋습니다! 휘플 씨가 무척 기뻐하실 겁니다. 사령관님을 무척 아끼시거든요."

"전 그저 불구자일 뿐인걸요."

렘이 환한 미소를 지으며 이렇게 덧붙였다.

"도움이 많이 안 될 수도 있습니다."

"우리 당원들은 사령관님이 어쩌다가 그런 상처를 입었는지 압니다. 사실 우리의 가장 큰 목표 가운데 하나가 이 땅의 젊은이들이 사령관님처럼 고통받지 않게 하려는 것입니다. 미천한 제 의견을 덧붙이자면, 사령관님은 조만간 우리의 대의명분을 위해 목숨을 바친 순교자로 칭송될 겁니다."

여기서 그는 다시 한 번 렘에게 거수경례를 올렸다.

그의 칭찬에 당황한 렘은 서둘러 주제를 바꾸었다.

"휘플 씨가 뭐라고 하던가요?"

"오늘 밤 군중이 모이는 곳이면 공원, 극장, 지하철 어디든 우리 당원이 연설을 할 겁니다. 청중들 사이사이에 수많은 '가죽 셔츠'들이 평상복 차림으로 있다가 군중들의 애국적 열기를 고조시키기 위해 선동할 것입니다. 열기가 적당히 달아오르면 시청까지 행진하고, 거기서 대규모 집회를 열어 휘플 씨가 연설을 할 예정입니다. 우리는 이 도시를 그렇게 손에 넣을 겁니다."

"멋진 계획이네요."

렘이 말했다.

"그럼 제가 이 극장에서 연설하기를 원하시는 건가요?"

"바로 그렇습니다."

"저도 그럴 수 있다면 좋겠는데 아무래도 어렵겠네요. 평생 연설이라고는 해본 적이 없거든요. 아시겠지만 저는 배우가 아니라 '들러리'예요. 게다가 공연에 방해가 되는 일은 라일리와 로빈슨이 좋아하지 않을 겁니다."

"그 점에 대해서는 걱정 안 하셔도 됩니다."

코츠가 웃으며 말했다.

"제가 잘 해결하겠습니다. 그리고 연설이 걱정이라면, 휘플 씨가 특별히 써준 연설문이 제 호주머니에 있습니다. 사령관님을 연습시키려고 제가 여기에 온 거니까요."

그러더니 호주머니에서 쪽지를 꺼냈다.

"우선 읽어보세요. 그런 다음 함께 찬찬히 이야기를 나눠봅시다."

그날 밤 렘은 무대에 혼자 올랐다. 무대 의상이 아니라 '가죽 셔츠'의 제복을 입었지만, 청중들은 프로그램을 통해 그가 희극 배우라는 것을 알았기 때문에 박장대소했다.

이런 예기치 못한 반응에 우리의 젊은이는 그나마 있던 약간의 자신감마저 잃어 도망이라도 치고 싶었다. 하지만 다행히도 휘플 조직의 당원인 오케스트라 지휘자가 기지를 발휘해 국가를 연주하게 했다. 그러자 청중은 웃음을 멈추고 침착하게 자리에서 일어났다.

그 많은 사람들 중에서 딱 한 사람만은 일어나지 않았다. 우리의 옛 친구, 체스터필드 외투를 입은 뚱뚱한 남자였다. 사람들 눈에 띄지 않게 특별석 커튼 뒤에 자리를 잡은 그는 의자에서 몸을 낮게 웅크려 자동 권총을 꺼내들었다. 이번에도 가짜 턱수염을 달고 있었다.

오케스트라가 연주를 마치자 청중이 자리에 다시 앉았고, 렘은 연설할 채비를 했다.

"저는 광대입니다."

그가 연설을 시작했다.

"하지만 광대도 가끔은 진지해져야 할 때가 있는 법입니다. 지금이 바로 그러한 때로……"

렘은 더 이상 말을 잇지 못했다. 총소리가 울렸고, 암살자의 총알이 심장을 관통해 그를 쓰러뜨렸다.

더 이상 남길 말이 별로 없지만 책을 마치기 전에 마지막 장면 하나만은 설명하고 싶다.

피트킨의 생일이 국경일이 되었다. 미국의 젊은이들이 그를 기리기 위해 5번로를 따라 행진하고 있다. 수십만 명의 군중이 보인다. 모든 소년들이 멋진 꼬리가 달린 너구리털 모자를 썼고 22구경 라이플총을 어깨에 걸쳤다.

다들 〈레뮤얼 피트킨 찬가〉를 소리 높여 부르고 있다.

"셰그포크의 이름으로 나와 함께 일어날 자 누구인가?"

비주 극장의 무대에 오르면서 피트킨이 이렇게 외쳤지
"그와 더불어 살고, 그와 더불어 죽기 위해!"
수많은 이들이 두 손 올려 대답하네
수많은 이들이 "나!"라고 외치네

(합창)
수많은 이들이 피트킨과 함께 행동하고, 오!
피트킨과 함께 죽고, 오!
피트킨과 함께 싸우네, 오!
피트킨을 위해 행진하세

젊은이들이 사열대 앞을 지나고, 휘플이 그곳에 서서 그들의 경례에 자랑스레 답한다. 세월이 흘렀지만 그는 별로 늙지 않았다. 등은 여전히 꼿꼿하고 회색 눈도 총기를 잃지 않았다.

그나저나 그 옆에 있는 검은 옷의 저 여인은 누구일까? 미망인 피트킨 부인? 그렇다. 그녀는 울고 있다. 아무리 영광스러운 자리라도 자식 잃은 슬픔을 대신할 수는 없는 법. 그녀에게는 변호사 슬렘프가 렘을 지하실 계단으로 밀었던 일이 마치 어제 일만 같다.

피트킨 부인 옆에 또 한 명의 여자가 보인다. 젊고 아름다운 그녀 역시 눈물이 그렁그렁하다. 왠지 낯익은 얼굴이므로 좀 더 가까이 다가가 보자. 베티 프레일이다. 그녀는 공식적인 자리를 차지한 것 같다. 옆 사람에게 물어보니 휘플의 비서라고 알려준다.

행진 대열이 사열대 앞에 모이자 휘플이 연설을 시작한다.

"우리는 왜 오늘을 다른 날보다 더 축하하는 것일까요?"

그가 우렁찬 목소리로 청중을 향해 외쳤다.

"무엇이 레뮤얼 피트킨을 그토록 위대하게 만들었을까요? 그의 삶을 한번 돌아봅시다.

먼저 어린 시절, 그가 가벼운 발걸음으로 버몬트의 랫 강에 메기를 낚시하러 가던 모습이 보입니다. 이어 오츠빌 고등학교에 입학합니다. 친구들 사이에서 인기가 많았고 운동을 무척 잘했습니다. 이제 돈을 벌려고 고향을 떠나 대도시로 갑니다. 이는 이 나라와 백성의 유구한 전통으로 그에게도 역시 보상을 기대할 권리가 있었습니다.

첫 번째 보상은 감옥이었습니다. 두 번째는 가난이요, 세 번째는 폭력이었습니다. 그리고 마지막으로 죽음이 그에게 보상으로 주어졌습니다.

그의 인생행로는 이처럼 단순하고 짧았습니다. 하지만 천 년이 지난 뒤에도 레뮤얼 피트킨의 삶과 죽음보다 더 경이롭고 깊은 감정으로 충만한 이야기는, 비극은, 서사시는 없을 것입니다.

하지만 저는 아직 질문에 대답하지 않았습니다. 무엇이 레뮤얼 피트킨을 그토록 위대하게 만들었을까요? 왜 이 순교자가 등장할 때마다 사람들이 승리의 함성을 지르고 온 나라가 들썩일까요? 왜 온 도시와 나라가 그의 시신을 운구하는 걸까요?

그것은 그가 비록 죽었지만 여전히 목소리를 내고 있기 때문입니다. 그는 무엇에 대해 말하고 있을까요? 미국의 모든 젊은이들이 세상으로 나가 영악한 이방인들의 조롱을 받거나 음모에 휘말리지 않고 열심히 노력해서 공정하게 부를 쟁취할 권리에 대해 말하고 있습니다.

하지만 참으로 애석하게도 레뮤얼 피트킨 본인은 이런 기회를 갖지 못하고 적들에 의해 갈가리 찢기고 말았습니다. 이를 몽땅 뽑혔고, 눈 하나를 잃었으며, 손가락이 잘려나갔습니다. 머리 가죽이 찢기고 다리가 하나 잘렸습니다. 그것도 모자라 마지막으로, 총알이 그의 심장을 뚫고 지나갔습니다.

하지만 그의 삶과 죽음은 헛되지 않았습니다. 그의 순교로 말미암아 국가혁명당은 승리를 거두었고, 그 승리를 통해 이 나라는 궤변주의자, 마르크스주의자, 국제 자본가들로부터 해방되었습니다. 국가혁명당을 통해 비로소 이 나라 백성은 외래의 질병에서 벗어났고, 미국은 다시 미국인의 나라가 되었습니다."

셰그포크가 연설을 마치자 젊은 사람들이 일제히 만세를 불렀다.

"비주 극장 순교자 만세!"

"레뮤얼 피트킨 만세!"

"미국 청년 만세!"

The Dream Life of Balso Snell

발소 스넬의
몽상

A. S.에게

"친구여, 아낙사고라스가 말했듯이, 인생은 결국 여행이라네."
— 베르고트*

---

* 프루스트의 『잃어버린 시간을 찾아서』에 나오는 말로, 가상의 작가 베르고트는 아나톨 프랑스(Anatole France)를 모델로 한 것으로 알려져 있다.

발소 스넬은 트로이 시 외곽에 높게 자란 풀밭을 걷다가 유명한 그리스 목마를 발견했다. 시인인 그는 문득 호메로스의 옛 노래가 생각나 목마 안으로 들어가보기로 했다.

목마를 찬찬히 살펴본 끝에 모두 세 개의 구멍을 찾아냈다. 입과 배꼽, 그리고 소화관 뒤쪽에 난 구멍이었는데, 입은 그가 접근하기 어려운 곳에 있었고 배꼽은 끝이 막혀 있었으므로 어쩔 수 없이 체면 불고하고 마지막 구멍으로 들어갔다. 오, 아누스 미라빌리스*!

묘하게 생긴 입구 가장자리를 따라 글자가 쓰여 있는 것이 보였다. 그는 어렵지 않게 그 뜻을 알아냈다. 화살이 박힌 하트 모양이 이니셜 N 위에 그려져 있고, 그 안에 이런 글자가 새겨져 있었다.

---

* '기적의 항문'이라는 뜻

아! 쿠알리스…… 아르티펙스…… 페레오!*

 배우 겸 황제에 질 수 없다고 생각한 발소는 주머니칼로 옆에 또 하나의 하트를 그리고 "오, 비스! 오, 아비스! 오, 아논! 오, 아난!"이라고 썼다. 화살과 이니셜은 생략했다.
 그는 입구에 들어가기 전에 이런 기도를 올렸다.
 "오, 베어! 오, 마이어베어! 오, 바흐! 오, 오펜바흐! 지금처럼 언제까지나 변함없이 저를 지켜주소서."
 그러자 발소는 문득 자신이 다리 위의 1인, 침대 위의 2인, 보트의 3인, 말안장의 4인, 테베로 진격하는 7인이 된 듯한 기분이 들었다. 기고만장해진 그는 현관 입구처럼 생긴 어둑한 장腸 안으로 들어갔다.
 얼마간 걸었지만 아무것도 보이지 않고 들리지 않았다. 발소는 우울한 기분을 떨쳐내려고 노래를 지어 목청껏 불렀다.

 청동 말의
 둥근 항문
 혹은 말이 항문으로 쓰던
 부드러운 단추일까

 가장자리를 놋쇠로 장식한

---

* "아! 위대한 예술가 한 사람이 이렇게 사라지는구나!"라는 뜻으로 로마의 네로 황제가 죽으면서 남겼다는 말

하느님의 자동차 바퀴
시끄럽게 떠들어대는 치품천사*는
하느님의 혀

실레누스**의 배처럼
불룩하게 부풀어 오르고
조토***의 원처럼 완벽하도다
미끈한 한 바퀴 원

둥글게 풍만하게
둥글게 풍만하게

넘치는 술잔은
이슬을 머금은 배꼽
성모 마리아
마리아의 배꼽

넘치는 술잔의 언저리처럼
둥글고 풍만하도다
하느님의 발에 난

* 기독교의 천사 계급 가운데 가장 높은 계급의 천사
** 술의 신 디오니소스의 양부인 뚱뚱한 노인
*** 이탈리아 르네상스 미술의 선구자였던 화가이자 건축가

지저분한 구멍들
유대인을 처형했던 못 자국

발소는 훗날 이 노래에 여러 제목을 붙였는데, 그중 대표적인 것을 들자면 〈세상 밖 어딘가, 혹은 구멍을 통한 속세 여행〉과 〈청동 말의 항문 언저리, 혹은 상상의 나래를 위한 발가락 구멍〉이 있다.

경쾌한 노래를 불러도 자신감이 돌아오지 않았다. 그 순간 문득 '피닉스 엑스크레멘티'가 생각났다. 피닉스 엑스크레멘티는 어느 일요일 오후 그가 침대에서 뒹굴다가 생각해낸 종족으로, 어쩌면 이런 장소에서 만날 수도 있겠다 싶어 으스스했다. 그럴 만도 한 것이 피닉스 엑스크레멘티는 같은 종족을 잡아먹고 소화시킨 다음 배설물을 쏟아내면 거기서 또 다른 피닉스 엑스크레멘티가 나오는 식으로 생명을 이어갔다.

발소는 그곳에 거주하는 존재의 이목을 끌려고 소리를 질렀다. 하지만 장엄함에 압도당한 듯 기가 죽은 목소리였다.

"오, 장미의 입구여! 촉촉한 정원이여! 우물이여! 분수여! 끈끈하게 달라붙는 꽃이여! 점막이여!"

그러자 '안내'라는 글자가 새겨진 모자를 쓴 남자가 어둠 속에서 걸어 나왔다. 발소는 시인에게는 남의 땅에 발을 들여놓을 권리가 있음을 증명하려고 자신이 쓴 글을 인용했다.

"만약 두 평행선을 즉시 혹은 가까운 미래에 서로 만나게 하고 싶다면, 사전에 미리, 가급적 무전을 해서 필요한 조치를 취해야 한다."

남자는 그의 말을 무시하고 대뜸 이렇게 말했다.

"당신은 수세식 변기를 발명한 영리한 종족의 대표로 우리 그리스, 로마 후손들을 찾아온 대사입니다. 당신들의 시인이 말했듯이 '장대한 그리스, 영광의 로마'*이지요. 제가 안내하겠습니다. 먼저 오른쪽을 보시면 아름다운 도리아 양식의 전립선이 기쁨과 넘치는 활기로 한껏 부풀어 올라 있는 것이 보일 겁니다."

이 말을 듣자 발소가 화를 벌컥 냈다.

"우리가 수세식 변기를 발명했다고요? 나 참, 구역질 나는군. 도리아 양식이라, 흥! 그건 68년 침례교인이나 하는 말이지. 전립선도 그저 위축된 다발로만 보이는군. 겨우 이 정도 갖고 장대하고 멋지다고 떠들다니. 아직 그랜드센트럴 역이나 예일 볼 경기장, 홀란드 터널, 매디슨스퀘어가든 같은 건축물을 못 본 모양이오. 내가 볼 때는 그저 수도관이 밖으로 노출된 것으로만 보이오. 요즘 같은 시대에는 한심할 정도로 퇴보한 거지. 내 말 알겠소?"

안내인은 발소의 분노 앞에서 한발 물러났다.

"고정하세요, 제발. 그래도 유서 깊은 신성한 땅인데. 위인들도 여기를 숭배했답니다. 로마에서는 로마법을 따라야죠."

"구역질 나."

---

* 에드거 앨런 포의 시 「헬렌에게」에 나오는 표현

발소는 같은 말을 반복했지만 이번에는 어조가 한층 누그러졌다.

안내인이 용기를 내어 말했다.

"외국인은 예의를 차려주세요. 이곳이 그렇게 마음에 안 들면 왔던 곳으로 돌아가면 되지 않습니까? 하지만 그 전에 제 이야기부터 들어주세요. 지역에 대한 자부심이 강한 제 민족에 관한 오랜 이야기입니다. 말이 나와서 말인데 시간도 적당하군요. 당신을 화나게 할 생각은 없으니 마음 놓으세요. 제목은 '방문객'입니다."

방문객

현자 아폴로니우스[*]를 찾아 티아나에 온 여행객이 한 남자의 몸 아랫부분으로 뱀 한 마리가 들어가는 것을 보았다. 여행객이 그에게 다가가서 말했다.

"죄송하지만, 방금 뱀 한 마리가 당신의……."

그는 손가락으로 가리키며 말을 얼버무렸다.

"네, 녀석은 거기 삽니다."

그는 뜻밖에도 이렇게 대답했다.

"그렇다면 당신이 바로 제가 찾던 철학자이자 성인인 티아나의 아폴로니우스군요. 여기 제 동생 조지가 써준 소개장이 있습니다. 뱀을 좀 봐도 될까요? 여기가 구멍이군요. 완

---

[*] 신 피타고라스 학파에 속한 그리스 철학자이자 예언자

벽해요."

발소는 이야기의 마지막 단어를 따라했다.
"완벽해요! 완벽해! 정말 옛날이야기네요. 마음에 들어요."
"다른 이야기도 있습니다."
안내인이 말했다.
"같이 가면서 제가 다 이야기해드리죠. 모세와 불타는 수풀 이야기를 들어보셨나요? 예언자가 '좋은 포도주는 간판을 따지지 않는다'*라는 속담을 인용하며 수풀에게 한 방 먹이자 무례하게도 수풀이 이렇게 대꾸했다죠. '숲 속의 새 한 마리가 손 안에 든 두 마리보다 낫다.'"

이번 이야기는 앞선 이야기만큼 마음에 들지는 않았다. 실은 아주 형편없다고 생각했다. 하지만 발소는 더 이상 흐름을 끊지 않고 안내인의 팔을 잡고 목마의 거대한 내장 안으로 들어가기로 했다. 안내인이 말을 하게 내버려두고 거대한 터널 안으로 성큼성큼 나아갔다. 그러나 불행히도 복막이 터진 곳이 나와 발소가 깜짝 놀랐다.
"뭐야, 탈장이잖아! 탈장!"
순간 안내인이 화를 벌컥 냈고, 발소는 소란을 피울 의도가 없었다며 그를 안심시키려 했다.
"탈장이라."

---

* 수풀을 의미하는 영어 단어 'bush'에는 간판이라는 뜻도 있다.

발소가 혀끝에서 단어를 굴리며 말했다.

"탈장 같은 아름다운 말에 유치한 연상이 들러붙다니 참으로 애석한 일이죠. 결국 이름으로는 쓸 수 없으니까요. 탈장! 여자 이름으로 헤르니아$^{hernia,\ 탈장}$, 이 얼마나 아름다운 이름입니까? 헤르니아 호른슈타인! 파레시스$^{paresis,\ 부전\ 마비}$ 펄버그! 파라노이아$^{paranoia,\ 편집증}$ 푼츠! 참으로 귀에 아름답게 들리지 않습니까. 페이스^{faith} 라비노비츠나 호프^{hope} 힐코비츠보다 훨씬 예쁘잖아요."

여기서 발소는 또다시 실수를 저지르고 말았다.

"이봐요."

안내인이 엄청 큰 목소리로 외쳤다.

"나는 유대인이오. 유대인과 관련된 말이 나올 때마다 내가 유대인임을 꼭 밝혀야겠소?"

"오, 제 말 오해했군요. 유대인을 비난할 의도는 전혀 없습니다. 저는 유대인을 존경해요. 알뜰한 민족이죠. 제 가장 친한 친구 중에도 유대인이 있답니다."

하지만 이런 변명도 먹혀들지 않자 그는 영국의 탐험가 다우티의 경구를 인용하기로 했다.

"셈족은,"

발소가 단호하게 말했다.

"야외 변소에 앉아 고개를 들고 이마로 하늘을 떠받드는 사람과 같다."

안내인이 겨우 마음을 가라앉히자 이제 발소는 그의 기분을 좋게 해주려고, 이 웅장한 터널이 자기 마음을 완전히 사로잡아 담배 몇 개비와 책 한 권만 있으면 평생을 여기서 보내도 좋겠다고 말했다.

안내인은 로마인 특유의 우아한 몸짓으로 팔을 위로 쳐들고 이렇게 말했다.

"결국 예술이란 뭐죠? 저는 조지 무어와 같은 의견입니다. 예술은 자연이 아니라 자연을 나름대로 소화한 겁니다. 결국 숭고한 배설물이라는 말이죠."

"알퐁스 도데는요?"

발소가 물었다.

"오, 도데! 그는 예술을 가리켜 부야베스*라고 했죠. 당신도 알겠지만 조지 무어는 이런 말도 했답니다. '앵그르가 〈샘〉이라는 작품을 위해 열여섯 살 처녀의 덕목을 희생해야 했다는 것을 내가 왜 신경 써야 하지?' 그러니 이제……"

"피카소는 이런 말을 했고요."

발소가 끼어들었다.

"자연에는 발이 없다고 말입니다. ……구경시켜줘서 고맙습니다. 이제 가봐야겠네요."

하지만 그가 가기 전에 안내인이 그의 목덜미를 잡았다.

"잠깐만요. 당신이 적절한 때 잘 끼어들었네요. 우리, 예술에 대해 이야기를 나눠요. 예술가가 아니라요. 스페인 거장

---

* 온갖 해산물을 넣어 뭉근하게 끓인 프랑스 남부지방 특유의 요리

이 한 말에 대해서 당신은 어떻게 생각하나요?"

"그게 말이죠, 제 생각에는……"

발소가 뭐라 말하기도 전에 안내인이 말을 잘랐다.

"만약 당신이 그의 말에 요점이 있다는 것을 인정한다면 자연에는 발이 없다는 말에 난감할 겁니다. 애초에 요점이 없어야 성립되는 주장이니까요. 피카소는 이런 진술을 통해 일원론자의 태도를 명확히 드러냅니다. 윌리엄 제임스가 말했듯이 실제는 각각의 것들에 제각각 존재할까요, 아니면 전체의 모습을 띠고 집합적으로 존재할까요? 만약 실제가 단수라면 자연에는 발이 없겠죠. 복수라면 여러 개의 발이 있을 테고요. 세상이 하나라면(모든 것이 피카소가 자연이라 부른 동일자의 일부라면) 시작도 없고 끝도 없습니다. 사물이 개별자에 제각각 존재할 때 발도 있는 겁니다. 정의에 의하면 발은 끝에 달린 것이니까요. 게다가 모든 것이 하나라면, 그래서 시작도 끝도 없다면, 모든 것은 원이겠죠. 원은 시작도 끝도 없습니다. 발도 없습니다. 자연이 원임을 우리가 믿는다면 자연에 발이 없다는 것도 믿어야 합니다. 이런 생각을 깔볼 수 없는 것이, 베르그송에 따르면……"

"한편 세잔은 이렇게 말했죠. 모든 것은 구형球形을 지향한다고요."

발소가 이렇게 말하며 다시 한 번 그에게서 필사적으로 벗어나려 해보았다.

"세잔이라고 했나요?"

안내인이 발소의 목덜미를 계속 잡은 채 말했다.
"그의 말이 맞아요. 엑상프로방스의 현자는……."
발소는 몸을 격렬히 뒤틀어 그에게서 빠져나갔다.

...

발소는 거대한 터널을 내달리다 발가벗은 남자를 만났다. 가시가 비쭉 나온 중산모를 쓰고 압정으로 자신의 몸을 고문하고 있었다. 발소는 두려운 마음도 있었지만 결국 호기심에 발걸음을 멈췄다.
"도와드릴까요?"
그가 정중히 물었다.
"아니요."
남자는 훨씬 더 정중히 대답하며 모자를 고쳐 썼다.
"저 혼자 할 수 있습니다. 아무튼 감사드립니다."
그는 자신을 아레오파고스*의 말로니라고 소개하더니 발소가 차마 묻기 어려웠던 질문에 대답했다.
"저는 가톨릭 신비주의자입니다. '하느님은 건강하고 원기왕성한 육신에 거하지 않는다'는 성 힐데가르트의 말을 절대적으로 믿습니다. 마리 알라코크, 헨리쿠스 수소, 카타리나 라브레, 스히담의 리드비나, 리마의 로사**처럼 고행의 삶을

* 아테네의 아크로폴리스 서쪽에 위치, 고대에 재판이 열리던 곳
** 모두 중세나 르네상스 시대에 활동한 성녀 혹은 고행 수도사

살죠. 그리고 고통이 참을 만하면 노트케르 발불루스, 에케나르트, 훅발트*를 흉내 낸 노래를 만들어 부릅니다.

> 그대 입술에 내려앉은
> 보슬보슬한 어둠에
> 신의 어머니가 보이네!
> 내가 숭배하는 것은
> 그리스도와 활짝 핀 장미꽃

 제 말 알겠습니까? 저는 위대한 성인들이 신의 가장 미천한 피조물들에게 보여준 사랑에 감탄하며 평생을 지냈습니다. 베네딕트 라브레에 대해 들어보셨나요? 자신의 모자에서 떨어진 해충을 집어 경건하게 도로 소매에 넣은 인물입니다. 또 다른 성인은 세탁부를 부르기 전에 옷에서 해충을 먼저 털어냈습니다. 옷에 들끓는 신성한 존재를 익사시키지 않기 위해서였죠.

 저는 여기서 힌트를 얻어 성 푸스**의 전기를 쓰기로 마음먹었습니다. 성 푸스는 해충 가족의 위대한 순교자이죠. 관심이 있으시면 그의 생애를 짧게 설명해드릴 수도 있습니다만."

 "부탁드립니다."

 발소가 대답했다.

---

* 중세의 음악가들
** 프랑스어로 벼룩이라는 뜻

"'살아가며 배우자'가 제 좌우명입니다. 계속하시죠."

"성 푸스는 벼룩입니다."

아레오파고스의 말로니는 잘 훈련된 목소리로 설명을 시작했다.

"하느님의 품 안에서 태어나 살다 죽은 벼룩이죠. 성 푸스가 태어난 알은 그리스도의 살에서 부화했습니다. 그는 어릴 때 베들레헴의 마구간 바닥에서 놀았습니다. 신의 살갗이 하나의 존재 이상이 잉태되는 무대였다는 것은 잘 알려진 사실이죠. 디오니소스와 아테네 여신이 생각나는군요.

성 푸스에게는 어머니가 둘 있습니다. 알을 낳은 날개 달린 피조물과 이를 자신의 살갗에서 부화시킨 창조주이죠. 우리들 대부분과 마찬가지로 아버지도 둘 있습니다. 하늘에 계시는 그분과, 콧대 높았던 젊은 시절에 우리가 '아빠'라고 부르던 분입니다.

이 가운데 알을 수정시킨 분은 누구일까요? 확실히 대답하진 못하겠지만 성 푸스가 이후 보여준 삶을 보면, 깃털 달린 날개를 지닌 존재가 알을 수정시켰다는 쪽으로 기울어집니다. 맞습니다, 비둘기 혹은 성령으로 불리는 상투스 스피리투스 말입니다. 옛이야기도 여기에 힘을 실어줍니다. 레다와 유러파의 전설을 생각해보세요. 그리고 어쩌면 여러분은 신체적으로 너무도 작은 벼룩을 두둔할지도 모르겠는데, 신의 사랑이 어떤지, 그분이 모든 것을 어떻게 껴안는지 한번 생각해보라고 말하고 싶군요.

참으로 행복한 유년시절이었습니다! 주름진 갈색 비단 옷에서 놀았고, 그리스도의 품 안에서 보호를 받으며 온갖 해악을 피했죠. 우리 구세주의 달콤한 살을 먹고, 그의 피를 마시고, 그의 땀으로 목욕하고, 그의 신성에 한몫 기여했습니다. 나처럼 이런 노래를 부르며 소리칠 일도 없었죠.

그리스도의 육신으로 저를 구하소서
그리스도의 성혈로 저를 취하게 하소서
그리스도의 옆구리에서 나온 물로 저를 씻으소서

다 자라 성인이 된 성 푸스는 얼마나 건강하고 원기 왕성했던가요. 자신의 욕망과 힘을 만족시키려고 절정을 모르는 끝없는 황홀경 속에 어떻게 빠져들었던가요. 주님의 살갗 위로 미끄러질 때 나는 소리는 바흐의 푸가보다도 엄격했습니다. 그분의 정맥의 패턴은 크노소스 궁전의 미로보다도 정교했습니다. 그분의 육체에서 나는 향기는 솔로몬의 신전보다도 향기로웠습니다. 그분의 살갗의 체온은 젊은 푸스에게 로마의 목욕탕보다도 따스했습니다. 그리고 마지막으로 그분의 피의 맛! 이 포도주에는 온갖 기쁨과 흥분이 가득 담겨 성 푸스의 작은 몸은 용광로처럼 포효했습니다.

한창때 성 푸스는 자신이 태어난 곳인 주님의 겨드랑이에서 멀리 벗어나 가슴의 숲을 누비고 복부의 언덕을 건넜습니다. 바닥을 알 수 없는 우물의 깊이를 쟀습니다. 주님의 배꼽

말입니다. 그분의 신체에 난 모든 틈새와 능선과 동굴을 탐험하고 이를 도표로 만들었습니다. 이 여행에서 기록한 메모들로 그는 훗날 『우리 주님의 지리학』이라는 위대한 저작을 집필합니다.

그렇게 한참을 돌아다니다 지친 그는 마침내 향기로운 숲에 위치한 고향으로 돌아왔습니다. 남은 나날을 집필과 예배와 묵상으로 보내기로 마음먹었습니다. 그리스도의 살로 교회 벽을 만들고, 그리스도의 피로 창문을 세우고, 성스러운 귀지로 만든 황금 촛불로 제단을 올려 행복하게 지냈습니다.

하지만 애석하게도 곧, 너무나 금세 순교의 날이 다가오고 말았습니다. 저들이 그리스도의 팔을 위로 쳐들고 그분의 손을 못으로 박았던 것입니다. 성 푸스의 교회 벽과 창문이 무너져내렸고 현관에 피가 넘쳤습니다. 골고다 언덕의 뜨거운 태양이 그리스도의 팔 아랫부분을 벌겋게 태웠고, 꽃잎처럼 주름진 피부가 마치 나이 든 여배우의 겨드랑이처럼 보였습니다.

그리스도가 숨을 거두자 성 푸스도 죽었습니다. 십자가 아래에 서 있던 성모 마리아의 살로 옮겨갈 수도 있었지만 그는 그렇게 하지 않았습니다. 마지막 힘을 다 쏟아내 무적의 벌레와 싸운 그는……."

말로니가 말을 마치며 흐느껴 우는 바람에 허약한 그의 몸이 들썩들썩했다. 하지만 발소는 그를 붙잡아주지 않았다.

"당신은 약해 보이네요. 마음을 굳게 먹어요. 당신의 배꼽에서 눈을 떼요. 겨드랑이 위로 머리를 들어요. 죽음의 냄새를 맡지 말아요. 게임을 해요. 책을 너무 많이 읽지 말고, 차가운 물로 샤워라도 해요. 고기도 많이 들어요."

이런 말로 그를 격려한 뒤 발소는 가던 길을 계속 갔다.

...

아레오파고스의 말로니와 헤어져서 한참을 걸은 그는 내장에서 구부러지는 지점을 돌 무렵 한 소년을 발견했다. 소년은 속이 빈 나무에 편지 다발처럼 보이는 것을 숨기고 있었다. 소년이 떠나자 발소는 몰래 편지를 꺼내 읽어보기로 했다. 다친 발 때문에 우선 신발부터 벗었다.

찬찬히 살펴보니 그것은 편지가 아니라 일기였다. 첫 페이지 맨 위에 '공립학교 186의 8B반 존 길슨이 작성한 영국이라는 주제의 글. 담당 교사 맥기니'라고 적혀 있었다.

1월 1일, 집

내가 이 글을 일기라고 하면 속았다고 생각할 사람이 있을까? 맥기니 선생, 당신은 분명 아닙니다. 아아, 슬프게도요. 내가 1인칭으로 글을 쓴다고 해서 웃음거리가 되는 사람은 없다. 내가 속이 빈 나무에서 이 글을 발견했다고 주장하지 않는 데는 이런 이유가 있다. 나는 정직한 사람이고, 가면, 종이로 만든 가짜 코, 일기, 회상록, 사빈의 농장에서 보내

온 편지, 극장에 불편함을 느낀다……. 기분이 나쁘지만 아무것도 할 수 없다. 혼잣말로 이렇게 말할 뿐.

"이봐, 자네 이름은 이아고*가 아니라 존이야. 일기에 거짓말을 쓰는 건 못된 짓이야."

다시 말하지만 나는 정직하다. 정직한 사람들이 다 그렇듯 나 또한 현실 때문에 괴롭다.

현실이라! 내가 현실을 알아낼 수만 있다면. 내가 감각을 통해 현실을 알아낼 수 있을까. 개가 죽은 토끼를 살피듯 내가 살펴볼 때까지 현실이 나를 묵묵히 기다려줄까. 아서라! 현실을 찾는 동안 내가 연못에 던진 돌이 물결을 일으키고, 결국 그 물결은 너무도 넓게 퍼져 애초에 물결을 일으킨 돌과 무관한 존재가 될 테니까.

축축이 젖은 왼손 집게손가락 냄새를 맡으며 이 글을 씀.

1월 2일, 집

이 일기도 내가 쓴 다른 일기들처럼 그렇게 흐지부지 끝나고 말까? 내 인생이 기록으로 남겨둘 만큼 흥미롭다고 생각하게 만든 사건으로 힘차게 시작했지만, 점차 보잘것없는 날들이 이어지더니 결국 아무 일도 일어나지 않는 날이 일주일이나 계속되는 일기들처럼.

가장 큰 사건을 첫날에 적는 사람은 일기를 제대로 써본 경

---

* 셰익스피어의 희곡 『오셀로』에서 주인공을 질투로 몰아넣는 선동가로 나오는 인물

험이 없는 사람이다. 그들은 변비에 걸릴 정도로 많은 일들을 토해낸다. 열렬하고 조급하게. 백지가 하제下劑 역할을 한다. 그 결과 말들이 설사를 한다. 흐름이 부자연스럽고 계속 이어지지 못한다.

일기는 무엇보다 자연스럽게 성장해야 하는 법. 꽃이 그렇듯, 암이 그렇듯, 문명이 그렇듯……. 일기에는 비유적 표현이 필요 없다. 정직한 이아고가 되어야 한다.

나는 때로는 라스콜니코프*가 되었다가 때로는 이아고가 된다. 존 길슨이었던 적은 한 번도 없었고 앞으로도 없을 것이다. 정직한 이아고. 그렇다, 하지만 정직한 존은 절대 아니다. 나는 라스콜니코프일 때 '악령 만들기'라고 이름 붙인 일지를 적는다. 나의 범죄일지의 핵심을 여기에 적어둔다.

범죄일지

이 병원에 온 지 7주째다. 감시를 받고 있다. 내가 제정신일까? 이 일기를 보면 내가 미쳤다는 것을 알게 되리라.

하긴 내가 이 병원에 들어왔다는 것 자체가 내 상황을 말해주는 거겠지.

범죄일지

오늘 어머니가 오셨다. 우셨다. 미친 것은 어머니다. 질서

---

* 도스토예프스키의 『죄와 벌』에 나오는 주인공 이름

야말로 정신이 어떤 상태인지 알 수 있는 척도다. 어머니의 감정과 사고는 뒤죽박죽이다. 나는 모든 것이 반듯하다.

남자는 혼란에서 질서를 만들어내는 데 많은 시간을 보내지만, 그럼에도 감정이 아직 정리되지 않았다고 우긴다. 나는 내 감정을 정리한다. 나는 미쳤다. 온전하다는 것은 규율이 잡혔다는 뜻이다. 어머니가 병원 바닥을 구르며 울부짖으신다.

"존, 불쌍한 어린 것."

어머니의 모자가 얼굴 위로 떨어진다. 오렌지가 담긴 우스꽝스런 가방을 움켜쥐신다. 어머니는 제정신이다.

내가 그녀에게 조용히 말한다.

"어머니를 사랑하지만 이런 광경은 좀 아니네요. 그리고 어머니 옷에서 나는 냄새가 너무 고약하군요."

나는 미쳤다.

범죄일지

질서는 덧없다. 나는 정밀 기구라는 난센스를 내던지기로 했다. 더 이상 측정하지 않으리라. 줄자를 내려놓고 황금률을 집어 든다. 제정신이란 극단적인 것이 없는 상태다.

범죄일지

내가 자는 동안 누군가가 내 일기를 읽었을까? 내가 쓴 것을 읽어보니 단어가 특정하게 바뀌어 있다. 그들이 내용을 수정한 모양이다.

내가 자는 동안 이 페이지를 읽은 사람은 여기에 이름을 적으시오.

존 라스콜니코프 길슨

범죄일지

밤에 일어나 어제 쓴 일기를 펼쳐 내 이름을 적었다.

범죄일지

나는 제정신이 아니다. 나는 (신문 보도를 보니 교양 있는 악마가 접시닦이를 살해했다고 한다) 미쳤다.

아이였을 때 남들 하는 것은 다 해봤다. '영혼에서 우러나온 냉혹한 웃음'을 웃었고, '다들 짓는 한숨'을 지었으며, '시적 영감이 넘치는 구절'을 노래했고, '수수께끼 같은 미소'도 짓고, '담청색 타원형 통로'를 찾았다. 모든 면에서 완전히 미친 시인이었다. 나는 '위대한 찬미자이므로, 맞은편 기슭을 그리워하는 화살이므로' 니체가 사랑했다던 '위대한 멸시자'였다. '히스테리'와 '고약한 원숭함'을 동시에 개발했다. 내 말이 무슨 뜻인지 당신은 알겠지. 랭보처럼 나 또한 환각을 연습했다.

이제 내 상상력은 늘 자유를 외쳐대는 거친 야수와 같다. 내 마음의 늪에 숨어 있는, 뭐가 뭔지 파악하기 어려운 묘한 무엇에 탐닉하고 싶은 욕망이 계속해서 나를 괴롭힌다. 이 은밀한 존재는 자신의 은신처에 몸을 숨기고서 내게 이렇게 소리쳐댄다.

"내가 시키는 대로만 하면 내가 어떻게 생겼는지 알아낼 수 있어. 서둘러! 너의 뇌 속에 있는 저게 뭐지? 내 명령만 잘 따르면 언젠가 네 마음의 거대한 문이 활짝 열리고, 그러면 너는 그 안으로 들어가 거기 숨겨진 모호한 형상들을 마음껏 요리할 수 있어."

아무것도 모르겠다. 아무것도 가질 수 없다. 그림자를 쫓느라 내 인생 전부를 바쳐야 하기 때문이다. 연필 끝으로 바로 그 연필의 그림자를 따라가려 애쓰는 심정이다. 그림자의 형상에 매료된 나는 그 윤곽을 몹시도 그리고 싶다. 하지만 연필을 움직일 때마다 그림자도 함께 움직이므로 내가 원하는 형태를 결코 그리지 못한다. 그런데도 어떤 절박한 필요성이 나를 재촉해서 이 시도를 멈출 수가 없다.

2년 전 공공 도서관에서 매일 여덟 시간씩 도서를 검색하는 일을 했다. 책들에 둘러싸여 여덟 시간을 내리 지내는 심정이 어떤지 상상이 가는가? 엄청나게 많은 단어들이 수많은 도식에 따라 계속해서 이어진다. 어찌나 대단한 인내심과 노동력이 요구되는 일이던지! 쫄쫄 굶어가며 희생하는 것은 또 어떻고! 이런 일에 따르는 열정과 황홀과 야망과 꿈은 또 어떻고!

책에서 저자의 숨결 냄새가 났다. 낡은 구두로 빼곡히 채워진 벽장을 스팀 파이프가 지나가는 것 같은 냄새였다. 책을 펼치자 그것들이 살로, 먹을 수 있는 물질로 변하는 듯했다.

거대한 도서관에서 지내는 사람들 옆에서 시간을 보낸 적이 있는가? 포르노그래피나 이상한 질병을 다룬 옛 의학 저널을 뒤지는 사람들, 옛날 잡지에서 농담을 찾아내려는 희극작가들, 죽음에 관한 통계자료를 수집하려고 보험회사가 고용한 사람들. 내가 일한 곳은 철학 부서였다. 연금술사, 점성술사, 히브리 신비주의자, 악마 연구자, 마술사, 무신론자, 신흥 종교 창시자 들이 버글대는 곳이다.

도서관에서 일할 때 웨스트 40번가에 위치한 극장에 방을 빌려 살았다. 궁색하고 불편한 곳이었다. 불편함이야말로 내가 그곳에 산 이유였다. 가련하게 살고 싶었다. 편안한 집에서는 살고 싶지 않았다. 삐걱대는 소음, 기름때 섞인 먼지, 마른 땀 냄새 덕분에 불편한 삶을 만끽했다. 실체를 알 수 없는 초조함과 짜증이 마음속에 넘쳤다. 내 몸은 신경이 곤두서고 흥분하여 엄청난 양의 수면을 요구했다. 나는 육체적, 정신적으로 경련에 시달리는 존재였다. 곰처럼 텅 빈 나무 위에 올라가 열기와 냄새와 불결한 나 자신에 푹 파묻혀 몇 시간을 잤다.

나랑 같은 꼭대기 층에 멍청이가 한 명 살았다. 그는 애스터 호텔 부엌에서 접시닦이로 일했다. 뚱뚱하고 얼굴빛이 회색인 그 남자는 담배 곰팡내와 마른 땀 냄새를 피웠고, 판에 박힌 의상을 입었으며, 오트밀 죽을 먹었다. 그는 목 위에 머리가 없고 얼굴만 있었다. 가면처럼 옆도 없고 위아래도 없는 얼굴뿐이었다.

멍청한 그 녀석은 옷깃이 달린 옷을 절대로 입지 않았다. 대신 꼭 셔츠의 깃 앞뒤에 단추를 달았다. 셔츠를 갈아입을 때면 더러운 옷에서 단추를 떼어 새 셔츠에 옮겨 달았다. 부드럽고 통통하고 흰 목은 작은 푸른색 혈관이 곳곳에 보여 마치 싸구려 대리석 조각 같았다. 목젖은 목구멍에 종기라도 난 듯 무척 컸다. 그가 음식을 삼킬 때면 목이 부풀어 올랐고, 작은 변기에 물 내리는 것 같은 소리가 났다.

내 이웃은 절대 미소 짓는 법 없이 항상 소리 내어 웃었다. 웃을 때 괴로워하는 것이 분명했다. 그는 웃음이 거친 야수라도 되듯 맞서 싸웠다. 웃음이라는 짐승이 항상 그의 이 사이에서 도망치려고 안간힘을 쓰는 것 같았다.

흔히들 남자의 울음소리가 끔찍하다고 말한다. 그런데 나는 남자의 웃음소리를 듣는 것이 훨씬 끔찍하다고 생각한다.(그럼에도 고대인들은 히스테리를 여성의 질병으로 여겼다. 그들은 히스테리가 자궁이 느슨하게 풀어져서 몸속 여기저기를 자유롭게 떠다니면서 일어나는 병이라 믿었다. 그래서 자궁이 원래 위치에 돌아오도록 달콤한 향이 나는 허브를 여성의 성기에 두었고, 자궁이 머리 쪽으로 돌아다니지 못하도록 고약한 냄새가 나는 물건을 코에 갖다 댔다.)

언젠가 시카고 오페라 극단의 저음부 단원 하나가 〈파우스트〉에 나오는 악마의 세레나데를 노래하는 광경을 본 적이 있다. 이 노래에는 길게 웃는 대목이 나온다. 가수가 이 대목에 이르렀을 때 웃음을 시작하지 못했다. 웃음이 미처 나오지 않았던 것이다. 겨우 웃음을 터뜨리고 나자, 이번엔 웃음을 멈추지 못했다. 오케스트라가 노래의 다음 대목으로 이어지는 악절을 계속 반복했지만 그는 웃음을 멈출 수 없었다.

집에 돌아왔을 때 내 머릿속은 온통 그의 웃음소리로 가득했다. 잠을 잘 수 없을 지경이었다. 결국 옷을 입고 아래층으로 내려갔다. 거리로 나가다가 이웃의 멍청이를 만났다. 그는 소리 내어 웃고 있었다. 그의 웃음 때문에 나도 웃었다. 그는 내 목소리에서 긴장을 알아채고는 화를 냈다. 내가 자신을 놀린다고 생각했던 것이다.

"대체 뭐가 그리 웃기죠?"

그가 말했다. 나는 겁이 나서 그에게 담배 한 개비를 건넸다. 그는 받아들이지 않았다. 웃으며 화를 내는 그를 계단에 남겨두고 혼자 밖으로 나왔다.

평소처럼 잠을 자지 못하면 아침에 일어날 때 괴로우리라는 것을 알았다. 하지만 지금 침대에 가봤자 잠들지 못할 게 뻔했다. 나 자신을 가급적 빨리 피곤하게 만들려고 브로드웨이를 걸었고 이어 시내 쪽으로 걸음을 옮겼다. 신발 때문에 발이 아팠는데 처음에는 고통도 즐거웠다. 하지만 이내 고통이 심해져서 더는 걷지 못하고 집으로 돌아와야 했다.

침대에 다시 누웠지만 잠이 오지 않았다. 나 자신을 제외한 다른 것으로 관심을 돌리지 않으면 미쳐버릴 것 같았다. 그래서 생각해낸 것이 옆집에 사는 멍청이를 죽이는 계획이었다.

살인을 저질러도 아무도 알지 못하리라 확신했다. 살인 동기를 경찰이 도저히 짐작할 수 없을 테니까. 경찰은 합리적인 이유를 따지는 사람들이다. 그렇기에 사람의 목젖 생김새나 웃음소리, 혹은 옷깃이 달린 옷을 입지 않는다는 것을 타당한 살인 동기로 여길 리가 없다.

으흠, 의사 여러분. 당신들도 이것이 살인을 저지르기에 변변치 못한 동기라 여길 것이다. 내 생각도 그렇다. 이는 문학적인 이유다. 다윈이나 경찰처럼 나름대로 추리해보면 내가 이런 행동을 취하는 이유가 삶에 대한 욕망이나 삶을 창조하고픈 욕망 때문이라 여길 것이다. 여러분이 내 말을 믿어주기를 바라므로 내 솔직히 말하겠다. 내가 제정신을 유지하려면 이 남자를 죽여야만 했다. 어릴 때 잠들기 전에 방 안에 있는 모든 파리를 잡아 죽여야 했듯이.

말이 안 된다고? 그럴지도 모르지. 하지만 제발 내 말을 믿어달라. 내가 아돌프를 죽인 이유를. 내가 멍청이를 죽인 것은 그가 나의 평정심을 어지럽혔기 때문이다. 그를 죽이면 평정심이 돌아올 것 같았다. 그것은 내게 더없이 소중했다.

아직 누구도 죽여본 적이 없다는 사실이 내 마음을 불편하게 했다. 내가 한 번도 저질러본 적이 없는 이 엄청난 범죄는 대체 뭘까? 이 행동에 수반되는 공포의 정체는 무엇일까? 사람을 죽임으로써 비로소 그 대답을 알아냈다. 이제 다시는 사람을 죽이지 않을 것이다. 그럴 필요가 없다.

고백을 계속하자. 나는 살인을 복잡하게 계획하지 않기로 했다. 복잡한 범죄를 시도했다가는 스스로의 계획에 말려들 위험이 있었다. 그래서 오직 한 가지 행동, 죽이는 것만으로 구성되는 범죄를 계획하기로 했다. 도서관에 있는 책들을 찾아보고 싶은 욕구마저도 꾹 참았다.

숨통을 잘라 그를 죽일 생각이었으므로 칼을 사용하기로 했다. 어릴 때 보들보들하고 견고한 것을 자를 때면 늘 즐거웠다. 30센티미터 칼을 구입했다. 날이 한쪽만 선 칼이었다. 다른 쪽은 1센티미터 정도로 두꺼웠다. 무게 덕분에 살인을 하기에는 완벽한 도구였다.

칼을 구입하자마자 곧장 살인을 저지르고 싶지는 않았다. 하지만 칼을 사서 집으로 돌아온 그날 밤, 계단을 올라오는 멍청이가 술에 취해 있었다. 그가 잠긴 방문을 열려고 열쇠를 더듬는 소리를 들었을 때, 그가 밤에는 문을 잠근다는 사실을 처음 깨달았다. 생각지도 못했던 이런 장애물 때문에 그를 죽여야겠다는 계획을 거의 포기할 뻔했다. 하지만 살인 계획을 접었을 때 내가 겪게 될 고통을 떠올리자 이런 불안이 사라졌다. 바로 그날 계획을 실행하기로 했다. 목욕 가운을 걸치고 현관으로 나왔다. 그의 방문이 열려 있었다. 조심스럽게 안을 살펴보니 멍청이가 술에 취해 침대에 대자로 뻗어 있었다. 내 방으로 돌아가 가운과 잠옷을 벗었다. 핏자국에 젖은 세탁물을 처리하기 싫어서 발가벗고 살인을 저지를 생각이었다. 몸에 묻은 핏자국이야 씻어버리면 그만이었다. 옷을 벗자 한기가 느껴졌다. 성기가 딱딱하게 올라오는 것이

개 같기도 했고 그리스 조각상 같기도 했다. 방금 얼음 목욕을 마치고 나온 기분이었다. 엄청난 흥분이 몰려왔다. 그 흥분은 내 안이 아니라 내 가까이에서 다가오는 것 같았다.

현관을 지나 접시닭이의 방에 갔다. 불이 훤히 켜져 있었다. 그에게로 걸어가 그의 목을 칼로 그었다. 원래는 재빠른 일격 몇 차례로 끝낼 생각이었지만, 그가 강철의 감촉에 깨어나는 바람에 패닉 상태에서 그의 목을 마구 톱질했다. 그가 가만히 누워 있자 마음이 침착해졌다.

내 방으로 돌아가 칼을 젖은 우산처럼 싱크대에 세워놓고 피가 개수대로 뚝뚝 떨어지게 했다. 칼을 치워야 한다는 절박한 생각이 들어 재빨리 옷을 입었다. 옷을 입는 동안 공포심이 자꾸 커져갔다. 내 몸을 찢어버릴 것처럼 공포심이 커지자 더는 마음속에 담아둘 수 없었다. 머릿속에서는 자궁에서 아이가 쑥쑥 자라는 것처럼 공포심이 커져갔다. 이를 떨쳐내지 못하면 내 몸이 펑 터질 것 같았다. 그래서 입을 크게 벌렸지만 공포심은 밖으로 나오지 않았다.

자신의 몸보다 30배나 큰 나방 유충을 나르는 개미처럼 공포심을 짊어지고 계단을 내려가 거리로 나왔다. 강을 향해 서쪽으로 달리기 시작했다.

칼을 강물에 담갔다. 그와 함께 공포심도 씻겨 내려갔다. 마음이 홀가분해졌다. 아무 걱정 없는 행복한 계집애가 된 듯했다. 스스로에게 이렇게 말했다.

"어린 여자애가 된 기분이야. 새끼고양이처럼 귀엽고 사랑스럽고 봄날처럼 상쾌해."

나는 무더운 오후에 문득 자신의 몸을 의식하게 된 소녀처럼 내 가슴을 쓰다듬었다. 남자들 앞에서 뽐내며 걷는 여자애의 걸음걸이를 모방했다. 어둠 속에서 내 몸을 껴안았다.

브로드웨이로 돌아오는 길에 선원 몇 명이 옆으로 지나가자 그들을 희롱하고픈 욕망을 이기지 못했다. 가련한 창녀의 자세를 취했다. 내 가치를 한껏 과시하며 과장된 몸짓을 취했다. 선원들이 나를 보더니 웃었다. 그중 한 명에게 강렬한 매력을 느꼈다. 그때 갑자기 뒤에서 발소리가 들렸다. 소리가 점점 가까이 다가오자 내 몸이 녹아내리는 것 같았다. 비단과 향수와 분홍색 레이스만 남기고 말이다. 나는 작은 죽음을 맞았다. 하지만 그 남자는 나를 못 본 척 그냥 지나갔다. 벤치에 주저앉았다. 격렬하게 몸이 아파왔다.

한동안 그렇게 벤치에 앉아 있었다. 방에 돌아왔을 때는 몸이 한기로 얼어 있었다.

머릿속에서 살인은 어느덧 굴 껍질 속의 모래가 되었다. 내 마음이 그 주위로 진주를 만들기 시작했다. 멍청이, 가수, 그의 웃음소리, 칼, 강, 여자로 변한 나, 이 모두가 살인을 감쌌다. 마치 굴 분비물이 자극적인 모래 알갱이를 감싸듯이. 축적물이 점점 쌓이고 굳자 처음에 일었던 초조한 마음도 사라졌다. 만약 살인이 마음속에서 계속 자랐다면 내가 담아두기에는 너무도 커져서 결국 나를 집어삼켰을 것이다. 진주가 결국에는 굴을 죽게 만들듯이.

...

  발소는 원고를 나무 안에 도로 집어넣고 가던 길을 계속 갔다. 머릿속에 생각이 많아졌다. 세상은 서정시인이 감당하기에는 너무도 힘든 곳이 되어갔다. 그는 자신이 늙었다고 느꼈다.

  "아, 젊음이여! 아, 발소 스넬이여!"

  그때 갑자기 자신의 팔꿈치 쪽에서 목소리가 들렸다.

  "코 큰 아저씨, 제가 쓴 글이 마음에 들었나요?"

  발소가 몸을 돌리자 방금 읽었던 일기의 주인공이 서 있었다. 짧은 반바지 차림으로, 많아야 열두 살 정도로 보였다.

  "심리적으로는 흥미로웠지만 그걸 과연 예술이라 할 수 있을까?"

  발소가 소심하게 말했다.

  "나라면 B마이너스를 주겠어. 그리고 엉덩이도 찰싹 때려 줄 거고."

  "대체 내가 왜 예술을 고민해야 하죠! 내가 이 우스꽝스러운 이야기를 왜 썼는지 알기나 해요? 그건 러시아 소설을 좋아하는 영어 담당 맥기니 선생과 자고 싶어서였어요. 보아하니 잡지를 운영하는 거 같은데 이 원고 사실래요? 돈이 필요하거든요."

  "아니, 됐어. 난 시인이야. 발소 스넬이라고 하지."

  "맙소사, 시인이라니!"

"너 같은 애들은 책은 좀 덜 읽어도 돼. 밖에서 운동이나 하지 그래. 야구도 좀 하고."

"됐어요. 시인하고만 자는 뚱뚱한 여자애를 한 명 알아요. 걔 옆에 있을 때면 나도 시인 행세를 하죠. 그 애를 위해 시도 한 편 썼어요.

오, 벽으로 둘러싸인 짐승이여!
오, 벽 속에 갇힌 뚱뚱한 소녀여!
너를 정복할 만한 가치가 있었을까
아라스와 아라트, 펠리온, 오사, 파르나소스, 이다,
피스가와 파이크스 피크도 전혀 흥미를 보이지 않는 너를

그럭저럭 괜찮지 않나요? 하지만 시와 예술이라면 이제 질렸어요. 그렇지만 내가 뭘 하겠어요? 나는 여자가 필요한데 돈으로 사거나 강제로 취할 수 없으니 시를 쓸 수밖에요. 여섯 명을 꾀려고 반 고흐의 광기와 고갱의 모험심을 발휘하느라 내가 얼마나 피곤했는지 아무도 모를걸요. 게다가 나는 문학을 좋아한다 말하는 암캐들을 아주 지겹게 생각한답니다. 하지만 나를 가질 수 있는 건 그들뿐이죠……. 저기 발소, 1달러만 주면 지금 내 처지를 간략하게 적은 글을 당신에게 팔게요."

발소는 귀찮은 그를 떼어버리려고 1달러를 주고 작은 팸플릿을 받았다.

팸플릿

어제 면도를 할까 말까 고민하던 중 내 친구 사니에트가 죽었다는 연락을 받았다. 면도 생각을 접었다.

오늘 면도를 하면서 어제의 감정을 되짚어보았다. 가운의 주머니를 뒤지고 의약품 찬장 선반을 열었다. 아무것도 찾지 못했다. 그래도 탐색을 계속했다. 내 연민의 창자를 (처음에는 물론 웃으며) 들여다보았고, 내 존재의 깊이를, 그리고 희미해져가는 내 기억을 들여다보았다. 예상대로 빈손이었다.

"열려라, 감정의 봇물이여! 비워라, 정열의 유리병이여!"

내 목적이 실패했음이 확연히 드러났다.

탐색의 실패는 내 지성을 보여주는 신호였다. ('경찰과 강도' 놀이나 '인디언과 카우보이' 놀이에서 어느 편을 할까 고르는 아이처럼) 나는 지성과 감정, 두뇌와 마음 중에서 지성과 두뇌의 편이다. 그럼에도 나는 내 처지(면도를 하면서 손을 한 번 내저어 죽음을 물리치는 젊은이)가 어떤지 알았고, 감정을 찾으려는 시도를 포기하지 않았다. 내가 슬픔을 느껴야 하는 이유들을 생각해봤다.(사니에트와 거의 2년을 같이 살았다.) 하지만 결국 슬픔을 찾는 데 실패했다.

죽음은 내가 진지하게 생각하기가 무척이나 어렵다. 운명이 이미 정해져 있어서 내가 죽음을 생각해봤자 아무 의미도 없다고 보기 때문이다. 나는 어떤 평가를 내리든 거기에 감정적이고 풍자적이며 형식적인 비판을 덧붙인다. 이런 판단 때문에 문학적 연상은 나로 하여금 진정한 감정에서 더욱 멀어지게 한다. 죽음, 사랑, 아름다움—하나같이 중요한 주제들이다—을 인식하는 행위 자체가 문학과 실습에서는 이제 불가능하다.

나는 실패했다는 사실을 스스로 인정하고는 욕실의 거울을 보고 몇 차례 비웃음을 짓는 것으로 나의 패배를 은폐하려 했다. 어제 사니에트의 죽음을 면도하지 않아도 되는 핑계로 삼았던 일이 생각났다. 그래서 큰 소리로 이렇게 덧붙였다.

"내 죽음을, 원치 않는 약속을 깨는 좋은 구실로 삼을 친구가 아마 한 명 이상은 되겠지."

거울에 반사된 비웃음을 보자 마음이 좀 놓인 나는 사니에트의 죽음을 머릿속에 그려보았다. 병원 침대에서 담요를 뒤집어쓰고 어머니 에디와 쿠에 의사에게 도와달라며 이렇게 소리친다.

"죽고 싶지 않아! 점점 나아지고 있어. 이렇게 죽을 수는 없어! 의지야말로 신체의 주인이야. 죽지 않을래!"

이런 그녀에게 죽음이 말한다.

"오, 그래봤자 소용없어."

그러고는 그녀의 목숨을 거두어간다. 나는 죽음의 승리를 내 승리인 양 여겼다.

죽음의 불가피함을 생각할 때면 항상 즐겁다. 내가 죽고 싶다는 뜻이 아니라 사니에트 같은 이들은 모두 죽어야 하기 때문이다. 누구도 피해갈 수 없는 죽음에 대해 사제가 프랑스 왕에게 설명하자 왕이 화를 냈다고 하지. 죽음의 그림자가 낙천적인 사니에트 위에 드리워졌을 때 그녀도 분명 놀랐을 거야. 그녀가 놀랐다고 생각하니 기쁘다. 사제도 왕이 화내는 것을 보고 분명 기뻐했겠지.

내가 사니에트를 미워하는 것을 보고 비관론자가 낙관론자에게, 카우보이가 인디언에게, 경찰이 강도에게 천성적으로 느끼는 반감이라 생각할지도 모르겠지만, 그것은 일부에 지나지 않는다. 그보다는 연주자가 청중에게 천성적으로 느끼는 반감이 더 크게 작용했다. 나와 사니에트의 관계는 연주자와 청중의 관계, 바로 그것이었다.

나랑 함께 사는 동안 사니에트는 내가 필사적으로 펼치는 재주를 놀라운 곡예 묘기 보듯 즐겼다. 그녀의 무심한 태도가 나를 흥분시킬수록 내 공연은 더욱 필사적인 게 되었다. 한 명만 죽는 비극은 아무것도 아니다. 두 명이 죽으면 뭐가 다를까? 백 명이 죽으면? 그런 생각을 하며 내밀한 기관을 밖으로 드러냈다. 내 심장과 성기를 목에 걸었다. 그리고 공연 때마다 그녀가 어떻게 반응하는지 유심히 살폈다. 웃기도 하고 울기도 했다. 나 자신을 광대로 무대에 올렸지만 오해는 원치 않았다. 나는 비극적인 광대였다.

한동안 잊고 지냈지만, 내게는 한 여자와 맺었던 관계를 돌아보고 일련의 연극적인 포즈를 취했던 것은 기억하지 못하던 시절이 있었다. 우스꽝스럽기는 했지만 그래도 재미있어서 그런 포즈를 취했었다. 내 모든 행동에는 오로지 하나, 여자를 유혹하려는 목적만이 있었다.

내가 신체적인 매력으로 여자를 유혹할 수 있었다면 지금 이렇게 증오가 심하지는 않았을 터. 하지만 내 경쟁자들이 근육을 드러내고 멋진 이와 머리카락을 뽐낼 때, 나는 기묘한 자부심과 위트 있는 말, 독특한 행동과 예술로 승부해야 했다.

 이렇게 지성을 드러내기 좋아하는 경향도 결국은 즐기고 싶은 본능의 발현일 뿐이다. 나는 '암블리오르니스 이노르나타'라고 하는 정원사새의 경우와 비슷하다. 이 새는 색깔이 흐릿하고 못생겼는데 놀랍게도 극락조와 사촌간이다. 사촌이 갖고 있는 화려한 깃털이 없으므로 안쪽의 깃을 밖으로 드러내야 한다. 수컷 정원사새는 꽃으로 정원을 만들고 집을 짓는다. 사촌이 갖고 있는 화려한 깃털의 대체물인 셈이다. 물론 암컷 정원사새는 이런 꾀죄죄한 예술가를 끔찍이 사랑한다. 암컷 극락조가 옆을 지나다가 "꼬리를 보여줘" 하고 말하면 암컷 정원사새는 당혹스럽게도 자신의 사랑을 설명할 방도가 없다. 성질 급한 암컷 정원사새는 자기 짝에게 몇 개뿐인 안쪽 깃털을 보여주라고 할지도 모른다. 아무튼 극락조에게 왜 그렇게 멋진 깃털을 가졌냐고 나무랄 수는 없다. 그렇게 타고난 거다. 반면 정원사새는 예술가로서 자신의 작품에 대한 책임을 개인적으로 진다.

 한때 나 자신이 정말로 드문 영혼이라고 생각했던 적이 있다. 당시 나는 순진하게도 나의 은밀한 삶을 모두 다 고백하여 내 성격을 그대로 드러냈다. 하지만 청중의 흥미를 끌려면 장황한 감정 표출을 줄이고 상상력을 동원해 그럴듯한 장관으로 포장해야 한다는 것을 금세 깨달았다. 색다른 것을 찾아내고 똑같은 것을 피하려고 얼마나 많이 노력했는지 모른다.

사니에트 같은 여자들 때문에 과장해 생각하는 습성이 생겼다. 이제 나는 모든 것을 멋진 오락으로 바꾸며 과장하는 것이 일종의 강박으로 자리 잡았다…….

지적인 사내가 스스로를 비웃기는 쉽지만, 아무리 깔깔대고 웃어도 진실한 웃음은 아니다. 내가 햄릿이라면, 혹은 얼룩덜룩한 옷 안에 애통함을 숨기고 있는 광대라면 기꺼이 그 역할을 감당할 것이다. 하지만 근원적인 감정의 신비는 늘 익살스럽게 풍자하고 싶다. 나 자신을 조롱할 테고, 그 웃음이 '씁쓸하다'면 그것 또한 조롱할 것이다. 감정을 의식화하려면 익살극이 필요하고 그것의 성패는 바로 웃음에 달려 있다…….

언젠가 사니에트와 함께 호텔에 묵었는데, 내가 그녀를 즐겁게 해주려고 들려준 터무니없는 꿈 애기가 참을 수 없이 역겨워졌다. 그래서 그녀를 때리기 시작했다. 그러는 동안에도 저 이상한 남자, 존 라스콜니코프 길슨이라는 이름의 러시아 학생이 머리에서 떠나지 않았다. 그녀를 때리며 이렇게 소리쳤다.

"오, 욕망의 변비여! 사랑의 설사여! 삶 속의 삶이여! 존재의 신비여! 여자 기독교 청년회여! 오오!"

그녀가 소리를 질러 호텔 직원이 우리 방에 들어왔고, 내가 짜증난 이유를 그에게 설명했다. 일부를 인용하면 다음과 같다.

"오늘 저녁 제 신경이 좀 날카롭네요. 눈에 다래끼가 났고, 입술은 부었고, 옷깃이 목에 닿는 부분과 입 가장자리에 뾰루지가 났어요. 코끝에 코딱지가 있어서 계속 파댔더니 콧구멍이 욱신거리고 부어올랐어요.

이마에 주름이 심하게 잡혀서 아픈데 주름을 펼 수가 없어요. 벌써 몇 시간째 주름을 펴려고 했는지 모르겠어요. 나 자신을 깜짝 놀라게도 해봤고, 손가락으로 이마를 펴보기도 했고, 정신을 온통 여기에 집중하기도 했지만, 다 소용없었어요. 이마의 피부가 단단하게 뭉쳐서 너무 아파요.

이 탁자 나무와 그 위에 놓인 유리잔, 이 여자애가 입고 있는 모직 드레스와 그 아래 피부도 나를 짜증나게 합니다. 나무, 유리, 모직, 피부, 이 모든 것이 내 다래끼와 종기와 뾰루지를 문질러대는 것 같아요. 가려움을 해소하거나 차라리 아프기라도 하면 좋으련만 짜증만 더해갈 뿐입니다. 히스테리와 절망이 다 가려질 정도예요.

거울 앞에 서서 있는 힘을 다해 뾰루지를 짭니다. 손톱으로 종기를 짜내고, 빳빳한 외투 소매로 코딱지가 앉은 콧구멍을 팝니다. 짜증만 사라진다면, 모든 것을 광기로 몰아넣고 도망칠 수만 있다면 얼마나 좋을까요. 몇 초 동안은 짜증이 물러나고 고통이 찾아오지만, 이내 고통이 잠잠해지고 단조로운 리듬의 짜증이 되돌아오옵니다. 어찌나 덧없는 고통인지요! 사포로 온몸을 닦는 생각을 해봅니다. 기름을, 백단향 기름을, 침을 생각합니다. 벨벳을, 키츠를, 음악을, 단단한 보석을, 수학을, 질서정연한 건축물을 떠올려봅니다. 하지만 애석하게도 어디서도 위안을 찾을 수 없어요."

사니에트와 호텔 직원 모두 나를 이해하지 못했다. 사니에트는 내가 말하는 짜증이 진심임을 이해한다면서도 절대 신사는 숙녀를 때리는 법이 없으므로 내가 자기를 더 이상 사랑하지 않는다고 여겼다. 객실 담당 직원은 경찰을 운운했다.

그를 문에서 쫓아내려고 혹시 사드 백작*이나 질 드레**라는 이름을 들어본 적이 있는지 물어보았다. 다행히도 우리가 묵고 있는 브로드웨이 호텔은 유식한 사람만을 직원으로 고용했다. 이런 이름을 듣더니 그는 허리를 굽혀 인사하고는 웃으며 사라졌다. 사니에트도 배운 사람이었다. 그녀는 웃으며 침대로 돌아갔다.

다음 날 아침, 나는 그들이 미소 짓던 것이 생각나서 내 행동을 다시 한 번 설명해주는 게 좋겠다고 생각했다. 술에 취해 성실한 배우자를 두드려패는 술꾼과 내가 다르다는 것을 강조하려는 것은 아니었다. 하지만 내가 바라는 바의 요점을

---

* 프랑스 절대왕정에 반대한 무정부주의자이자 부도덕하고 외설적인 소설로 '사디즘'이라는 말의 어원이 된 소설가
** 백년전쟁 때 잔 다르크와 함께 프랑스를 위해 싸웠으나 이후 악마 숭배에 빠져 수많은 소년들을 고문하고 죽였다는 희대의 살인마

제대로 설명하기가 힘들었다.

"사니에트, 당신이 나를 생각할 때면 나 자신과 내 안에 있는 운전사, 이렇게 두 명을 떠올려줘. 이 운전사는 거구이고 흉한 기성복을 입고 있어. 거대한 도시를 종일 돌아다녀서 동물의 오물이랑 껌이 신발에 잔뜩 묻어 있지. 올이 굵은 모직 장갑에 중산모를 쓰고 있어.

이 운전사의 이름은 '출산의 욕망'이야. 그는 자동차를 타듯 내 안에 들어앉아 있어. 그의 발뒤꿈치와 무릎과 얼굴이 각각 내 내장과 심장과 뇌에 들어 있어. 장갑 낀 손으로 내 혀를 꽉 붙들고 있어서 뇌 속에 자리 잡은 얼굴이 불러일으키는 감정을 표현하지 못하게 방해해. 내가 손가락, 눈, 혀, 귀로 얻는 감각을 그가 내 안에서 온통 지배하지.

상상할 수 있겠어? 이렇게 옷을 걸친 악마가 내 안에 들어앉아 있는 심정이 어떤지? 혹시 네가 발가벗고 있을 때 옷을 다 차려입은 남자가 너를 껴안았던 적이 있어? 그때 단추 달린 외투의 감촉이 어땠는지, 무거운 신발이 네 피부에 닿는 느낌이 어땠는지 기억나? 이런 남자가 네 안에 들어앉아 손가락으로 너의 심장을 눌러대고, 장갑 낀 손으로 너의 혀를 만지작거리고, 더러운 발로 너의 부드러운 내장을 짓밟는다고 상상해봐."

내가 이런 식으로 불만을 표현해서인지 사니에트는 그저 농담으로만 여겼다. 그녀는 친절한 미소를 슬쩍 지어 보이며 두 번째 매질을 면했다.

사니에트는 독특한 유형의 청중을 대표한다. 똑똑하고 생각이 많고 예민하면서도 냉철하며, 소극장을 자주 찾는 예술 애호가다. 그리고 나는 그들의 입맛에 맞는 연주자다.

내 언젠가 희곡을 한 편 써서 이들의 예술 극장에 올려 복수를 감행하리라. 이 극장을 자주 찾는 후원자들은 선별된 소수로 예술 애호가, 도서 애호가, 풀만 먹는 버나드 쇼를 경외하는 학교 선생, 문화를 사랑하는 예민한 유대인 청년, 도서관 사서, 출판업자, 동성애자, 동성애자 조수, 술을 좋아하는 기자, 인테리어 전문가, 카피라이터다.

이 연극에서 나는 친애하는 후원자들에게 속내를 털어놓고 이들이 다른 관객들과 달리 특별하다며 치켜세울 것이다. 동물적 행위보다 예술을 더 존중하는 이들의 훌륭한 취향을 찬양할 것이다. 그러다가 무척이나 재기발랄한 대화를 나누다가 갑자기 전 출연진들이 무대 중앙으로 걸어가 안톤 체호프의 충고를 외치게 할 것이다.

"항상 체제를 깎아내리기만 하는 예술가들을 부르주아가 먹여 살리느니 차라리 농부가 곡식을 일구어 쥐들에게 바치는 게 훨씬 낫지."

만약 관객들이 내 말을 오해하고 예술가의 편에 선다면, 극장의 천장을 열어 푸석푸석한 배설물을 이들에게 퍼부을 것이다. 이런 난리법석을 떤 뒤 내 예술의 후원자들은 원한다면 예전처럼 다정하게 모여 방금 본 연극에 대해 토론을 나눌 수 있다.

...

 팸플릿을 다 읽고 발소는 한숨을 내쉬며 그것을 내던졌다. 그가 어릴 때는 이렇지 않았다. 게다가 열여섯 살 이전에 면도는 생각도 못했다. 발소는 별 대책도 없이 전쟁, 인쇄술 발명, 19세기 과학, 공산주의, 부드러운 모자 착용, 피임기구 사용, 다양한 반찬 가게, 영화관, 타블로이드 신문, 대도시에 부족한 환기구, 술집 앞 지나기, 부드러운 옷깃, 외국 예술의 범람, 서양 문명의 몰락, 상업주의, 그리고 마지막으로 예술가에 개성을 돌려준 르네상스를 비난했다.

 "그렇다면 나의 고통은 무엇이 아름다움이라고 말할까?"

 발소는 크리스토퍼 말로의 말을 인용하며 혼잣말을 했다.

 그의 질문에 대답이라도 하듯 발가벗은 늘씬한 젊은 여자가 분수에서 자신의 은밀한 매력을 분주하게 씻어내고 있는 광경이 눈앞에 보였다. 그의 뇌의 숲에서 욕망이 쓱싹쓱싹 톱질을 해댔다.

 그녀가 그에게 돌아서며 말했다.

 "오 시인이여, 붉은 잎맥의 꽃에 서둘러 친밀한 기억을 실어라. 기억의 잎일 것이니. 오 시인이여, 날랜 걸음과 사고로 따뜻한 칼의 감촉을 느끼고 준비된 정원에 갈라진 틈새를 맞으라.

 뜨거운 씨앗이 곧 칼의 진행을 막아서리라. 뜨거운 씨앗이 고약한 덤불과 축축한 숲을 뚫고 상쾌하게 세상에 나오리니.

오 시인이여, 너의 기억에 있는 도시의 집으로 걸어라. 거리가 피부라면 집은 피부에 난 사마귀, 종양, 뾰루지, 두드러기, 젖꼭지, 지루성 낭종, 무른궤양과 굳은궤양일 터.

틀니의 잇몸처럼 붉은색은 그대들에게 강철 꽃이 환하게 불 밝힌 보도로 들어가라고 청하는 신호이니. 돌을 뒤집자 그 밑에 깔린 개미들처럼 쾌락이라는 실크 타이츠를 입고 생선 기름을 묻힌 채 여자들이 달리며 히스테리를 부린다. 피곤에 지친 사람을 짜증나게 자극해 화를 부르며 유일한 기쁨을 얻는 여자들은……"

발소는 양팔로 그녀를 껴안고 혀를 입속에 넣어 그녀의 말을 중단시켰다. 재미를 보려고 눈을 감자 트위드 옷의 감촉이 느껴졌다. 눈을 뜬 그는 자신이 팔로 껴안은 여자가 남자 같은 복장을 하고 뿔테안경을 쓴 중년임을 발견했다.

"제 이름은 맥기니예요."

그녀가 말했다.

"학교에서 애들을 가르치며 글을 쓰죠. 같이 이야기라도 나눌까요?"

발소는 그녀의 턱이라도 후려치고 싶었지만 몸을 움직일 수가 없었다. 욕설을 퍼부으려 했지만 대신 이런 말이 튀어나왔다.

"홍미롭군요. 무슨 작업을 하고 있나요?"

"지금은 새뮤얼 퍼킨스의 전기를 쓰고 있어요. 환상을 걷어낸 냉정하고 창조적인 작업으로 어설픈 감상주의는 없는 대신 동정과 웃음과 풍자가 넘치죠. 저는 이 책에서 변덕스러운 유머를 구사하면서 원숙한 삶을 적당히 비꼴 생각이에요.

표면적으로 보자면 『새뮤얼 퍼킨스 : 냄새 맡는 사람』(지금은 이렇게 불러요)은 그저 아이들이 읽기 좋은 유쾌한 이야기예요. 하지만 가치를 내다볼 줄 아는 성인이라면 이것이 인정 많은 철학자가 인간성에 대해 쓴 다정한 풍자임을 금세 알아볼 겁니다.

제목 밑에 유베날리스*가 쓴 시의 구절을 갖다 붙일 생각입니다. '알프스 지방에서 갑상선종 환자를 보고 놀랄 사람이 있을까?' 저는 이 인용문이 제 작품의 기본 방침에 딱 들어맞는다고 생각해요.

그건 그렇고 새뮤얼 퍼킨스가 누구일까 궁금하겠죠. 새뮤얼 퍼킨스는 에드워드 피츠제럴드의 전기 작가입니다. 그럼 피츠제럴드는 누구일까요? 당신은 홉슨이 쓴 보즈웰의 전기를 물론 알고 있겠죠. 에드워드 피츠제럴드는 홉슨의 전기를 쓴 사람입니다. 제가 쓰는 전기의 주인공인 새뮤얼 퍼킨스는 피츠제럴드의 삶을 기록했습니다.

몇 년 전에 한 출판업자가 제게 전기를 하나 써달라고 부탁해서 피츠제럴드의 전기를 쓰려고 했습니다. 다행히도 작업에 들어가기 전에 새뮤얼 퍼킨스를 만났죠. 그는 제게 말하기를 자신이 보즈웰의 전기 작가인 홉슨의 전기를 쓴 피츠제

---

* 신랄한 풍자시로 유명한 로마 시인

럴드의 전기를 이미 썼다고 했습니다. 저는 이런 소식을 듣고도 기가 죽지 않았어요. 오히려 퍼킨스의 생애를 글로 써서 또 다른 문학적 연결 고리를 만들어야겠다고 결심하게 되었죠. 혹시 누가 압니까. 누군가 여기서 힌트를 얻어 보즈웰의 전기를 쓴 남자의 전기를 쓴 남자의 전기를 쓴 남자의 전기를 쓴 여자인 저 맥기니의 전기를 쓰게 될지. 이렇게 시간의 끈을 따라 무한히 내려가다 보면 '존슨 박사'*까지 연결됩니다.

하지만 퍼킨스의 생애를 기록하려는 데는 그럴 만한 다른 이유가 있어요. 그는 전기를 쓰기에 정말로 좋은 캐릭터이자 독특한 천재였거든요. 일반적으로 남자들의 용모가 균형이 잡힐 시기에도 퍼킨스는 아직 성격이 인상에 영향을 주지 않았는데, 이 무렵 이미 그의 얼굴은 우뚝 솟은 코에 지배당하고 있었습니다. 퍼킨스를 무척 존경하는 팬과 그의 동료가 제게 준 그의 어린 시절 사진들을 보고 이 사실을 알게 되었죠. 로버트 존스라는 친구로 『질병분류학』Nosologie이라는 책의 저자입니다.

퍼킨스를 처음 만났을 때 그의 얼굴을 보자니 제가 대학 때 알았던 한 남자의 몸이 생각났습니다. 여자 기숙사에 돌던 소문에 따르자면 거기서 그가 자위를 했다고 합니다. 이런 소문이 돈 것은 그의 몸이 독특하게 생겼기 때문인데, 모든

---

* 영국의 문인이자 영어사전 편찬자인 새뮤얼 존슨의 별칭으로, 보즈웰이 새뮤얼 존슨의 전기를 썼다.

핏줄과 근육과 힘줄이 한군데로 흘러 수렴되었다고 합니다. 그 남자처럼 퍼킨스도 얼굴의 주름과 윤곽선과 이마와 턱 선이 온통 코를 향해 흘러가는 것처럼 보였습니다.

이날 첫 만남에서 퍼킨스는 훗날 아주 명쾌하게 입증될 놀라운 사실을 이야기했습니다. 루크레티우스의 말을 인용해 자신의 '코가 고약한 염증이나 지독한 겨드랑이 냄새를 개보다 더 빨리 맡는다'고 했습니다. 한데 대개의 인용문이 그렇듯이 이것도 일부만이 사실입니다. 퍼킨스의 미적 발달 과정의 한 단계에만 해당되는 일이죠. 저는 이 단계를 '배설 시기'라 부릅니다.

퍼킨스의 놀라운 후각 능력은 잘 알려진 자연의 보상 이론으로 설명이 가능합니다. 앞을 못 보는 사람의 예민한 촉각이나 다리 없는 사람의 거대한 어깨를 보았다면 다들 자연이 잃어버린 하나의 자질을 다른 자질의 발달로 보상한다는 사실을 의심하지 않을 겁니다. 자연은 새뮤얼 퍼킨스도 그렇게 공정하게 대했습니다. 그는 귀가 멀고 앞을 거의 보지 못했어요. 손가락 놀림도 서툴렀고, 입은 항상 바싹 말랐고, 혀는 둔감하고 굼떴죠. 하지만 코만은 정말 예민하고 놀라웠습니다. 자연은 보통 다섯 감각 기관에 골고루 나뉘게 될 능력을 그의 후각에 몰아주었습니다. 후각을 무척 예민하게 만들어 감각 기관이 하는 모든 일을 수행하도록 한 거죠. 가령 퍼킨스는 촉각과 소리, 광경과 맛을 냄새라는 감각으로 바꿀 수 있었습니다. D단조 화성을 냄새 맡을 수 있었고, 바이올린

톤과 비올라 톤도 냄새로 구별할 수 있었죠. 벨벳의 부드러운 촉감과 강철의 억센 힘도 냄새 맡을 수 있었고요. 심지어는 이등변삼각형 냄새도 맡을 수 있었다고 합니다. 후각을 통해 이등변삼각형에 관련된 원리를 이해할 수 있었다는 말입니다.

하나의 감각 기능을 다른 감각 기능으로 변환하는 능력은 퍼킨스에게만 있었던 것이 아닙니다. 프랑스의 한 시인은 모음으로 된 소네트에서 I와 U라는 글자를 빨간색과 파란색이라고 했습니다. 또 다른 상징주의자인 카스텔 신부는 색을 사용해서 선율과 화성을 연주할 수 있는 클라비코드라는 악기를 제작하기도 했죠. 위스망스의 주인공 데제생트*는 미각 기관을 이용해 맛 교향곡을 작곡했고요.

하지만 저의 새 친구이자 저명한 시인인 당신은, 오직 후각 기관을 통해 들어오는 자료로만 외부 세계 전체를 해석해야 하는 이 예민하고 감각적인 남자가 처한 곤경이 얼마나 끔찍한지 짐작이 가나요? 우리도 진실을 발견하는 데 어려움이 큰데, 하물며 그의 어려움은 얼마나 더 클까요?

언젠가 퍼킨스는 감각을 쳇바퀴라고 한 적이 있습니다. '인디언풀 바구니 냄새, 아프리카의 시큼한 냄새, 부패의 악취, 이런 방향으로 계속 이어지는' 쳇바퀴라고 그가 말했죠.

나라면 차라리 원이라고 부르겠어요. 원의 둘레를 따라가

---

* 프랑스 작가 위스망스의 소설 『거꾸로』(A Rebours)에 등장하는 염세적인 주인공

다 보면 출발점에 점차 가까워지니까요. 퍼킨스는 감각이라는 원의 둘레를 돌며 기대에서 실현으로, 갈망에서 충족으로, 순박함에서 약빠름으로, 솔직함에서 심술로 나아갑니다. 퍼킨스의 관점에서 말하자면, 갓 베어낸 잔디 냄새에서 사향과 마편초 냄새로(원시적인 것에서 낭만적인 것으로), 이어 땀 냄새와 배설물 냄새로(낭만적인 것에서 현실적인 것으로) 나아가죠. 그리고 다시 갓 베어낸 잔디 냄새로 돌아와 원을 완성하게 됩니다.

하지만 예술가에게는 여기서 빠져나갈 수 있는 출구가 하나 있어요. 퍼킨스가 그걸 발견했죠. 크기가 무한한 원둘레는 일직선입니다. 그리고 퍼킨스 같은 남자는 자신의 감각 경험의 원을 무한에 가깝게 만들 수 있어요. 가령 솔직함에서 심술로 이어지는 단계에 능숙해지면, 불가피하게 솔직함으로 돌아오는 곡선 부위를 거의 알아차릴 수 없게 만들죠.

어느 날 퍼킨스가 제게 곧 결혼한다고 하더군요. 그래서 그에게 부인될 사람이 그를 이해하는지, 그가 여자와 행복한 삶을 살 수 있으리라 생각하는지 물어보았습니다. 그는 둘 다 아니라고 했고 자신은 예술가로서 결혼하는 것이라고 대답했습니다. 제가 자세히 설명해달라고 하자, 인간의 몸 냄새가 몇 개나 되는지 세어 일곱 개라는 것을 알아낸 사람이 그것을 신비로운 의미로 사용하지 않으면 바보라고 하더군요.

그와 나눈 이 이상한 대화를 찬찬히 생각해본 뒤에야 그의 말을 이해할 수 있었습니다. 그는 여자의 몸 냄새에서 절대

시들지 않는, 늘 새롭게 변화하는 세계, 꿈과 바다와 도로와 숲과 질감과 색깔과 맛과 형태의 세계를 발견했던 겁니다. 그에게 몇 가지를 더 물어보고 나서 제 해석에 확신을 갖게 되었습니다. 그는 아내의 몸 냄새로 건축물을, 미학을, 음악을, 수학을 지었다고 했습니다. 감각의 대위법, 곱셈, 사각형, 경험의 세제곱근이 모두 그 안에 있다고 했어요. 심지어 정치, 냄새의 위계질서, 자치 정부도 찾아냈으며……."

이 무렵 발소는 손 하나가 자유롭게 풀린 상태였다. 그는 맥기니의 배에 강펀치를 날려 분수로 내던졌다.

...

발소가 걸으면서 찬찬히 생각해보니 목마에 거주하는 주민들은 다들 청중을 애타게 찾는 작가들이었다. 발소는 이제 다시는 꼬임에 말려들어 그들의 이야기를 듣지 않겠다고 마음먹었다. 이야기를 들으니 차라리 자기가 이야기를 하리라 다짐했다.

끝없이 이어진 복도처럼 보이는 곳을 서둘러 달리면서 과연 아누스 미라빌리스에 다시 갈 수 있을까 걱정이 되기 시작했다. 발이 심하게 아팠고 머리도 지끈지끈 쑤셨다. 내장의 측면에 지어진 카페에 도착한 그는 자리를 잡고 앉아 맥주를 한 잔 주문했다. 맥주를 마신 뒤 주머니에서 신문을 꺼내들어 얼굴을 덮고 잠을 청했다.

발소는 꿈을 꾸었다. 다시 젊은이가 되어 음악을 하는 친구들과 친척들이 모인 카네기홀 로비의 한쪽에 몸을 숨기고 있었다. 로비는 예술이 유일한 위안인 아름다운 불구의 여자들로 북적였고, 대부분의 사람들은 이들을 혐오스럽다는 듯 쳐다보았다. 하지만 발소 스넬은 달랐다. 그는 삐딱한 엉덩이와 짧은 다리, 굽은 등, 평발, 사시를 보며 '그로테스크한 매력'을 느꼈다. 이상한 신체 비율, 축 늘어진 고개, 툭 튀어나온 척추가 그에게 기쁨을 주었다. 그는 완벽한 것은 평범하다고 생각해서 불완전한 것을 더 선호했다.

아름다운 곱사등이를 몰래 엿보던 그가 갑자기 열에 들떴다. 자신이 점찍어둔 불구자가 심해에서 올라온 생물처럼 보였다. 키가 크고 등이 아주 구부정한 여자였다. 척추가 구부러졌는데도 키가 2미터가 넘어 보일 정도로 컸다. 게다가 대부분의 곱사등이가 그렇듯이 그녀도 지적으로 보였다.

그는 모자 끝을 들어 올려 인사했다. 그녀가 미소로 답했고, 그가 군중으로부터 그녀의 팔을 잡아채면서 이렇게 소리쳤다.

"오, 아라베스크여! 나 발소 스넬은 그대의 사랑에 음악을 돌려드리겠소! 그대의 쾌락이 더 이상 대용품이 되지 않게 하겠소! 그대 자신을 더 이상 타락시키지 않게 하겠소! 그대의 상처는 내게 꽃과 같소. 새로 난 분홍색 싹의 상처, 장미처럼 활짝 핀 상처, 씨앗을 품은 달콤한 상처. 이 모두를 소중히 간직하겠소. 오, 황금비율에서 벗어난 일탈이여! 오, 탈선이여!"

레피(발소는 그녀에게 즉시 이런 이름을 붙였다)가 입을 열어 대답하려는 순간, 4열로 가지런히 정렬된 144개의 이가 보였다.

"발소, 당신은 악당이에요. 당신도 다른 악당들처럼 사랑하나요?"

"아니요, 나는 이것만을 사랑합니다."

그러면서 자신의 차가운 흰 손을 뇌수종으로 부푼 그녀의 아름다운 이마에 내려놓았다. 그리고 허리를 굽혀 그녀의 매혹적인 혹에 입맞춤했다.

자신의 이마에 그의 입술이 닿는 것을 느끼자 제이니 데이번포트(레피의 본명이다)는 지중해의 푸른 바다를 내다보는 젊고 부유하고 아름다운 존재가 된 기쁨을 느꼈다. 지금껏 누구도 그녀의 이상한 외양 너머 그녀의 아름다운 영혼을 꿰뚫어본 사람이 없었다. 이전에 그녀는 먼 나라에서 온 남자의 다정함이 얼마나 짜릿한지 알지 못했다. 그러다가 이제 놀라운 시인을 만났다. 전에 알지 못했던 짜릿한 흥분을 알았다. 인간의 마음이 알 수 있는 최고의 그물인 사랑에 사로잡힌 젊고 키 크고 묘하게 영리한 이 남자에게서 이런 흥분을 발견한 것이다.

발소는 그녀를 집까지 데려다주면서 집 복도에서 유혹해보려 했다. 그녀는 한 번의 키스만을 허락하고는 몸을 뒤로 뺐다. 툭 튀어나온 촉촉한 눈과 불룩 솟아난 풍만한 가슴 사이에 있는 그녀의 입술에서 이런 말이 나왔다.

"사랑은 참으로 묘해요. 그렇죠, 발소 스넬?"

그는 웃음이 나오려는 것을 참았다. 웃으면 모든 게 끝장이라는 것을 알았다.

"사랑은 아름다워요."

그녀가 계속해서 말했다.

"발소, 당신은 사랑하지 않아요. 사랑은 신성한데 사랑도 않는 당신이 어떻게 키스를 할 수 있죠?"

그가 단추를 풀려고 하자 그녀가 억지로 명랑한 웃음을 지어보였다.

"당신이 제게 원하는 것을 누군가가 당신 누이에게 요구해도 괜찮아요? 이러려고 저를 저녁식사에 초대했나요? 저는 음악이 더 좋아요."

그가 다시 한 번 시도했지만 그녀는 그를 물리쳤다.

"사랑이란 말이죠."

그녀가 다시 입을 열었다.

"제게 사랑은 신성해요. 복도에서 사랑을 욕되게 하는 일은 절대 하지 않아요. 저 자신을 망치는 일도, 어머니의 기억을 망치는 일도 하지 않을 거예요. 스넬 씨, 배운 사람답게 행동하세요. 제 나이의 여자와 복도에서 뒹굴다니요. 어떻게 그럴 수가 있죠? 누가 뭐라고 하든 영원한 진리는 존재해요. 관리인도 보고 있잖아요. 게다가 우린 서로를 잘 알지도 못하는걸요."

30분 동안 실랑이를 벌인 뒤에야 그녀의 마음이 조금 풀렸다. 그녀는 몇 초 동안 그를 꽉 끌어안고 눈동자를 뒤집으며 말했다.

"발소, 당신이 나만을 사랑할 수 있다면 얼마나 좋을까요."

그러자 그는 그녀의 눈을 들여다보고 혹을 쓰다듬고 이마에 키스하며 절박하게 말했다.

"제이니, 사랑해요. 정말 사랑해요. 내 맹세라도 할게요. 당신을 갖고 싶어요. 아니, 가져야만 해요!"

그녀는 슬프면서도 결연한 미소를 지으며 그를 밀쳤다.

"우선 옛날 기사들처럼 당신의 사랑을 입증해봐요."

"준비됐어요. 내가 어떻게 했으면 좋겠어요?"

"안으로 들어오면 말해줄게요."

발소는 그녀를 따라 아파트로 들어가 소파 옆에 앉았다.

"비글 다원이라는 남자를 죽여줬으면 해요."

그녀가 결연한 목소리로 말했다.

"나를 배신한 남자예요. 나는 내 등에 난 혹으로 그의 아이를 업고 다니며 키웠어요. 당신이 그를 죽이면, 내 분홍색 흰색 몸을 당신에게 내어주고, 이어 자살할 겁니다."

"좋아요. 내 모자에 두를 수 있게 당신 스타킹을 벗어준다면 당장이라도 상을 얻으러 나가죠."

"그렇게 서두를 거 없어요. 우선 몇 가지 설명해줄 게 있으니까요. 나는 비글 다원이 자신이 쓴 시를 암송하는 것을 듣고 그와 잤어요. 그날 밤 우리 가족은 뉴저지 플레인필드에 있는 친구들을 만나러 갔죠. 나는 남자의 간계에 익숙하지 않았던 터라 그가 나를 사랑한다며 함께 파리로 가 화실에서 살자고 말했을 때 그의 말을 믿었어요. 그에게서 다음과 같은 편지를 받을 때까지는 정말 행복했답니다."

그러더니 책상으로 가 두 통의 편지를 꺼내 그중 하나를 발소에게 건넸다.

사랑하는 제이니,

끈덕지게도 나를 오해하고 있군요. 제발 이 말만은 믿어주시오. 내가 당신을 파리로 데려가지 않는 것은 다 당신을 위해서라오. 그랬다가는 당신이 죽게 되리라는 것을 내가 확실히 알고 있으니까.

당신이 어떻게 죽게 될지 내가 설명해보겠소.

당신은 파자마 차림으로 창가에 앉아 파리 시내에 차들이 오가는 경쾌한 소리를 듣소. 고음의 자동차 경적소리를 들으면 매일이 휴일 같소. 당신은 비참한 신세요.

당신은 혼잣말을 하오.

밖에는 늘 축제를 즐기는 군중으로 가득하군. 옛날에 자신이 명성을 떨쳤던 극장 바깥에 놓인 쓰레기통을 뒤지며『맥베스』의 대사를 중얼거리는 늙은 배우가 된 기분이야. 하지만 난 늙지 않았어. 젊어. 게다가 내겐 자랑할 만한 과거의 명성도 없잖아. 명성을 꿈꾸기만 했지. 나는 임신한 미혼에 사랑도 못 받고 외로운, 고작 창문 곁을 지나며 웃고 떠드는 사람들을 쳐다볼 뿐인 제이니 데이번포트야.

이런 삶은 원하지 않아. 그의 삶도 지겨워. 그는 그나마 내 몸 때문에 나를 봐주는 거야. 그가 내게 원하는 건 딱 하나지. 나는, 오, 나는 사랑을 원해.

우스워, 우스워, 그이는 하루 종일 이 말만 입에 달고 살아. 이것도 우습다 저것도 우습다 하는 말밖에 할 줄 모르지. 그가 말하는 것은 나야. 내가 어리석다는 거야. 그는 지칠 줄 모르고 모두를 우습다고 몰아붙여. 심지어 자기 자신도 우습다고 하지. 물론 나도 그와 함께 성모 마리아도 비웃고 문명도 비웃지만, 내 어머니와 우리 가정이 왜 웃음거리가 되어야 하지? 호비와 조안은 비웃을 수 있지만 나 자신을 비웃고 싶진 않아. 웃는 데도 지쳤어. 나 자신의 일부만은 웃음거리가 되지 않았으면 해. 누구도 비웃을 수 없는 무엇이 내 안에 있어. 그가 원하는 대로 바깥세상 모두에 대해 비웃을 수 있어. 하지만 나의 내면은 비웃고 싶지 않아. 그는 내게 이렇게 말해.

"강해져야 해! 지성을 쌓아! 생각해, 느끼지 말고!"

하지만 난 부드러운 게 좋아. 느끼고 싶어. 생각하기 싫어. 생각만 하면 우울해지니까. 세상을 향한 바깥쪽은 강하게 유지하되 그를 향한 안쪽은 부드럽게 놔두고 싶어. 그도 나처럼 해서 우리가 서로의 사랑으로 굳건히 맺어진다면 얼마나 좋을까. 하지만 내가 속내를 털어놓고 말랑말랑해지려 할 때면 그는 추악한 농담으로 나랑 거리를 둬. 내가 그에게 부드러운 면을 보이면 그는 웃지. 한데 언제까지고 그의 웃음을 경계하며 긴장하고 있을 수만은 없어. 나도 좀 편하게 있고 싶어. 언제까지고 장비를 챙겨 세상에 대해 경계태세를 취할 수만은 없어. 사랑은 서로 하나가 되는 것이지 지성의 전쟁터가 아니잖아. 내 감정을 마음껏 즐기고 싶어. 때로는 아이처럼 놀기도 하고, 아이처럼 연약하고 편하고 예쁘게 사랑을 나누고 싶어. 그의 조롱에 질렸어.

그는 나를 임신시켜놓고도 나랑 결혼하지 않을 거야. 결혼해 달라고 하면 분명 껄껄대며 웃겠지.

"이봐요, 보헤미안 아가씨. 이 생활에서 벗어나고 싶다고? 하지만 삶은 삶이고 현실은 현실. 둘 다 가질 수는 없소."

그는 친구들에게 이 이야기를 농담 삼아 들려주겠지. 사정은 제대로 설명도 않고 말이야. 그러면 밉살맞은 그의 친구들은 나를 비웃을 거야. 특히 페이지라는 여자가.

다들 날 싫어해. 그들은 나랑 맞지 않아. 나는 평생 주위와 어울리지 못하고 오해받으며 살았어. 놀기 좋아하는 군중이 계속해서 창문 곁을 지나는군. 어릴 때 나는 거리에 나가 다른 아이들과 노는 것을 좋아하지 않았어. 집에 틀어박혀 책만 읽었지. 아버지가 돌아가신 뒤로는 나의 비참한 처지를 이해해줄 사람이 한 명도 없어. 아버지는 기꺼이 나를 이해하고 위로해주셨는데. 진심으로 나를 사랑하는 사람이 내 처지를 이해해주면 얼마나 좋을까. 어머니도 비글처럼 항상 나를 비웃기만 해. 친절하게 대하고 싶으면 "요 멍청한 바보!"라고 말하고. 화가 나면 "바보처럼 굴지 마"라고 하지. 아버지만 내게 공감해주셨어. 나도 아버지를 따라 죽었더라면.

조앤 히긴스라면 임신한 미혼인 내가 어떻게 해야 할지 알 거야. 조앤은 그의 친구들이랑 맞을지도 몰라. 언젠가 그랬어. 같이 잘 건장한 남자를 찾는 게 지겨워 호비와의 삶으로 되돌아갔다고. 그자를 경계하라더군. 그가 내 타입이 아니냐. 나는 그가 슬퍼 보이고 시인이라서 나랑 같은 부류라 생각했는데. 그런데 슬픈 건 맞지만 구역질 나는 슬픔이라서 다들 그를 조롱하지. "전쟁이다. 모두가 슬픈 시절. 염세주의여, 만세!" 지금도 그는 슬퍼해. 그가 행동을 멈춘다면 우리 모두 무척이나 행복해질 텐데. 그를 포근하게 위로해주고 싶어.

조앤이라면 어떻게든 그가 나와 결혼하게 만들라고 충고하겠지. 그러면 그는 악을 박박 쓰겠지.

"어허, 정직한 소녀가 되고 싶다는 말이오?"

창문 너머로 카르카스 카페가 보일 거요. 당신이 지금 있는 곳은 그랑드 쇼미에르 거리에 위치한 리베리아 호텔이오.

나는 왜 카르카스에서 사람들과 어울리지 않을까? 조안이 그곳에 자주 들르지. 그들은 왜 나를 좋아하지 않을까? 나도 조앤 못지않게 인물도 좋고 똑똑한데. 그건 아마 내가 그녀처럼 자유롭게 행동하지 않기 때문일 거야. 사실 그럴 생각도 없고. 품위를 떨어뜨리는 행동을 자제하게 하는 무엇이 내 안에 있는 게 분명해.

내가 카페에서 나와 웃으며 손 흔드는 게 보일 거요.

그가 위층으로 올라왔으면.

내가 방향을 틀어 호텔로 향하는 게 보일 거요.

그가 들어오면 내가 임신했다고 말해야지. 별일 아니라는 듯 무심하게 말하자. 그러면 그도 내 말을 비웃지 못하겠지.
"안녕, 달링. 오늘 아침 기분이 어떻소?"
"좋아요. 비글, 즈 쉬 셴셍트."
"뭐라고?"
"(젠장, 발음 때문에 망쳤다.) 임신했어요."
무심함을 가장했지만 당신 목소리에서 상심한 기색이 묻어나는군. 고개를 떨어뜨리고 있어.
"오늘 밤 파티를 열어 축하해야겠소."
나는 방을 나오며 조심스럽게 문을 닫소.
어쩌면 그이는 돌아오지 않을지도 몰라. ……당신은 창문으로 달려가오. 가슴이 쓰리오. 자리에 앉아 비참한 상황을 자책하려 하오. 비굴하게 몸을 숙이며. 임신했어요! 임신했어요! 임신했어요! 당신의 이런 외침이 리듬을 타고 당신 핏속으로 흘러 들어가오. 발작적인 고통이 잠시 잦아들자 자신의 곤경을 친친 두르고 껴안아 담요처럼 자신을 완전히 뒤덮게 내버려두오. 큰 곤경 덕에 사소한 많은 곤경들은 눈에 들어오지도 않소. 너무도 비참하오. 당신은 '삶이 창살 없는 감옥'임을 떠올리며 자살을 생각하오.

내가 자살을 이야기해도 내 말을 귀담아듣는 사람이 아무도 없어. 그와 함께 침대에서 일어난 그날 밤도 다르지 않았어. 내가 자꾸 죽음을 생각하게 되어서 괴롭다고 말하자 그는 내가 농담을 하는 거라 생각했지. 하지만 난 진실을 말했어. 죽음과 자살이 머릿속에서 떠날 줄 몰라. 나는 죽음이 젖은 수영복을 입는 것과 같다고 말했어. 이제 죽음이 따뜻하고 친숙한 존재로 보여. 아냐, 여전히 젖은 수영복을 입는 것 같아. 섬뜩해.

내가 만약 자살한다면 유서 같은 것은 남기지 않겠어. 그가 비웃을지도 모르니까. 그냥 죽는 걸로 끝낼래. 내가 작별의 말을 어떻게 쓰든 그는 비웃을 테지. 친구들한테 농담 삼아 보여줄 테고.

내가 파리에서 남자랑 살고 있다는 것은 어머니도 알아. 소피가 편지에 쓰기를 모두들 내 얘기를 한다고 했어. 집에 돌아가면 설령 내가 임신을 안 했더라도 어머니는 고약한 행패를 부릴 거야. 미국에 돌아가고 싶지 않아. 지루하고 오랜 시간을 들여 돌아가봤자 초등학교에서 아이들을 가르치는 지루하고 오랜 삶이 이어질 텐데 뭐.

그이에게 무엇을 기대할 수 있을까? 그는 낙태를 원해. 출산율 저하 때문에 수술해줄 유능한 의사를 찾기가 어렵다던데. 프랑스 경찰은 무척 엄하잖아. 만약 의사가 나를 죽인다면······.

자살한다면 내 몸을 내가 죽이는 거지. 그런데 내 몸이 파괴되는 것은 원치 않아. 좋은 몸이거든. 부드럽고 뽀얀 흰색에 아름답고 행복한 몸. 그이가 진정한 시인이라면 나의 아름다운 몸 때문에라도 나를 사랑했을 거야. 하지만 그는 여느 남자들과 다르지 않아. 원하는 건 오직 하나지. 곧 내 몸이 부풀어 오르고 꼴사납게 될 거야. 낙태를 하면 젖 때문에 가슴 모양이 망가진다던데. 내 몸이 망가지면 그도 나를 미워하겠지. 한때는 아이를 가지면 그이와 더 가까운 사이가 되리라 믿었어. 아이 엄마로서 나를 사랑해줄 거라 생각했지. 하지만 그가 생각하는 엄마는 흑인 유모야. 브로드웨이 발라드 노래에 나오는 유모, 켄터키 옛집의 그 유모 말이야. 그는 어머니가 안식처, 사랑, 친밀함을 뜻한다는 것을 몰라. 내가 얼마나 사랑을 원하고 갈구하는지.

내가 시끄럽게 불평하면 어머니가 강제로라도 그와 나를 결혼시키겠지. 하지만 심하게 꾸짖고 난리법석을 떨 거야. 나는 너무 피곤하고 지쳐서 임신 때문에 어쩔 수 없이 하는 결혼식은 견디지 못할 거야.

어쩌면 포도주를 자주 마셔서 월경이 지났을 수도 있어. 아니야. 내가 어디서 읽었더라? "내 뱃속에 팔과 다리들이 뒤엉킨 숲이 있다." 그가 쓴 작품이었나. 그가 나가면서 오늘 밤 축하 파티를 하겠다고 말했어. 어떤 파티가 될지 눈에 선하군. 술에 취해 연설을 하겠지.

"임신으로 배가 부른 당신을 위해 건배하겠소. 내 새끼를 위해! 웨이터, 내가 내 아이를 위해 건배하는 동안 똑바로 서 있게."

그와 친구들은 나도 같이 어울리기를 기대하겠지. 즐거운 파티가 될 테니까.

그이는 자살의 장소로는 체호프의 무덤이 최고라고 했어. 센 강도 자살로 유명한 곳이지.

"명랑한 파리의 부산함 속에서 자살"

"그녀가 파리에서 자살하다"

여기에는 뭔가 비극적인 구석이 있어. 그나저나 프랑스 창문은 자살하기 딱 좋아. 창문을 열고 그냥 걸어 나가면 되니까. 3층 창문은 온통 천국으로 가는 문이야. 내가 천국에 가면 나의 배에 대고 어쩔 수 없었다고 말하겠어. 조롱이 얼마나 신랄할까?

"조롱?"

그는 내 말을 정정하겠지.

"이봐, '조롱'이 아니라 '농담'이겠지. 조롱이라는 말은 절대 하지 마시오."

나는 얼마나 비참한 인간인가. 사랑이 필요해. 나를 끔찍이 아껴주고 위로해줄 사람 없이는 살 수 없어. 3층에서 뛰어내린다면 불구가 되겠지. 다행히도 이 방은 4층이군. 다행이라고? (동물들은 절대 자살하지 않아.)

어머니는 뭐라고 말할까? 나의 죽음보다는 내가 결혼을 못했다는 사실에 더 가슴 아파할 거야. 그이에게 쪽지를 남겨 어머니한테 편지를 써서 우리가 결혼했다고 해달라고 마지막 부탁이나 해볼까. 그래 봤자 그는 편지 쓰는 것을 잊겠지.

내가 죽으면 모든 것에서 벗어날 수 있어. 어머니와 비글은 나를 혼자 내버려두겠지. 내 고통이 그의 탓은 아니야. 스스로 이런 혼란에 말려들었어. 내가 그의 방에 간 건 그가 내 방에서 점잖게 행동한 후니까. 조앤을 질투했어. 그녀는 남자들 방에 드나드는 것을 너무도 좋아했어. 지금 생각해보니 조앤과 그녀의 행동들이 참으로 유치해 보여.

내가 죽으면 나와 관련된 세상—비글과 어머니—도 끝나겠지. 프랑스어를 배우러 파리에 왔어. 프랑스어는 확실히 배웠어. 그이에게 내 고민을 프랑스어로 털어놓으면 농담처럼 들리는 게 문제지.

사랑이, 그리고 내가 한때 사랑했던 남자의 아이가 내게 어떤 의미일까? 파리에서 산다는 것은? 그가 갑자기 돌아와서는 창문에서 생각에 잠겨 있는 나를 붙들고 이런 말을 한다면 어떨까?

"돌 하나로 두 마리 새를 잡을 수 있는 좋은 기회요. 하지만 품 안의 알이 숲 속의 새보다 더 가치 있다는 것을 기억하시오."

얼마나 탐욕스러운 인간인지! 그는 내가 자살할 용기가 없다고 생각해. 나를 어린애처럼 갖고 놀지.

"자살은 러시아 청년이 잘난 체하려고 꾸미는 짓거리요. 하지만 제이니, 당신이 자살을 한다니 말도 안 되오."

당신은 이제 짜증을 내며 소리치오.

"나는 진지해! 정말로 진지하다고! 살고 싶지 않아! 비참해! 더는 이렇게 살고 싶지 않아!"

나는 열린 창문 앞에서 자살을 생각해. 나도 알아. 내가 자살하지 못한다는 것을. 어머니라면 이렇게 말하겠지.

"창문에서 물러나. 멍청하긴! 감기 들라. 잘못해서 아래로 떨어지면 어쩌려고 그래!"

당신은 '멍청하다'는 말에 울컥해서 창문 아래로 뛰어내려 도랑에 처박히오.

끔찍하지 않소? 그래요, 제이니. 내가 당신을 파리로 데려가지 않았던 덕분에 당신의 자살을 막을 수 있었던 거요.

당신의 비글

발소가 편지를 다 읽자 그녀가 또 다른 편지를 건넸다.

사랑하는 제이니,

당신은 내 바람대로 내 편지를 읽고도 화를 내지 않았소. 내가 당신의 자살을 가급적 냉정하게 묘사하려 노력했다는 말을 부디 믿어주시오. 우리 두 사람의 성격을 객관적이고 공정하게 묘사하고자 최선을 다했소. 설령 내가 당신을 야비하게 그렸다면 나 자신도 점잖게 표현하지는 않았을 거요. 당신을 집중적으로 조명한 건 사실이지만, 그건 당신의 자살이었기 때문이오. 이 편지에서 나는 내가 당신의 죽음을 어떻게 받아들일 건지 낱낱이 보여줄 생각이오.

언젠가 당신은 내가 책에 나오는 사람처럼 말한다고 했소. 그런데 나는 말만 그런 게 아니라 생각하고 느끼는 것도 그렇소. 평생을 책 속에서 보냈소. 문학이 내 뇌를 온통 자신의 색깔로 물들였소. 이런 문학적 채색은 토끼의 갈색 털이나 메추라기의 체크무늬처럼 일종의 보호색이오. 그래서 나는 어디서 문학이 끝나고 내가 시작되는지 알지 못하오.

  지난 편지에서 마친 대목에서 시작하리다.

  옷을 살짝 걸친 제이니의 몸이 도로에 떨어졌을 때, 일상의 군중들은 아카데미스 콜로로사와 그랑드 쇼미에르에서 나와 점심을 먹으러 가는 중이었다. 호텔 서비스 담당 직원이 옆문에서 나왔다. 노트르담 데 샹에서 그랑드 쇼미에르 광장 쪽으로 가던 택시 운전사가 제이니의 몸을 치고 가지 않으려고 브레이크를 급하게 밟아 차를 세웠다. 호텔 직원은 운전사가 갑작스럽게 멈추는 것을 보았다. 그는 자신의 호텔 투숙객의 몸에 차바퀴가 올라가 있는 것을 보고 운전사의 팔을 잡고는 큰 소리로 경찰을 불렀다. 그녀가 떨어지는 것을 본 사람은 택시 운전사밖에 없었다. 운전사는 분노에 휩싸여 호텔 직원을 멍청이라 부르며 그녀가 뛰어내린 창문을 손으로 가리켰다. 군중들이 운전사 주위에 몰려들어 화를 내며 소리쳤다. 경찰이 도착했다. 그 역시 택시 운전사의 말을 믿으려 들지 않았다. 죽은 여자가 파자마 차림임을 보고도 말이다.

  "창문에서 떨어진 게 아니라면 잠옷을 입고 거리에서 대체 무엇을 하고 있었단 말입니까?"

  경찰은 어깨를 으쓱했다.

"아트스쿨 학생인가 보죠."

비글은 한잔 하려고 카르카스 카페로 가는 길이었다. 많은 사람들이 어디론가 달려가기에 그쪽으로 고개를 돌려 택시 주위에 사람들이 몰린 것을 보고는, 지루한 아침에 볼거리를 마련해준 것에 고마워했다. 그는 제이니가 한 말을 생각하고 있었다.

"임신했어요."

그러자 그녀가 했던 또 다른 말이 생각났다.

"애인이 필요해요."

앞의 말은 대답을 요구했다. 뒤의 말은 사랑이라는 대답이면 족했다. 그녀는 이렇게 사람을 깜짝 놀라게 하는 말을 즐겨 했다. 몇 개의 단어로 의미심장한 말을 만들어냈다.

그는 임신했다는 말이 무슨 뜻인지 알았다. 친구들을 만나 수술해줄 의사를 알아봐달라고 부탁하고, 필요한 자금을 마련하도록 미국에 편지를 쓰라는 말이었다. 결국 제이니는 그에게 모든 책임을 넘기고 방구석에 가만히 있겠다는 뜻이었다.

"당신 원하는 대로 해요."

괴로움에 신음하고, 끈기를 갖고 인내하고, 모든 고통을 이기고, 모든 것을 알고, 무슨 일이 일어나든 다 감당하라는 뜻이었다.

비글이 군중을 밀치고 들어가자 누군가 그에게 여자가 죽었다고 말했다. 그는 운전사가 가리키는 곳을 보았고 자신의 방 창문이 열린 것을 보았다. 이어 제이니가 택시 밑에 깔린 것이 보였다. 그녀의 얼굴은 볼 수 없었지만 파자마로 알아보았다.

이것으로 문제가 해결되었다. 물론 앙갚음의 형식이긴 했지만 말이다. 그는 돌아서서 거리를 급하게 내달렸다. 누가 자신을 알아볼까 두려웠다. 이 상태로 카르카스에 가서 술을 한잔 마실 수는 없는 노릇이었다. 거기 가면 분명 친구들이 그에게 소식을 알려올 것이었다.

"비글! 비글! 제이니가 자살했대!"

그는 조용한 곳에 가서 생각을 정리하고 싶었다.

카르카스를 지나 들랑브르 거리를 거쳐 멘 거리로 갔다. 거기서 미국인들이 거의 드나들지 않는 한 카페에 들어가 안쪽 방의 모퉁이에 자리를 잡고 앉았다. 코냑을 주문한 다음 스스로에게 물었다.

내가 무슨 도움을 줄 수 있었지? 거리에서 무릎을 꿇고 그녀의 시체를 끌어안고 울어야 했을까? 머리를 쥐어뜯으며? 신을 찾으며? 혹은 차분하게 경찰에게 가서 내가 그녀의 남편이오, 시체보관소까지 따라가게 해주시오, 하고 말해야 했을까?

코냑을 또 한 잔 시켰다. 파괴자 비글 다윈. 그는 모자를 눈 아래로 내려 쓰고는 잔을 들어 건배했다.

그녀가 자살한 것은 임신 때문이었다. 차라리 그녀와 결혼할걸. 내가 그녀의 프랑스어 발음을 이해하지 못한 척했을 때 상처를 받은 게 분명하다. "즈 쉬 쎈쎈트"라는 말에 내가 "뭐라고?"라고 반응한 것은 놀라움의 표현이었지 뜻을 따지려는 게 아니었다. 아니야, 그녀에게 굴욕을 주려고 그렇게 말한 거야. 속 좁게 사탕발림 소리를 계속 반복한 것은 무슨 이유지? 다른 사람의 우둔한 행동을 보면 왜 이렇게 자꾸 짜증을 내지? 네 자신의 우둔한 행동과 위선은 어떻고? 그녀의 행동을 꼭 예술의 관점에서 이해해야겠어? 그녀는 자신의 곤경을 똑바로 마주하기가 두려워 자살했어. 낙태를 안 하면 사생아를 낳아야 할 판이었으니까. 어리석긴, 그녀는 너에게 결혼해달라고 부탁한 적 없어. 너는 이해 못해.

그는 몸을 웅크려 자기 앞에 놓인 술잔을 들었다. 눈을 반쯤 감은 채로.

그녀는 자살하기 전에 상황을 일반화하는 위험을 피할 기회가 없었을까. 그녀의 마음속에 맨 먼저 떠오른 것은 자신이 처한 곤경이 아니라 어디서 주워들은 말이었음이 분명하다. 나는 "희극은 끝났다" 같은 말을 들으면 그저 웃어넘기려 하지만, 그녀는 결심의 순간 이런 환멸의 슬로건을 계속 마음에 담아두고 있었다. 아마 사랑, 삶, 죽음을 모두 하나의 경구 속에 넣으려 했던 것 같다. "삶에서 가치 있는 것들은 하나같이 공허하고 고약하고 시시하다. 사랑은 스쳐 지나가는 그림자, 경박한 유혹, 겉만 멀쩡한 보잘것없는 것. 그렇다면 죽음은? 흥! 이 눈물의 골짜기에 계속 머물러야 할 이유가 있을까?" 이런 식의 문장이 내 마음에 걸리는 것은 과연 어법 때문만일까? 아니면 자살에 뭔가 예술가연하는 구석이 있기 때문에? 자살이라. 베르테르, 우주적 충동, 영혼, 탐색, 피 베타 카파* 회원이었던

---

* 1776년 인문학과 과학의 진흥을 위해 창설된 미국의 대학 친목 모임

열일곱 살의 오토 그린바움("삶은 별 가치가 없어"), 옥스퍼드 태생으로 저자이자 한량에 사냥을 좋아했던 핼딩턴 네이프("삶은 너무도 지루해"), 모자를 쓰지 않고 배꼽이 보이게 셔츠를 풀어헤치고 돌아다녔던 시인 테리 콘플라워("삶은 너무도 조잡해"), 그리고 임신한 미혼의 몸으로 파리의 아파트 창문에서 뛰어내린 제이니 데이븐포트("삶은 너무도 힘겨워"). 그린바움, 네이프, 콘플라워, 데이븐포트, 다들 이 말에 동의하리라. "삶은 자궁에서 나와 무덤으로 들어가는 한 뼘일 뿐. 탄식, 미소, 오한, 열, 한 자락 고통, 한 차례 방탕. 이어 헐떡거리며 숨이 넘어간다. 희극은 끝났다. 노래는 끝났다. 커튼을 내려라. 광대가 죽었다."

광대가 죽었다. 커튼이 내려간다. 여기서 내가 말하는 광대는 바로 당신이야. 결국 우리 모두가…… 모두가 광대 아닐까? 낡은 생각이지만 뭐 어때? 삶은 무대고 우리는 광대다. 광대의 역할보다 슬픈 게 있을까? 위대한 예술에 동정과 풍자 말고 뭐가 더 필요할까? 내 말 이해하겠어? 수많은 이들의 땀과 웃음, 찡그린 얼굴과 뻔뻔한 야유. 당신에게 소식을 전하러 온 심부름꾼이 통로에 서 있다. 당신의 아내는 하숙생과 달아났고, 당신의 아들은 사람을 죽였고, 아기는 암에 걸렸다. 아니 어쩌면 당신은 결혼하지 않았는지도 몰라. 당신은 욕실에서 걸어 나오면서 자기가 임질에 걸렸음을 발견해. 아니면 어머니나 아버지 혹은 형제자매가 죽었다는 전보를 받든가. 이제 상황을 받아들여. 밖에서 당신 차례가 올 때마다 관객들이 소리를 질러대.

"꼬마야, 장기를 보여줘! 우리는 비글을 원해! 비글을! 그는 너무 멋져!"

앞줄의 광대들이 웃고, 휘파람 불고, 트림하고, 울고, 땀 흘리고, 땅콩을 먹는다. 그리고 당신, 당신은 무대 뒤 낡은 기둥 그림자에 숨어 있다. 터질 것 같은 머리를 양손으로 부여잡고 당신의 불운이 지루하게 으르렁대는 소리를 듣는다. 꽉 쥔 주먹 사이로 서서히 당신의 형제 광대의 울음소리가 새어나온다. 그러자 저기로 달려가 그들 앞에서 마지막으로 끔찍한 웃음을 씩 지어 보이고는 자신의 목을 긋겠다는 생각이 불현듯 든다. 하지만 곧 다시 앞으로 나가 당신의 장기를 보인다. 한결같이 멋진 비글이다. 춤추고 웃고 노래하고 연기하는 비글. 마침내 커튼이 내려가고, 당신은 분장실 거울 앞에 앉아 크림으로 지워지지 않을 표정을 만든다. 사람들 앞에서 절대 내보이지 않을 표정을.

비글은 코냑을 또 한 잔 주문했고 작은 맥주로 입가심했다. 탁자 위에 접시가 쌓여 있다.

아무렴, 제이니의 죽음은 농담이야. 젊고 미혼인 여자가 자신이 임신했다는 것을 알고 자살한다. 무척 낡고 진부한 곤경에서 빠져나가는 방법치고는 무척 낡고 잘 알려진 방법이지. 나방과 촛불, 파리와 거미, 나비와 비, 광대와 커튼, 이 모든 것이 그녀의 자살을 예비한 것으로(이 얼마나 지루한가!) 인용될 수 있어.

코냑을 또 한 잔 주문했다! 그는 이것을 마시고 이제 카라카스 카페로 가 친구들이 제이니가 죽었다는 소식을 전해주기를 기다리려 한다.

망연자실한 소식을 내가 어떻게 받아들여야 할까? 적대적인 비난을 사지 않으려면, 내가 영어를 사용하는 민족이고, 따라서 불운을 맞아 냉정하고 침착하고 거의 무정하다는 사실을 미리 밝혀둘 필요가 있다. 게다가 죽은 사람이 내 절친한 친구이므로 비록 내가 냉정한 척하지만 속으로는 크나큰 슬픔을 느끼고 있다는 것을 은근슬쩍 보여줄 필요도 있다. 혹은 카르카스에 예술가들이 많이 드나드니 꿈꾸는 것을 그만두지 않으리라, 상아탑을 떠나지 않으리라, 생각에 잠긴 저 흰 새, 나의 영혼을 뒤흔들지 않으리라 선언할 수도 있다. 내가 손을 들고 말한다.

"정말 그래요. 당신이 그러지 않았나요? 정말 죽었다고."

혹은 내가 가장 좋아하는 역할인 '영생을 얻은 광대'를 연기하며 이렇게 외칠 수도 있다.

"죽음, 그것이 대체 뭐요? 삶은 무엇이오? 삶은 물론 죽음의 부재요, 죽음은 삶의 부재일 뿐."

그러나 이래서는 사랑하는 사람의 상실에 대해 무례하다는 논란만을 불러일으킬 뿐이다. 차라리 웨이터를 생각해서 내 조용하고 침착하고 점잖고 우산을 챙기는 평소의 다윈으로 돌아가 아주 슬퍼하며 "오, 내 사랑, 대체 왜 그랬어?" 하고 흐느끼리라. 혹은 햄릿처럼 미친 사람 행세를 할 수도 있다. 아무튼 내 본심이 어떤지 안다면 아마 다들 나를 두들겨 패겠지.

소식을 전하러 온 사람

"비글! 비글! 제이니가 창문에서 떨어졌대요."

카라카스 카페의 손님들과 웨이터

"당신과 함께 살던 여자가 죽었대요."

"가엾은 제이니, 불쌍한 비글. 참으로 끔찍한 죽음이야."

"그렇게 젊고 예뻤는데…… 차가운 거리에 눕게 되었다니."

비글 햄릿 다윈

"브로미우스! 이아쿠스! 제우스의 아들!*"

손님들과 웨이터

"이봐요, 정신 차려요. 내 말 못 들었어요? 당신과 함께 살던 여자가 죽었어요. 당신의 연인이 자살했단 말입니다. 죽었다고요!"

비글 햄릿 다윈

"브로미우스! 이아쿠스! 제우스의 아들!"

손님들과 웨이터

"취했어."

"웬 그리스 신? 그가 감리교 신자라는 것을 우리가 뻔히 알고 있는데."

"신성모독도 때를 가려야지!"

---

* 셋 다 디오니소스를 가리키는 말

"이래서 사람은 제대로 배워야 해."

"맞아, 뮤즈 여신의 샘물을 한껏 마시면……."

"볼만하군, 그래! '브로미우스! 이아쿠스!'라니. 참으로 장관이야."

비글 햄릿 다윈

"'오 에스카 베르미움! 오 마사 풀베리스!' 부자는 어디 있을까? 항상 먹기만 한다는 그는? 그도 이제 더는 먹히지 않으리."

손님들과 웨이터

"뭔 소리인지 모르겠군!"

"친구를 찾고 있어."

"뭔가 잃어버렸나 봐. 식탁 밑을 찾아보라고 해."

소식을 전하러 온 사람

"그의 말뜻은 벌레가 부자를 먹어치웠고, 그 벌레가 죽을 차례가 되어 다른 벌레에게 먹혔다는 뜻입니다."

비글 햄릿 다윈

"가장 강한 남자 삼손이 어디로 갔는지 내게 말해주겠소? 그는 더 이상 약하지 않소. 그리고 아름다운 아폴론은 어디 있소? 그는 더 이상 추하지 않소. 작년에 내린 눈은 어디로 갔소? 톰 자일스는 어디 있소? 빌 테일러는? 제이크 홀츠는? '여기 오늘이 있으니 내일은 생각지 말라.'"

소식을 전하러 온 사람

"그래요. 그의 말은 백 번 맞죠. 우리가 지금 당면해 있는 비극적인 죽음 같은 사건은 우리로 하여금 부산한 일상에서 잠시 멈춰 서서 우리가 '벌레의 음식'이라고 말하는 시인의 말을 곰곰이 생각하도록 만드니까요. 슬픔에 잠긴 형제여, 계속해요. 당신이 하는 말 하나하나에 모두 주목할 테니까요."

비글 햄릿 다윈

"처음부터 다시 시작하겠소."
"친구들과 함께 앉아 웃고 있는데 누군가 소식을 전하러 카페에 들어온다. 그가 외친다. '비글! 비글! 제이니가 자살했대!' 나는 백지장처럼 허연 얼굴로 벌떡 일어나 침통한 어조로 외친다. '브로미우스! 이아쿠스! 제우스의 아들!' 당신은 내가 왜 그렇게 디오니소스를 크게 외쳤는지 묻는다. 나는 정해진 연기에 들어간다.

디오니소스! 디오니소스! 내가 술의 신을 부르오. 그의 출생이 제이니의 출생과, 그대와 나의 출생과 너무도 다르기 때문이오. 나는 비극을 설명하려고 디오니소스의 이름을 부르오. 비단 제이니의 비극만이 아니라 우리 모두의 비극을 말이오.
우리 중에 누가 디오니소스처럼 '불운한 세멜레'의 자궁에서, 제우스의 허벅지에서, 불길 속에서, 이렇게 세 번 태어났다고 자랑할 수 있겠소? 혹은 누가 그리스도처럼 처녀의 몸에서 태어났다고 말할 수 있으리오? 가르강튀아*처럼 태어났다고 주장할 수 있는 사람은? 애석하게도 아무도 없소. 하지만 우리는 세 번 태어난 디오니소스, 신의 아들 그리스도, 떠들썩한 파티에서 내장이 쏟아지는 가운데 세상에 나온 가르강튀아와 겨뤄야 하오. 제이니도 마찬가지요. 천둥소리가 들리오. 번개가 보이오. 여러분은 숲 냄새를 맡소. 포도주를 마시오. 이제 그리스도, 디오니소스, 가르강튀아처럼 되려 하오! 고통과 괴로움으로 신음하는 가운데 진흙과 오물에 뒤덮여 자궁에서 태어나오.

그대가 태어났을 때는 동방의 세 왕, 비둘기, 베들레헴의 별 대신에 고무장갑을 끼고 수건을 팔에 두른 늙은 하센슈바이츠 박사만이 있었소.

그렇다면 그대 아버지는 사랑하는 아내에게 어떻게 접근했소?(그는 사무실에서 힘든 하루를 보낸 뒤 거리에서 두 마리 개를 보았다고 했소.) 백조의 모습으로 왔소? 황소의 모습으로, 아니면 금 소나기로? 아니오! 바지를 풀어헤치고 욕실에서 걸어 나왔소."

코냑 잔 위로, 마음의 극장에서 굽실거리는 관객들 위로, 비글 햄릿 다윈의 모습이 위풍당당해 보였다. 소란스럽고 용맹하

---

* 프랑수아 라블레의 풍자소설 『가르강튀아/팡타그뤼엘』(Gargantua et Pantagruel)에 나오는 주인공

고 고집불통에 사랑스러운 비글 디오니소스 햄릿 다윈. 그의 거대한 마음속에 인류에 대한 사랑의 감정이 마구 샘솟았다. 그는 자신이 관찰한 결과의 진실을 깨닫자 목이 멨다. 그의 청중이 평생을 바쳐온 경쟁은, 그들에게 동물 이상의 존재가 되도록 강요한 경쟁은 실로 가혹했다.

그는 그들을 축복하듯 손을 쳐들었고, 손님들과 웨이터는 말이 없었다. 사랑의 감정을 담아 그가 온화하게 중얼거렸다.

"오, 나의 아이들이여."

이어 눈물로 흐릿해진 독수리눈으로 카르카스 카페를 쓱 훑어보았다. 그가 외쳤다.

"그런데도 여러분은 신을 아버지로 둔 그리스도와, 신을 아버지로 둔 디오니소스와 경쟁하렵니까? 그대들은 제이니 데이번포트처럼 비 오는 날 오후에 별생각 없이 그냥 잉태된 존재입니다."

"코냑! 코냑!"

눈물 짜는 정해진 연기를 한 번 더 펼친 뒤 조명이 꺼지고 커튼이 내려갔다. 그 전에 마지막으로 상아탑, 정지된 흰 새, 성배, 못, 천벌, 가시, 십자가 조각을 공중에 던지며 저글링 쇼를 펼쳐 피날레의 절정을 장식했다.

당신의 비글

...

"자, 어떻게 생각해요?"

발소가 깨어나 보니 새뮤얼 퍼킨스의 전기 작가 맥기니가 카페 테이블 옆에 앉아 있었다.

"생각하다니요. 뭘요?"

"방금 읽은 두 통의 편지 말이에요."

맥기니가 조급하게 말했다.

"제가 지금 새뮤얼 리처드슨*의 양식으로 쓰고 있는 소설의 일부예요. 솔직한 의견을 말해주세요. 서한체 양식이 너무 낡아 보이나요?"

낮잠에서 깨어나 정신을 차린 발소는 심문자를 흥미롭게 쳐다보았다. 몸매가 좋아 보였다. 그는 그녀를 즐겁게 하려고 이렇게 말했다.

"험악한 바람이 페이지를 휩쓸고 독자들의 마음을 숨 가쁘게 휘어잡네요. 마법과 광기가 느껴져요. 버나드 쇼에 필적한다고나 할까. 야생의 매력과 활짝 펼쳐진 도로의 시원함이 담긴 열정의 드라마네요. 버나드 쇼에 못지않아요. 마술적 매력이 있고 이방인에 대한 따뜻한 공감도 있고 말입니다."

"고마워요."

발소는 속으로 생각했다.

---

* 결혼과 연애 문제를 선구적으로 다뤄 근대소설의 아버지로 불리는 영국 소설가

'고마워하는 여자의 모습이 참으로 우아하구나.'

그는 다시금 젊어진 기분을 느꼈다. 딱딱한 빵, 치즈 한 조각, 포도주 한 병과 사과 한 개. 태양을 맞고 있는 또박또박한 연설자. 젊은 학생들. 활기찬 하루, 흥분의 밤, 그리고 격동의 삶.

"오!"

젊었을 때의 추억이 생각나 들뜬 발소가 외쳤다. 그의 입은 닭의 직장에서 오리알이 나올 때처럼 활짝 벌어진 O의 모양을 했다.

"'오'라니요, 그게 뭐죠?"

맥기니가 화를 냈다.

"오, 한때 사랑했던 여자가 있었어요. 하루 종일 꽃잎에 고기 조각을 올려놓는 일 말고는 아무것도 하지 않았죠. 버터와 빵 부스러기로 장미를 질식시켰고, 파삭한 꽃잎을 고기 국물과 치즈로 더럽혔죠. 그녀는 장미가 파리를 유혹하기를 원했어요. 나비와 벌이 아니라. 그래서 자신의 정원을……"

"발소! 발소! 당신이에요?"

맥기니가 외쳤다. 그 바람에 그의 남은 맥주가 엎질러져서 근처에 있던 웨이터가 얼굴을 찌푸렸다.

"발소! 당신이군요?"

그녀는 그가 대답하기도 전에 다시 외쳤다.

"나를 몰라보겠어요? 메리예요. 메리 맥기니, 당신의 옛 연인."

발소는 그녀가 정말 메리임을 알아보았다. 맙소사, 이렇게 변했다니! 하지만 예전 모습이 아직 많이 남아 있었다. 특히 눈이 옛날과 똑같았다. 더 이상 바싹 마르고 감정이 푸석푸석한 여자가 아니라 촉촉한 여자였다.

두 사람은 웨이터가 다가와 가게 문을 닫아야 하니 나가달라고 할 때까지 서로를 뚫어지게 쳐다보았다.

그들은 팔짱을 끼고 마치 꿈인 듯 거리를 걸었다. 발소가 방향을 이끌었고, 금세 두 사람은 울창한 숲에 다다랐다. 맥기니가 바닥에 누워 깍지 낀 손을 머리 뒤로 하고 무릎을 벌렸다. 발소가 그녀 위에 서서 의도가 빤히 보이는 연설을 시작했다.

"우선 정치적인 측면부터 따져보지. 너는 자유를 말하면서 삶의 문제와 철저한 물리적 법칙에 직면해서는 독단적 주장을 옹호해. 자신의 욕망의 닻을 마음대로 놓아주면서 말이야! 분란의 바람을 일으켜 너의 반역의 기준을 꺾어놓겠어!

우리가 지금 하려는 행위의 철학적 측면에 대해서도 생각해볼 필요가 있어. 자연은 잠시 동안 너에게 쾌락을 즐길 수 있는 기관 몇 개를 허락했어. 성기도 거기에 포함되지. 성기는 지적인 용도로 사용할 경우 무척이나 강렬한 쾌락을 보상으로 제공해. 내 솔직히 인정하는데, 쾌락이야말로 유일하게 좋은 것이야. 쾌락이 바람직하다면 사람은 가능한 모든 쾌락을 얻어야 한다고 말해야겠지. 일부 광신도들을 제외하면 누구도 이를 부인하지 않아. 우선 흔히 통용되는 몇 가지 개념들부터 구분하기로 해. 지성인이자 개인주의자로서—너는 분명 이 두 가지에 다 해당하니까— 쾌락의 개념과 생식의 개념은 구분할 필요가 있어. 터무니없는 도덕적 훈련은 무시해. 섹스는 결혼과 달리 신성한 거야. 이 말 인정해? 그렇다면 왜 케케묵은 옛 규칙이 너를 지배하게 놔두는 거야? 성행위는 죄가 아니야. 실수도 잘못도 약점도 아니야. 쾌락을 주고 바람직하지. 그러니 메리, 이리 와서 함께 즐겨.

게다가 이건 예술을 위해서도 좋아. 너는 글쓰기를 좋아했잖아, 안 그래? 욱신거리는 아픔이 무엇인지 모른다는 건 진정한 예술가에게는 결격 사유야. 남자를 전혀 알지 못하면서 어떻게 묘사할 수 있겠어? 신성한 흥분을 경험하지 못하고서야 어떻게 읽고 이해하고, 보고 이해하겠어? 절도와 살인, 강간과 자살을 어떻게 설득력 있게 이끌어낼 수 있겠어? 혹시 주제가 고갈되지 않았어? 나랑 침대에서 사랑을 나누면 새로운 주제, 새로운 해석, 새로운 경험을 찾을 수 있어. 사랑이 그저 3분간 황홀한 뒤에는 끔찍하게 혐오스러운 감정이 뒤따르는 것인지, 아니면 활활 타오르는 불꽃인지, 천국의 즐거움을 미리 맛보는 것인지 스스로 판단할 수 있을 거야. 자, 메리 맥기니, 침대로 와서 새로운 세상을 즐겨.

이제 마침내 시간 논쟁에 다다랐어. 혼동하지 마. 내가 이 머리로 말하게 될 내용은 형이상학자와 물리학자, 바람의 직공 사이에서 대단히 유행했던 이론이 아니니까. 내가 말하는

'시간'은 시인들의 시간이야. 시간이 지나면 당신은 죽어. 이건 모두가 짊어져야 할 짐이야. 예외가 없지. 멋진 젊은이도 굴뚝 청소부도. 죽을 때, 내가 끝까지 다 마셔서 잔에 남은 물이 하나도 없었다고 말해줄 수 있겠어? 생명을 부인하는 것은 미친 짓 아닐까? 그러니 서둘러! 모든 게 곧 끝날 테니까. 장미여, 활짝 피어라! 정오가 되기 전에 시들 테지만. 시계가 연주하는 노래가 뭔지 알아보겠어? 째깍, 째깍, 시간은 쏜살같이 흐르지! 모든 게 곧 끝나! 모든 게 곧! 어차피 금방 꺼지고 말 거품, 짧은 틈을 타 잠깐 재미 보는 게 어때. 무덤에 대해 생각해본 적 있어? 무덤에 대해, 너의 매력적인 몸에 일어날 변화에 대해 생각해봤어? 가장 아름다운 신부도 지금은 상냥하고 달콤하겠지만 백 년이 지나면 끔찍한 곰팡내를 풍길 테지. 함께 나눌 수 있는 너무도 달콤하고 멋진 시간이 얼마나 짧은지! 그러니 우리 먼지로 사라지기 전에 최대한 즐기자. 먼지로 사라지기 전에. 메리, 너의 달콤한 몸이 먼지로 사라진다니까. 몸이 떨려. 달콤한 포옹을 나누고 싶어. 뽀얀 살을 아껴서 뭐 하겠어. 너의 우아한 몸을 내게 맡겨. 너에게 허락된 시간은 짧아. 주는 만큼 너는 많은 것을 갖게 될 거야. 너의 살을 훔칠 수 있는 것은 시간뿐, 나는 못해. 시간은 너를 훔칠 거야, 분명히! 그리고 저 황금빛 곡식을 재배한 자들, 그것을 바람에 던져버린 자들은 비를……."

여기서 발소는 사랑하는 사람 옆에 몸을 던졌다.

그녀가 어떻게 반응했을까? 처음에는 안 된다고 말했다.

안 돼, 안 돼! 순진한 그녀는 혼란스러웠다. 오, 발소! 발소! 낡은 농가와 오래된 펌프, 정겨운 식구들, 노목으로 만든 두레박, 그리고 그 위에 뒤덮인 담쟁이덩굴이 담긴 사진들.

이봐! 그녀가 작은 발을 구른다. 절박하게 화난 투다. 왜 이래? 일부러 이러는 거야? 내려와, 못된 사람, 내려오라고 했어! 흘끔흘끔 캐기 좋아하는 무례한 운전사의 엄지손가락. 여왕을 고른다. 영국의 엘리자베스, 러시아의 예카테리나, 로마의 파우스티나.

"안 돼, 안 돼"가 점차 "좋아, 안 돼"로 바뀌어갔다.

안 돼…… 오…… 오, 안 돼. 눈물이 그렁그렁하다. 울분이 쌓여 목소리가 가라앉는다. 오, 사랑스러운 연인. 얼마나 사랑스러운가. 내 몸이 녹고 있어. 뼈가 액체처럼 흘러내려. 나를 혼자 두고 가지 마. 나를 내버려둬, 어지러워서 그래. 안 돼…… 안 돼! 이런 짐승.

안 돼, 발소, 오늘 밤은 참아줘. 오늘 밤은 안 된다니까. 미안해, 발소, 하지만 오늘 밤은 정말 곤란해. 다른 날은 몰라도 오늘 밤만은 참아줘. 부탁이야, 제발, 이렇게 부탁할게!

그러나 발소는 "안 돼"라는 대답을 받아들이려 하지 않았고, 결국 "좋아"라는 승낙을 얻어냈다.

축축한 입술 사이로 뜨거운 숨이 나왔다. 충혈된 눈과 사랑한다는 중얼거림. 긴 소파 위에 놓인 호랑이 가죽. 그랜드피아노 위에 걸쳐진 스페인산 숄. 사랑의 제단. 교회와 유곽. 인도와 아프리카 냄새. 당신 눈에 이집트가 있어. 부유하고 풍족한 사랑, 아름다운 태피스트리로 장식된 사랑, 동양의 향수를 뿌린 사랑.

산전수전 다 겪어 아무렇지도 않은 듯 똑똑하게 군다. 전에도 내 이런 일을 겪은 적이 있었지. 경찰이 왔어. 훌쩍이는 여자는 없었고. 잘 알려지고 잘 경작된 이곳을 결단코 다시 찾아오겠어. 새로 자란 나무와 우물, 심지어 울타리도 보이지 않아.

살기 위한 절박한 몸부림. 살아라! 경험해라! 네 인생을 살아라. 너의 몸은 악기, 오르간, 북이다. 조화. 질서. 가슴. 눈 속의 사과, 배腹 위의 배梨. 사랑 없는 삶이 무슨 소용이랴? 내 몸이 타오른다! 쑤신다! 만세!

와우우 야아아! 오, 네 안에 이런 열정과 관능미가 숨겨져 있는 줄은 몰랐는데. 그래, 나를 진창으로 끌고 가줘. 제발! 네 머리카락으로 나의 눈에서 욕망을 쓸어내줘. 그래…… 그래, 오! 오!

기적이 일어났다. 둘이 하나가 된 것이다. 그 하나는 모든 것이되 둘 중 어느 누구도 아니다. 사제와 신, 제물, 희생 의식, 조상께 바치는 술, 주문, 희생의 알, 제단, 자아와 분신, 아이, 우주의 조상, 신비의 교리, 정화, '옴' 하는 주문, 행로, 스승, 증인, 피난처, 공립학교 186의 정신, 7시에 위호켄으로 떠나는 마지막 페리.

그의 신체는 방랑시인에서 벗어났다. 자신의 삶을 살았다. 시인 발소에 대해 전혀 모르는 삶을. 이런 해방에 비교할 수 있는 것은 오로지 썩어가는 과정인 죽음뿐. 죽은 뒤에 몸은 명령을 받아들인다. 해체의 매뉴얼을 한 치의 오차도 없이 수행한다. 지금 그의 몸은 확실하게 사랑의 과정을 수행하는 중이다.

이런 가운데 가정과 의무, 사랑과 예술은 까맣게 잊혔다.

그의 몸 안에서 군대가 움직였다. 감각적 흥분을 재촉하는 군대다. 이들의 흥분은 먼저 질서정연하게, 이어 호들갑스럽게 행진했다. 하지만 정확함을 잃지 않았다. 그의 몸 안에서 군대가 훈련받은 대로 길고 복잡한 의식을 차곡차곡 시행했다. 촉매제의 자극을 받아 화학물질이 분비되면서 저절로 시행되는 의식이었다.

군대가 행진하면서 그의 몸이 소리쳤다. 이어 마지막으로 승리의 외침을 내지른 뒤에 도로 잠잠해졌다.

조금 전만 해도 그의 몸 안에서 요란하게 행진하던 군대가 서서히 퇴각했다. 승리를 만끽하며, 안도의 한숨을 내쉬며.

□옮긴이의 말□

그로테스크한 풍자의 미

 너새네이얼 웨스트는 서른일곱의 나이에 요절한 미국 작가로 네 편의 소설을 남겼고, 동시대를 살았던 헤밍웨이, 포크너, 피츠제럴드와 비슷한 계열로 분류된다. 본명은 내선 웨인스타인으로 러시아 유대계 집안 출신. 할리우드에서 시나리오 작가로 일했고, 결혼 8개월 무렵 멕시코에서 사냥을 마치고 돌아오다 교통사고를 당해 부인과 함께 사망했다. 생전에 거의 무명이었다가 사후『미스 론리하트』가 프랑스에서 출간되어 베스트셀러가 되었고, 이를 계기로 그의 작품이 활발하게 재조명되어 오늘날 미국 현대문학의 중요한 작가 반열에 올랐다.
 그가 남긴 네 작품 가운데『미스 론리하트』와『메뚜기의 하루』가 국내에 소개되었고, 이 책에는 나머지 두 작품이 수록되어 있다.
 웨스트의 첫 작품『발소 스넬의 몽상』이 세상에 발표된 것이 1931년이며, 마지막 소설『메뚜기의 하루』는 1939년에 출판되었다. 그가 살았던 1930년대 미국은 어떤 시대였을까? 제1차 세계대전 이후 물질적 풍요로 흥청망청하던 거품이 경제공황으로 꺼진 뒤 다들 좌절과 아픔을 겪던 시대였다. 심리적인 충격 속에서 자본주의 병폐에 눈을 뜨기 시작했고, 현대 문명에 대한 환멸이 고개를 들던 때이기도 했다. 너새네이얼 웨스트는 바로 이런 암울한 시대를 특유의 냉소와 풍자로 담아낸 작가였다.

자신의 시대를 바라보는 웨스트의 시각이 가장 통렬하게 드러난 작품은 아마도 『거금 100만 달러』(1934년 발표)가 아닐까 싶다. 젊은 주인공이 겪는 시련도 애처롭기 이를 데 없지만, 이를 전달하는 해설자의 존재 때문에 주인공의 고난이 끔찍하다 못해 우스꽝스럽게 보일 정도다. 이 작품은 보통 호레이쇼 앨저Horatio Alger에 대한 패러디로 해석된다. 호레이쇼 앨저는 가난한 집안에서 태어난 젊은이가 온갖 역경을 극복하고 성공을 거둔다는 이야기를 즐겨 쓴 19세기 미국 작가로, '아메리칸 드림'이라는 성공 신화의 전도사라 할 수 있다.

『거금 100만 달러』의 주인공 레뮤얼 피트킨도 가난한 시골 출신으로 성공을 꿈꾸는 젊은이다. 물론 그에게 펼쳐지는 운명은 앨저의 주인공과 전혀 다르다. 사기꾼에 걸려 가진 돈을 다 잃었는데도 오히려 누명을 쓰고 감옥에 가 이를 몽땅 뽑히고, 호의를 베풀다가 눈을 잃고, 교통사고를 당해 손가락을 잃고, 악당에게 다리를 잃고, 인디언에게 머리 가죽을 베이고, 그것도 모자라 총탄에 희생된다. 몸밖에 가진 것이 없는 젊은이가 자신의 몸 하나하나를 잃어가는 것보다 더 끔찍한 게 있을까.

이 소설은 비단 내용 차원에서만 앨저의 신화를 비꼬는 게 아니라 형식에 있어서도 앨저의 스타일을 의도적으로 차용하고 있다. 실제로 앨저가 자주 쓰는 표현과 문장을 가져다 썼고, 해설자가 '독자 여러분', '우리의 주인공' 하며 이야기를 전개하는 방식이라든가 위기의 순간에 우연한 사건이 일어난다거나 인물들을 서로 오가며 사건을 설명하는 방식 모두 앨저의 소설에서 자주 보이는 특징이다.

호레이쇼 앨저만큼이나 이 작품에 영향을 준 작가가 또 한 명 있으니 바로 프랑스의 계몽주의 사상가 볼테르다. 『거금 100만 달러』에 관한 평들을 읽다 보면 "20세기 버전의 『캉디드』"라는 표현이 심심치 않게 등장한다. 잘 알다시피 『캉디드』는 순진한 청년 캉디드가 세상을 돌아다니면서 폭력적이고 탐욕스럽고 부조리한 세상을 경험하고, 결국 스승 팡글로스가 가르쳐준 낙관주의 세계관을 극복하는 과정을 담고 있다.

캉디드는 피트킨처럼 몸을 잃지는 않지만 군대에 징집되고 화형의 위협을 당하는 등 온갖 고생을 하며 자신의 세계관을 정립해간다. 반면 피트킨은 캉디드보다 더한 고생을 하고도 자신이 왜 이런 고초를 겪는지 이해하지 못한 채 죽어간다. 피트킨의 멘토 셰그포크는 팡글로스와 마찬가지로 세상을 낙관적으로 바라보는 인물인데, 그 밑바탕에는 국가주의 이데올로기의 음험한 그림자가 드리워져 있다. 외국인 세력을 배척하고 미국의 역사를 남북전쟁 이전으로 되돌리려는 셰그포크는 경제공황 직전에 미국 대통령을 지냈던 캘빈 쿨리지John Calvin Coolidge를 모델로 했다고 한다. 하지만 사슴가죽 셔츠와 모카신, 너구리털 모자, 22구경 라이플총으로 무장한 그의 국가혁명당 '돌격대원'의 모습에서 당시 독일을 손에 넣은 나치의 모습을 발견하게 되는 것도 무리는 아니다. 마지막 장면, 레뮤얼 피트킨을 기리는 국경일에 수십만 군중 앞에서 셰그포크가 행한 연설을 볼 때, 웨스트는 경제공황 이후 물질적으로 정신적으로 궁핍한 시대를 집어삼키려는 파시즘의 위협을 우리에게 경고하려 했는지도 모른다.

『발소 스넬의 몽상』은 웨스트가 남긴 나머지 세 작품과 성격이 다르다. 학창시절부터 미국의 사실주의 문학보다 프랑스의 초현실주의와 영국의 시에 관심이 더 많았던 그는 1926년에 파리에서 지냈는데, 이 작품은 이때 시작해서 미국에 건너와 완성했다. 출판도 파리에 근거지를 둔 〈콘택트〉라는 아방가르드 동인지가 맡아 500부를 한정 발간했다.

트로이 목마 안에 들어간 주인공이 거기서 이상한 사람들을 만나면서 벌어지는 일을 다룬 작품으로, 가장 먼저 눈에 띄는 것은 다양한 문학적 인용들이다. 그리스 로마 신화와 시인, 성서의 인물들, 중세 수도사와 음악가, 셰익스피어, 도스토예프스키, 도데, 위스망스, 피카소, 세잔, 무어, 제임스

등등 영문학을 전공한 그의 이력을 반영하듯 다양한 문화적 인물들이 이 작품에 흔적을 남기고 있다.

일관된 플롯 없이 이야기 속 이야기 구성으로 진행되는 이 작품을 한마디로 정의할 순 없지만, 전체적으로 문학과 예술에 대한 내용이 주를 이루고 있다. 주인공이 목마 안에서 만나는 사람들은 하나같이 글쓰기의 욕망에 사로잡혀 있다. 아레오파고스의 말로니는 자신을 성 푸스의 전기를 쓰는 사람이라고 소개하고, 존 길슨은 도스토예프스키 양식의 범죄일지를 나무에 숨겨두며, 맥기니는 새뮤얼 퍼킨스의 전기 작가라고 말한다. 곱사등이 제이니는 남편이 자신에게 보낸 편지 두 통을 꺼내 보인다. 다들 청중을 애타게 찾는 작가들로 청중을 유혹해야 하는 예술가의 숙명, 자신의 감정을 배설하면서도 작품에 대한 책임을 개인적으로 져야 하는 예술가의 고뇌를 드러내 보인다.

이런 예술적 관심사와 더불어 기독교 신화와 신비주의에 대한 관심, 독특한 말장난과 감각적 이미지들이 혼재된 이 작품은 웨스트의 풍자적이고 환상적인 세계의 밑바탕을 이루는 그물망과도 같다. 1930년대 미국 문학이 얼마나 풍성했는지, 그가 좀 더 살았다면 얼마나 독특한 작품이 나왔을지 짐작하게 해주는 소중한 작품이다.

2010년 3월
장호연

NATHANAEL WEST 너새네이얼 웨스트 연보

1903 10월 17일 뉴욕에서 태어났다. 본명은 내선 웨인스타인Nathan Weinstein. 아버지의 직업은 건설업자였다. 부모는 모두 러시아에서 태어난 유대계로 미국에 이민 왔다.

1920 3년 연속 학업 성적이 좋지 않아 드위트 클린턴 고등학교를 졸업하지 못하고 그만두었다.

1921 9월 가짜 고등학교 졸업증명서를 이용해 터프츠대학교에 입학했다.

1922 또다시 가짜 고등학교 졸업증명서를 이용해 브라운대학교로 전학했다.

1924 6월 브라운대학교 영문학과를 졸업했다.

1925~1927 1925년 10월부터 1927년 1월까지 15개월간 파리에서 거주했다. 이때 이름을 법적으로 너새네이얼 웨스트로 바꾸었다.

1927~1930 뉴욕으로 돌아와 호텔 매니저로 일했다. 이때 대실 해멋Dashiell Hammett, 제임스 패럴James T. Farrell, 어스킨 콜드웰Erskine Caldwell 같은 곤궁

NATHANAEL WEST 너새네이얼 웨스트 연보

한 작가들에게 무료로, 혹은 싼값으로 방을 내주었다.

1931 첫 작품 『발소 스넬의 몽상The Dream Life of Balso Snell』을 500부 한정판으로 발표했다. 이 소설은 트로이의 목마 안에 들어간 온갖 기괴한 인물들의 이야기이다.

1932 소잡지 〈콘택트Contact〉를 시인 윌리엄 칼로스 윌리엄스William Carlos Williams와 함께 편집했다. 이때 『미스 론리하트Miss Lonelyhearts』 초고를 발표했다.

1933 『미스 론리하트』를 출판했다. 그러나 출판사의 도산으로 이 작품은 널리 알려지지는 못했다. 할리우드로 가서 콜럼비아 스튜디오의 계약 시나리오 작가로 일했다.

1934 『거금 100만 달러A Cool Million』를 발표했다. 이 소설은 자신이 옳다고 여긴 일을 했지만 그로 인해 오히려 더욱 타락하게 된 주인공을 통해 미국인의 호레이쇼 앨저 성공 신화를 신랄하게 비판하고 있다.

NATHANAEL WEST 너새네이얼 웨스트 연보

1936 리퍼블릭 스튜디오의 시나리오 작가로 일하다가 나중에 영화제작사 RKO와 유니버설에서 근무했다.

1939 영화 산업 주변의 사람들을 다룬 소설 『메뚜기의 하루The Day of the Locust』를 출판했다. 많은 문학 평론가들은 이 작품을 할리우드를 배경으로 한 소설들 중에서 최고의 소설로 꼽는다.

1940 4월 19일, 캘리포니아의 베벌리힐스에서 아일린 매케니Eileen McKenney와 결혼. 매케니는 루스 매케니가 쓴 인기 소설(후에 영화와 연극으로 만들어짐) 『나의 누이 아일린My Sister Eileen』(1938)의 주인공이다.
12월 22일, 멕시코에 주말 사냥 여행을 갔다가 돌아오는 길에 캘리포니아 주 엘센트로 근처에서 부인과 함께 교통사고로 사망했다.